Éditions Druide
1435, rue Saint-Alexandre, bureau 1040
Montréal (Québec) H3A 2G4

www.editionsdruide.com

RELIEFS

Collection dirigée par
Anne-Marie Villeneuve

CRIMES À LA BIBLIOTHÈQUE

Direction littéraire : Richard Migneault et Anne-Marie Villeneuve
Édition : Luc Roberge et Anne-Marie Villeneuve
Révision linguistique : Lyne Roy et Isabelle Chartrand-Delorme
Assistance à la révision linguistique : Antidote 8
Maquette intérieure : Anne Tremblay
Mise en pages et versions numériques : Studio C1C4
Conception graphique de la couverture : Gianni Caccia
Œuvre en couverture : Richard Nixon/Arcangel Images
Diffusion : Druide informatique
Relations de presse : Patricia Lamy

Les Éditions Druide remercient le Conseil des arts du Canada
et la SODEC de leur soutien.
Gouvernement du Québec — Programme de crédit d'impôt
pour l'édition de livres — Gestion SODEC.

ISBN PAPIER : 978-2-89711-214-1
ISBN EPUB : 978-2-89711-215-8
ISBN PDF : 978-2-89711-216-5

Éditions Druide inc.
1435, rue Saint-Alexandre, bureau 1040
Montréal (Québec) H3A 2G4
Téléphone : 514-484-4998

Dépôt légal : 4e trimestre 2015
Bibliothèque nationale du Québec
Bibliothèque nationale du Canada

Imprimé au Canada

CRIMES À LA BIBLIOTHÈQUE

Nouvelles

Druide

Si Dieu existait, il serait une bibliothèque.

Umberto Eco

TABLE DES MATIÈRES

AVANT-PROPOS

Chers lecteurs,

Le livre voyage ! De l'imaginaire de l'auteur à votre table de chevet, le livre possède une double vie : la première appartient à son créateur, la deuxième est votre œuvre. Vous donnez un second souffle à ce qui a émergé de la créativité de l'écrivain. En lisant ce recueil, vous détenez maintenant le pouvoir de redonner la vie à des personnages, de reconstruire des évènements et de résoudre des énigmes. Le livre vit entre vos mains.

De la librairie à la bibliothèque, le livre migre et vous attend. Sur les rayonnages de sa maison littéraire, il est là, patient, dévoilant sa couverture pour vous attirer, tout en cachant pudiquement ses histoires jusqu'au moment où vous tendrez la main pour le prendre. Et en faire un instrument de plaisir. Solitaire ? Pas du tout ! Lire, c'est dialoguer avec un auteur, suivre le chemin qu'il vous trace jusqu'à ce que les mots vous envahissent et vagabondent ailleurs et partout. Lire, c'est un voyage de l'esprit.

Les crimes aussi font du chemin. Ils se permettent même quelques visites personnelles dans des lieux où on les attend le moins. Dans la librairie, les crimes ont laissé des traces que le libraire a décidé de conserver. Dans la bibliothèque, les livres s'imbiberont de ces histoires louches, historiques, machiavéliques, macabres, politiques et parfois, humoristiques. Les crimes voyagent et les livres nous les racontent.

Les livres, même sagement alignés et classifiés, sont des témoins du temps qui s'écoule ; ils racontent le passé, le présent et l'avenir. La bibliothèque ouvrira bientôt ses portes, vous pourrez sentir l'odeur du papier vieilli, effleurer le dos de chacune de ces destinations, ouvrir la page de garde et voir qui en est l'auteur, le feuilleter presque religieusement, avec respect, juste pour voir si la magie opère. Et choisir l'élu, celui qui vous transportera au pays de la connaissance, du divertissement et de la beauté des phrases.

Mais auparavant, il me reste, comme initiateur du projet, à poser un dernier geste. C'est ici, à côté des livres de référence, adossé au comptoir du prêt et faisant face à la section des romans que je les ai convoqués. Dix-sept auteurs ont répondu à l'invitation et ont accepté la mission de vous dépayser en situant leurs crimes dans un tel lieu. Dénaturer ce lieu de tranquillité, de conservation et de savoir, empoigner les livres et en faire les témoins de l'abject, de l'odieux, du cruel ou du sanguinaire. Avec leur talent, leur imagination et leur style, chaque auteur vous indique sa destination. Les nouvelles voguent dans l'espace, le temps et l'esprit.

Le livre que vous tenez entre vos mains n'est pas différent des autres. J'espère qu'il vous fera rêver, qu'il sera distrayant et qu'il vous fera passer d'excellents moments de lecture. Je vous offre ces *Crimes à la bibliothèque* pour le plaisir de découvrir dix-sept auteurs qui, chacun leur tour, vous présentent leur vision de la thématique.

Ouvrez cet ouvrage comme un guide où chacune des nouvelles vous remet un passeport vers l'univers d'un auteur. Ce livre vit par lui-même, mais il est aussi lié à toute l'œuvre de ces dix-sept auteurs.

Crimes à la bibliothèque vous convie à une incursion au cœur de notre littérature québécoise. Le livre voyage et il est bien vivant quand il est écrit chez nous.

Bon voyage et bonne lecture !

Richard Migneault

FRANÇOIS LÉVESQUE

Combustion lente

La neige était tombée, humide et grasse, toute la nuit. Sise à flanc de montagne côté nord et entourée de forêt, la petite ville se réveillait tranquillement. Le paysage était en tout point semblable à celui d'une carte postale, avec les flocons collants qui avaient habillé chaque arbre, chaque branche, d'une fine pellicule blanche.

Dans le centre-ville, trois vitrines seulement étaient éclairées : celle de la station-service, celle du dépanneur adjacent et celle du casse-croûte de la mère Richard. Déjà plein, le restaurant accueillait cheminots, mineurs, retraités et autres lève-tôt aux penchants grégaires.

Aucun d'eux ne leva le nez de son assiette ni n'interrompit sa conversation pour regarder passer, dehors, l'adolescent trop légèrement vêtu pour la saison. Le capuchon noir de son chandail en coton ouaté lui cachait non seulement la tête, mais également le haut du visage. C'était voulu. C'était prémédité. Car quiconque aurait plongé ses yeux dans les siens ce samedi matin là y aurait trouvé une rage délétère, une promesse de châtiment. Et un désarroi irréversible.

Le soleil de décembre était encore bas, à huit heures trente, lorsque le jeune homme arriva en vue de son école secondaire.

::

Les p'tits sacraments d'enfants d'chienne ! se répéta mentalement Euclide en préparant son chariot de ménage dans le cagibi. « Si

17

c'tait moi leu' père, j't'leur botterais l'cul assez fort qu'ils auraient pus jamais d'amygdalites!»

La soixantaine naissante, Euclide connaissait par cœur les moindres recoins de l'édifice construit au début des années 1970 avec à l'esprit des visées davantage pratiques qu'esthétiques : de la brique et de la tôle dehors, de la grosse tuile et de la moquette dedans, du beige et du brun partout.

Deux jours qu'il ressassait les mêmes récriminations vis-à-vis de quatre élèves de cinquième secondaire, «les monstres», comme il les appelait.

S'en prendre à c'te pauvre garçon. Si c'est pas honteux. Toujours pareil... Toujours à essayer d'détruire les plus faibles, les plus fins.

Maugréant, il poussa son chariot hors de son réduit dans le couloir principal du rez-de-chaussée. Soudain, son visage s'illumina.

— Bonjour Euclide, dit madame Marcoux, une quinqua-génaire frêle mais lumineuse. On est parti pour avoir de la belle neige à Noël, n'est-ce pas ?

— Ah, pour ça, y a pas d'soin, répondit le concierge avec bonne humeur tout en verrouillant la porte du cagibi.

— Tenez, Euclide, offrit-elle en révélant un panier dissimulé sous un foulard de laine, sa main gantée de blanc. Prenez une pêche. C'est plein de vitamines et d'antioxydants.

Madame Marcoux fit une courte pause puis, après avoir adressé un clin d'œil au concierge, elle avoua :

— Et c'est surtout délicieux.

— Tout un panier, ce matin ? Vous savez, Madame Marcoux, j'pense que j'vous ai jamais vue sans une pêche prête à croquer.

Euclide ne précisa pas que lui, c'est madame Marcoux qu'il aurait volontiers croquée. Avec sa peau soyeuse, elle ressemblait elle-même à une pêche. Ce qu'il pouvait l'aimer... Mais une femme comme ça, instruite et bonne, qu'est-ce qu'elle aurait bien pu trouver à un rustre comme lui ?

Pauvre madame Marcoux, pensa le concierge en la regardant s'éloigner, guillerette, vers la bibliothèque.

Il en était amoureux depuis qu'elle avait fait son entrée à l'école, il y avait de cela vingt ans. Elle était alors une jeune enseignante de sciences pures idéaliste. Les premières années lui avaient réussi, puis les cohortes s'étaient... avilies.

Elle avait fait un premier *burnout*, vingt ans plus tôt, puis un second, il y avait neuf ans de cela. Tels des requins, ses élèves de deuxième et de cinquième secondaire flairaient le sang dans l'eau, semestre après semestre. Et ils étaient impitoyables.

Les dernières années, madame Marcoux sortait fréquemment de sa classe en pleurant.

Ce qu'ils lui avaient fait subir trois ans auparavant était criminel. Mais elle avait été courageuse. Après presque trois ans d'absence, elle était revenue cet automne, à titre de bibliothécaire. Plus d'enseignement pour elle. Nul doute qu'elle avait vu son salaire amputé.

Les mêmes élèves qui s'en étaient pris à elle à l'époque avaient remis ça, quelques jours plus tôt, avec « le pauvre garçon ». Et il y avait fort à parier que leur retenue d'aujourd'hui, tout ennuyeuse pour eux fût-elle, serait la seule conséquence à leurs actes infâmes.

Euclide trouvait cela scandaleux. Et il ne leur faisait pas confiance deux secondes, aux monstres. C'était d'ailleurs la raison véritable de sa présence à l'école un samedi — les traces de gadoue qu'ils ne manqueraient pas de laisser derrière eux auraient très bien pu attendre au lundi matin. S'ils essayaient de s'en prendre à madame Marcoux, ils le trouveraient sur leur chemin !

« Des monstres, siffla le concierge entre ses dents, mâchoires et poings serrés. Y a pas d'justice. »

La tête encapuchonnée de noir, l'un des adolescents punis ce samedi-là passa près de lui alors même qu'Euclide se faisait cette réflexion.

::

Reste calme, se répétait Antoine, qui déployait des trésors d'énergie pour maintenir une façade impassible depuis son départ de la maison.

Il n'avait jamais été aussi nerveux, mais rien ne devait paraître, autrement, il risquait de se dégonfler. Et il ne pouvait pas se dégonfler.

Il ne le pouvait plus.

Lorsqu'il entra dans la bibliothèque, il fut accueilli par la mine surprise de la *Fruit Case Lady*[1] — c'était désormais le surnom de madame Marcoux parmi les élèves — qui s'affairait à passer une guenille humide sur les tables de bois.

— Bonjour? dit-elle d'un ton plus interrogateur qu'avenant.

Se ressaisissant rapidement, elle le reconnut.

— Tu es le nouvel élève… Antoine, c'est ça? Ton nom n'apparaît pas sur la liste, mais… J'imagine que tu n'es pas venu pour le plaisir. Tu peux t'asseoir là, conclut-elle après un court silence en désignant la table qui jouxtait le comptoir de prêt.

Il obtempéra sans lui adresser un regard, retira son sac à dos, puis se laissa choir sur une chaise en serrant sa musette comme une mère, son nouveau-né.

Lâche le sac, se commanda-t-il mentalement. *Lâche!*

En un mouvement curieusement saccadé, Antoine posa le sac sur la moquette marron, sa main gauche tenant encore fermement l'une des sangles, sa droite ballante le long de la chaise.

---

1. *Fruit case* (ou *nut case*): expression anglo-saxonne péjorative signifiant « fou » ou « folle ».

« Ils méritent ce qui les attend », s'encouragea-t-il. Les préparatifs avaient été tellement simples…

La veille, Antoine avait mélangé une bonne dose de son lithium dans la bière de son père. Ce dernier ne se réveillerait pas avant tard cet après-midi — il avait lui-même expérimenté différentes doses par le passé. Puis Antoine lui avait fait les poches et avait récupéré la clé de son coffret…

Après la mort de la mère d'Antoine, son père avait cru, à tort, qu'un changement d'air ferait du bien à son fils affligé de maints troubles du comportement. Il avait donc demandé une mutation à son employeur, la Sûreté du Québec, qui l'avait déplacé ici, dans ce trou où les rapports humains étaient préprogrammés et où les enfants perpétuaient les relations qu'avaient entretenues avant eux leurs parents et leurs grands-parents, avec à la clé une hiérarchie sociale désuète mais inébranlable.

Ici, le sort d'un nouvel élève comme lui était vite réglé. Cool ou rejet ?

Dès son premier jour de classe, Antoine avait eu le malheur de s'aliéner Lou, le capitaine de l'équipe de hockey, en l'empêchant de martyriser un certain Mathieu, un élève trisomique dont Lou s'apprêtait à remonter les sous-vêtements. Le type en question sortant avec la meilleure amie de la fille la plus populaire de la polyvalente, dès l'heure du lunch, Antoine était étiqueté *persona non grata*.

Depuis, on le bousculait, on se moquait, on lui crachait dessus, et surtout, on lui pourrissait la vie en ligne. Un site avait été créé pour le tourner en ridicule. Il recevait des menaces anonymes par SMS.

Tout cela, toute cette merde, Antoine pouvait la gérer. Mais récemment, ils étaient allés trop loin.

Ils avaient appris, pour sa mère ; sa dépression, son suicide. Et ils s'étaient mis à lui envoyer des vidéos : des extraits de scènes de films avec des femmes possédées ou en crise de démence.

Une scène de *L'Exorciste,* montrant la vieille mère du prêtre se substituer à l'adolescente possédée, avait particulièrement perturbé Antoine.

Tu as laissé mourir ta mère, affirmait le message envoyé d'une adresse anonyme.

Le regard plein de détresse et d'incompréhension de la femme et celui, impuissant, de son fils, Antoine ne parvenait pas à les effacer de sa mémoire. Ces images-là s'étaient incrustées.

C'était dire que ses bourreaux avaient gagné : quelque chose s'était brisé en lui.

Et son esprit résilient s'était mué en esprit vengeur.

Alors, il s'était invité en détention et il les attendait avec le Glock 9 mm de son père dans son sac.

Antoine se força à inspirer puis à expirer lentement. Hormis celle, prégnante, de vieux livres poussiéreux, une odeur d'amande flottait dans l'air.

Sa mère utilisait un produit ménager pour cirer le bois qui sentait cela…

Plutôt que de le rasséréner, la réminiscence le mit à cran.

::

Tout va bien aller. Ils ne peuvent plus rien te faire. C'est derrière toi, s'encouragea madame Marcoux en délaissant son linge humide un instant afin d'ajuster les gants blancs qui habillaient en permanence ses mains délicates.

Ils étaient quatre à avoir une retenue ce samedi-là, retenue qu'elle avait accepté de superviser. Quatre fauteurs de trouble issus de la même classe de cinquième secondaire. Elle les connaissait pour leur avoir enseigné les sciences physiques en deuxième secondaire. L'année de son exil. Que de souvenirs, et pas des plus agréables…

Mais tout cela serait bientôt terminé, se rappela-t-elle. Trente ans de bons et loyaux services, c'était bien assez.

L'esprit plongé dans son passé douloureux, madame Marcoux acheva sa besogne puis retourna derrière le comptoir de prêt sur lequel elle avait posé son panier de pêches afin que les élèves se servent, s'ils le désiraient.

La porte s'ouvrit brusquement sur Saffran.

:::

Epic fail! ragea Saffran en se pointant en retenue comme on faisait son entrée au bal : le menton haut, la superbe idoine.

Son père possédait la moitié de la ville et il ne pouvait pas la soustraire à une simple journée de détention ?

En réalité, Saffran soupçonnait son paternel d'être de mèche avec le directeur. Il devait vouloir la faire « marcher droit ». Et tout ça pour quoi ? Parce qu'ils avaient voulu rire un peu ?

Fucking looser.

Et dire qu'en ce moment, Juliette et elle auraient dû se trouver au chalet d'Olivier. Un beau grand bol de pilules de toutes les couleurs les y attendait. Saffran avait prévu le coup avec Olivier : ils bourreraient Juliette de cachets et la filmeraient ensuite. Ce serait très drôle.

Ç'aurait été très drôle, se corrigea Saffran avec humeur.

— Bonjour Madame Marcoux, dit-elle, sibylline, en sortant son téléphone intelligent de la poche latérale de son jean ajusté.

Arrivée. T ou ? ? ? pianota-t-elle à l'intention de Juliette, sa « meilleure amie ».

— Bonjour, Saffran, répondit madame Marcoux en avançant son panier de pêches sur le rebord du comptoir de prêt en une invitation tacite.

— J'vois qu'vous portez toujours vos p'tits gants blancs, répliqua Saffran en passant son chemin et en gagnant l'une des tables du fond, juste avant les rayonnages.

Du coin de l'œil, elle vit la bibliothécaire se raidir.

— Les gardez-vous quand vous vous roulez la bille ? demanda l'adolescente, narquoise, avant de s'asseoir, le port altier, et de se replonger dans l'utilisation de son téléphone.

Un message de Juliette s'afficha : *Suis à la porte. Calme-toi BH.*

— On va voir c'est qui la *bitch*, murmura Saffran en se réjouissant d'avance à l'idée d'humilier une fois de plus sa copine qui, parce qu'ainsi allait la vie, ne pouvait se résoudre à s'affranchir d'elle.

Le chalet d'Olivier serait encore là le week-end prochain.

::

Crisse de salope, pensa Juliette en entrant dans la bibliothèque pendant que son petit ami Lou lui tenait la porte.

— Salut, chérie, dit-elle en envoyant la main à Saffran, tout sourire.

C'est la dernière fois, se répéta-t-elle. La dernière fois qu'elle se laissait entraîner par Saffran. Elle aurait pu passer la journée avec Lou, blottie contre lui devant des films. Au lieu de ça, ils étaient tous les deux coincés à la bibliothèque de l'école parce que madame avait décidé de s'en prendre une fois de plus au mongol.

Celui que Juliette appelait le « mongol » et que le concierge désignait sous le sobriquet plus charitable de « pauvre garçon » se prénommait Mathieu, celui-là même qu'Antoine avait défendu lors de son arrivée, en septembre.

Avec son machiavélisme coutumier, Saffran avait tout planifié. Olivier devait attirer Mathieu dans le vestiaire des garçons inoccupé durant la récréation sous promesse de lui montrer un site cochon. Sur place, Lou et Olivier l'immobiliseraient et le dévêtiraient tandis que Juliette l'enduirait de crème épilatoire, des pieds à la tête. Saffran, elle, filmerait l'exploit en retrait, avec sur le visage ce sourire sadique qu'elle affichait en semblables circonstances.

Ce que Saffran n'avait pas prévu, c'était la présence du concierge dans ce secteur de l'école, ce jeudi matin là.

Juliette entendait encore les cris de détresse de Mathieu lorsqu'elle avait commencé à lui enduire un mollet de crème.

«Mets-y-en plein la poche! Enweye, Ju'!» l'avaient exhortée les deux gars ivres de pouvoir et de bêtise.

Le concierge était arrivé sur ces entrefaites.

Non contents d'être en retenue ce samedi, ils auraient pu faire face à des accusations de voies de fait. Mais c'était sans compter le père de Saffran, pour qui l'argent n'était jamais un problème: déjà, la mère de Mathieu et son fils s'apprêtaient à quitter leur HLM pour emménager dans l'une des maisons du nouveau développement immobilier du père de Saffran. Fin de l'histoire, et surtout de possibles poursuites contre sa princesse.

Et Saffran qui avait eu le culot de leur dire qu'ils lui en devaient une alors qu'à la base, elle était celle qui les avait mis dans la merde. Ce que Juliette aurait donné pour avoir Saffran à sa merci à la place de Mathieu. Elle aurait copieusement crémé sa « meilleure amie » jusqu'à ce qu'elle n'ait plus un poil sur le corps et plus un cheveu sur le crâne.

— Crisse de salope, marmonna Juliette sans s'en rendre compte.

— M'as-tu parlé? demanda distraitement Lou en lui tirant une chaise puis en allant s'asseoir à la table d'à côté, comme l'exigeaient les règles de la retenue.

::

Toi, mon tabarnak, t'es mort, avertit Lou des yeux lorsque son regard croisa celui du concierge qui se tenait de l'autre côté de la baie vitrée.

Sans se démonter, Euclide continua de passer la serpillière sur le plancher de tuile de la vaste aire ouverte qui séparait la bibliothèque d'une série de portes de salles de classe, au rez-de-chaussée.

Lou détourna les yeux.

— Non, j'me parlais, lui répondit Juliette en plaquant sa joue contre la table, comme si elle s'apprêtait à roupiller.

Se ravisant, elle se redressa, sortit un baume à lèvres de son sac et s'en appliqua une généreuse couche.

Lou adorait la voir faire ça. Ça l'excitait. Il avait alors juste envie de lui enfoncer sa bite dans la bouche. Leur entraîneur avait beau leur dire qu'ils ne devaient pas se dépenser la veille d'un match, qu'ils devaient « garder leur énergie », insistait-il en accompagnant la recommandation d'un rire gras, Lou estimait qu'il jouait mieux lorsqu'il avait baisé la veille. Et Juliette était toujours partante.

Elle lui manquerait.

Il ne le lui avait pas encore dit, mais il n'avait pas l'intention de poursuivre leur relation au cégep. Il n'était pas l'homme d'une seule femme et, de toute manière, Juliette n'avait pas assez d'ambition, voire de personnalité, pour figurer dans son futur.

Lou en était à chercher la meilleure manière de rompre lorsqu'il remarqua Antoine qui l'observait, assis non loin du comptoir de prêt.

— Veux-tu que j't'envoie un *selfie* pour que tu puisses te crosser, hostie d'fif ! ? cria Lou.

L'invective fit sursauter madame Marcoux qui, d'un mouvement involontaire, fit tomber son panier de pêches.

Les fruits roulèrent sur le tapis ras.

— Lou, s'il te plaît ! lui enjoignit la bibliothécaire d'un air peu intimidant.

Arrogant, Lou la défia du regard pendant qu'elle ramassait ses fruits. Il était sur le point de se lever pour confronter Antoine lorsque Saffran, assise deux tables plus loin, le rappela à l'ordre.

— Lou, fais don' tes devoirs, suggéra-t-elle d'une voix suave.

Lou regarda Saffran sans comprendre. Depuis quand défendait-elle le rejet?

— On est là pour faire nos devoirs, reprit-elle calmement, ses deux mains posées sur la table de part et d'autre d'un livre de mathématique et d'un cahier d'exercices.

Puis, discrètement, elle désigna des yeux son téléphone posé sur la table, près de son étui à crayons. Lentement, sans bouger sa main, elle leva l'index droit et appuya sur le bouton d'envoi.

Resté assis, Lou sentit son téléphone vibrer dans la poche de son pantalon. À côté de lui, Juliette sortait ses cahiers en soupirant. Le manège du message texte lui avait échappé.

Après avoir attendu un peu, Lou consulta son appareil.

Patience. Super idée pour le rejet. Tu parleras à Olivier.

Lou eut un sourire mauvais, puis, juste comme il allait déposer son téléphone sur la table, une autre bulle de texte apparut.

Juliette sait que tu vas la laisser???

Le rictus de Lou se figea. Il releva la tête et trouva Saffran en train de le contempler, satisfaite de son effet.

Olivier pis sa grande gueule, comprit Lou au moment même où leur ami poussait la porte de la bibliothèque.

::

Si elle me dit que j'suis en retard, la folle, je lui fais des boules chinoises avec ses câlices de pêches, se promit Olivier en allant prendre place entre Saffran et les deux autres.

Après avoir suspendu son blouson au dossier de sa chaise, il remarqua Antoine, en retrait. Les mains à plat sur la table, le corps légèrement penché vers l'avant comme un avocat paré pour le contre-interrogatoire, Olivier attaqua :

— Mais qu'a-t-il fait pour être là, le preux chevalier ? A-t-il encore porté secours à un mongol ? Non ? A-t-il sauvé une damoiselle en détresse des affres du suicide ? Oups !

Olivier, le pilier de la troupe de théâtre de l'école, avait parlé avec emphase, comme s'il se trouvait sur scène en train de jouer du Shakespeare.

— S'il te plaît…, protesta vainement madame Marcoux.

Une ronde de rires mesquins secoua le petit attroupement, Saffran y allant d'applaudissements silencieux, ce qui ravit Olivier.

Ils se complétaient parfaitement : elle était la dramaturge, il était l'acteur. Ils partageaient un goût pour le spectacle de la souffrance en général, et de l'humiliation en particulier.

S'il arrivait à Saffran et Olivier de coucher ensemble, leur relation était avant tout basée sur une reconnaissance réciproque de leur perversion.

Rien que pendant les deux minutes qu'avait duré le trajet entre sa voiture et la bibliothèque de l'école, Saffran lui avait écrit trois fois. Dans le premier message, elle confirmait que le tournage de leur film maison dont Juliette serait la vedette était reporté au samedi suivant. Dans le deuxième, elle le prévenait que Lou savait maintenant qu'Olivier lui avait rapporté son désir de rompre avec Juliette. Dans le troisième, elle réfléchissait sur les chances que leur amie, ainsi abandonnée, veuille en finir.

En lisant ce dernier SMS, Olivier avait senti une décharge d'adrénaline exploser dans son corps. Saffran et lui évoquaient depuis longtemps, à mots de moins en moins couverts, la possibilité de tuer quelqu'un en simulant un accident.

Un suicide ferait autant l'affaire.

Inconsciemment, Olivier se mit à frotter la surface à peine nervurée du bois de la table en de petits gestes circulaires, comme s'il s'agissait des seins de Saffran. Lorsqu'il leva les yeux vers elle, il comprit qu'une fois encore, ils étaient sur la même longueur d'onde : lubrique, Saffran tétait langoureusement son index sans le quitter du regard.

::

Antoine n'essayait plus de contrôler sa respiration. Depuis son arrivée, il n'avait pas bougé d'un iota, un bras ballant, le gauche agrippé à l'une des sangles de son sac à dos.

Le teint blême, Antoine y plongea la main et empoigna le revolver. Il sentit la crosse froide se réchauffer sous ses doigts moites…

Il allait se lever. Il allait tirer. Il allait les tuer. Tous.

Et après ?

Sa main tremblait.

Trop tard, trancha-t-il en assurant sa poigne.

L'heure était venue.

Et il allait se lever et tirer et les tuer, tous, lorsque Saffran se mit à vomir.

Puis ce fut au tour de Juliette.

Puis de Lou.

Olivier, lui, fut pris de convulsions et s'effondra.

Juliette et Lou, dans cet ordre, le rejoignirent sur la moquette ; bouches suffocantes, yeux révulsés.

Des déjections sombres lui sortaient par le nez quand Saffran s'affala par terre.

Le revolver à la main, Antoine resta tétanisé.

— Le cyanure est un poison foudroyant.

L'adolescent bondit en pointant machinalement son arme. Il la baissa en apercevant la bibliothécaire qui, du reste, ne le regardait même pas.

Elle contemplait son œuvre.

— Trois ans, dit-elle. Cela fait trois ans que je broie des centaines et des centaines de noyaux de pêches pour en extraire le cyanure…

Se désintéressant de ses victimes, madame Marcoux reporta son attention sur le seul survivant.

Antoine sentit une goutte de sueur froide dévaler son épine dorsale lorsque les yeux d'habitude si doux de la femme se posèrent sur lui.

En ce jour de colère, ils étaient vides.

— La pêche est un fruit délicieux, réitéra-t-elle. Mais elle recèle un potentiel létal. Comme tes camarades. Ils sont jeunes, ils sont beaux, mais ils sont dangereux. Ou du moins, ils l'étaient.

— C'est pas mes amis, ne put s'empêcher de protester Antoine, aussitôt effaré par son attitude, lui qui s'apprêtait à jouer les anges exterminateurs.

— Je t'ai pris de vitesse, on dirait, hein? déduisit-elle en désignant l'arme d'Antoine du menton. Tu peux ranger ça. Ou t'en servir sur moi, c'est comme tu préfères. Tu n'crains rien: je n'ai pas touché à ta table. Je ne l'ai pas enduite de cyanure. J'en avais une quantité suffisante depuis un bout de temps déjà, tu sais, mais j'attendais le bon moment. Trois ans…

Elle se tut, pensive.

— Ç'a été ma thérapie personnelle: extraire du cyanure de noyaux de pêches. Je me suis donné du trouble, tu vas me dire. Mais c'était nécessaire. La *difficulté* et la *durée* étaient nécessaires. Je devais m'assurer que j'étais sérieuse, que j'étais décidée. Chaque soir où j'obtenais un peu plus de poison, c'était un test. Est-ce que j'irais jusqu'au bout? Est-ce que je me tiendrais debout? Au début, à l'hôpital, je pensais juste à me recroqueviller; je voulais disparaître. Tant de haine dirigée contre soi… J'ai jamais fait de mal à une mouche, tu sais. Bien… avant aujourd'hui. Et puis un jour, j'ai réussi à tenir ma cuillère avec ma main pansée, et ça m'a remplie de joie, alors je suis passée directement au dessert. De la salade de fruits, avec des morceaux de pêche. Je me suis souvenue du cyanure que contient le noyau...

Seconde pause.

— Je pensais les empoisonner un à un, reprit-elle. Ou deux à la fois, selon les possibilités qui se présenteraient. Récemment, je me suis dit que le plus simple serait d'enduire de poison les cadenas de leurs casiers pendant que tout le monde était en classe, peut-être juste avant le bal des finissants, pourquoi pas? Finalement, la direction a décidé pour moi en me les envoyant tous ensemble... à domicile, si je puis dire. Quoique la bibliothèque, ça n'a jamais vraiment été chez moi...

Antoine était complètement largué. La meurtrière s'en rendit compte.

— À l'origine, j'enseignais la chimie et les sciences physiques. Il y a trois ans, je les ai eus tous les quatre dans ma classe de physique, en deuxième secondaire. C'était vers le début de l'année scolaire. Ils étaient arrivés les premiers, ce matin-là, et moi juste après eux. Puis la classe s'est remplie. J'ai pris un peu de gel antibactérien dans la bouteille que je gardais sur mon bureau et m'en suis frictionné les mains. J'étais nerveuse. En début d'année, j'étais toujours nerveuse parce que, quand ça commençait mal, c'était fichu jusqu'au congé estival. Enseigner était devenu un calvaire, mais qu'est-ce que je pouvais faire d'autre? Bref, ce jour-là, il était convenu que je leur montre à utiliser les différents instruments, dont le brûleur. Je l'ai allumé en expliquant bien chaque étape, chaque précaution à prendre. J'ai senti le roussi avant de ressentir la douleur. Ils avaient remplacé mon gel antibactérien par du gel combustible à fondue. J'étais tellement fébrile que je ne m'en suis pas aperçue. Mes mains ont été brûlées au deuxième et au troisième degré. J'ai les fesses et les cuisses pleines de cicatrices à cause des greffes de peau, mais le résultat n'est pas si mal, conclut madame Marcoux en retirant ses gants blancs.

Un doigt à la fois, elle révéla des mains rendues hideuses par les cicatrices et les décolorations cutanées. Seuls son majeur droit et son auriculaire gauche étaient encore fichés d'un ongle.

— Évidemment, personne n'avait rien vu. Pas de témoin. Pas d'empreintes. Et tous les quatre, ils se sont couverts mutuellement. Les policiers étaient de mon bord, mais ils savaient que la preuve n'était, au mieux, que circonstancielle. N'importe qui aurait pu procéder à la substitution du gel, la veille en fin de journée, pendant que le local était inoccupé. Qui plus est, il n'y avait aucun motif… sinon celui de faire du mal, de blesser… Je crois que tu sais de quoi je parle, hein? Et comme tu le sais sans doute trop bien, la commission scolaire n'a pas les moyens de nous payer des caméras de surveillance.

La voix de madame Marcoux était à présent presque inaudible. Songeuse, elle se détourna d'Antoine puis se dirigea vers la dépouille la plus proche, celle de Juliette, étendue face contre terre. D'un pas mesuré, la bibliothécaire poursuivit son trajet, dépassant les cadavres de Lou, puis d'Olivier.

Enfin, elle arriva à la hauteur du corps de Saffran.

— C'était elle, évidemment, accusa madame Marcoux. Ç'a toujours été elle. Et avant elle, sa mère, et sa mère à elle… Le mal est congénital, par ici. Mais dans le cas de Saffran, c'était différent. C'était du poison concentré.

L'analogie l'amusa.

— Vas-tu t'en servir? demanda la bibliothécaire à brûle-pourpoint. Ton arme, Antoine. Range-la ou sers-t'en. De toute façon, je n'ai jamais envisagé de survivre à ma vengeance. Il n'est pas trop tard pour toi.

::

Euclide se tenait tellement près de la vitre que son souffle s'y condensait. Incrédule, il contemplait la scène macabre, sa serpillière abandonnée derrière lui sur le plancher mouillé.

Puis, la bibliothécaire le repéra. Lentement, sans détacher son regard du sien, madame Marcoux frotta ses deux mains scarifiées sur la table où Saffran était encore assise, un instant plus tôt. Puis elle les porta à son visage, à sa bouche, et les lécha, son visage tordu en une expression grotesque.

Alors, alors seulement, le concierge comprit ce qui venait de se passer. Il ferma les yeux, mais il savait d'ores et déjà que cette vision le hanterait jusqu'à sur son lit de mort.

::

La neige était tombée, lourde, la nuit durant. La petite ville n'avait pas tout à fait fini de se réveiller lorsque les lumières criardes des gyrophares défigurèrent le panorama idyllique.

Alarmés, les clients du casse-croûte de la mère Richard — cheminots, mineurs, retraités et lève-tôt — se collèrent le nez contre la vitrine froide.

Le soleil était encore bas lorsqu'un adolescent à l'air épouvanté traversa le centre-ville en courant, à huit heures cinquante, ce matin-là.

FRANÇOIS LÉVESQUE

La majorité des écrivains ont toujours voulu, dès leur jeune âge, devenir ce qu'ils sont devenus, c'est-à-dire des écrivains. Tout jeunes, ils rédigent des histoires et remplissent des tiroirs complets de romans, de nouvelles ou de poésie. Tous ? Non ! Le jeune François Lévesque n'a jamais eu d'ambitions littéraires ; ses rêves étaient tournés vers les arts et le cinéma. Mais tout en travaillant à son mémoire de maîtrise en études cinématographiques, un peu fatigué de tremper dans des concepts difficiles et abstraits, l'étudiant sérieux pond une première histoire, une nouvelle qu'il soumettra à la revue *Alibis*. Et voilà une carrière d'écrivain qui débutait pour ce journaliste critique de cinéma au *Devoir* et directeur de la collection « Cinéma » aux Éditions Somme toute.

Son parcours de lecteur est cependant beaucoup plus classique. À huit ans, en fouinant dans la bibliothèque de sa mère, une couverture macabre attire son attention : *La Mystérieuse Affaire de Styles* d'Agatha Christie lui permettait de rencontrer Hercule Poirot dans sa première enquête. Séduit par les « petites cellules grises » du détective belge, le jeune François continue son exploration en lisant Stephen King et Peter Straub. Dès lors ce n'était qu'une question de temps avant que l'intoxication atteigne ses propres cellules grises.

L'enfance, les retours, la vengeance et la folie sont des ingrédients qui reviennent continuellement dans ses romans. Dans sa trilogie des *Carnets de Francis*, François Lévesque nous trace le portrait de la souffrance, de la peur et du déchirement qui sont le lot de la vie de Francis. Une série de meurtres viennent troubler la tranquillité des habitants du paisible village de Saint-Clovis. Les rêveries, la passion pour le cinéma d'horreur et les questionnements sur sa famille viendront peupler l'imaginaire du jeune homme. Dans ces trois romans, nous suivons la vie tumultueuse de ce personnage jusqu'au moment où il atteint la trentaine.

L'auteur a aussi créé le personnage de Dominic Chartier, policier au SPVM. Plongé dans les thématiques chères à l'auteur, le protagoniste d'*Une maison de fumée* vivra une descente vertigineuse dans son enfance. Les dernières pages de ce roman sont de celles que l'on oublie difficilement. La finale à couper le souffle vous surprendra et vous ravira.

François Lévesque écrit des polars parce que c'est ce qui lui vient en tête dès qu'il imagine une nouvelle création. L'idée est là, dans un coin de son cerveau, embryon de roman qui ne demande qu'à se développer. Puis, l'histoire s'impose et prend de plus en plus de place. Il semblerait même qu'elle s'impatiente. Alors commence l'écriture : les principaux éléments du récit d'abord sur papier puis sur le clavier du portable, qui devient le témoin de l'histoire.

Son roman *La Noirceur*, publié à l'automne 2015, touche de nouveaux horizons : roman d'épouvante, de fantômes et d'entités malveillantes. Stephen King aura réussi à l'attirer vers les limites du fantastique et de l'horreur. Avec sa sensibilité et son humanité à fleur de peau, François Lévesque nous réserve sûrement un roman qui saura nous faire trembler, mais aussi, nous toucher.

Photo de l'auteur : Ian Doublet

SYLVIE-CATHERINE DE VAILLY

Alexandre Dumas

— Savais-tu qu'il y avait déjà eu un meurtre, ici, dans la maison ?

La jeune femme écarquilla les yeux.

— Quoi ? Je n'ai jamais entendu parler de ça ! Tu me charries ?

— Pas du tout. C'est l'exacte vérité.

Fronçant les sourcils, la jeune femme doutait des paroles de son frère. Ce ne serait pas la première fois qu'il la menait en bateau.

— Je ne te crois pas… Raconte !

— Ça s'est passé juste après la guerre, je pense. Un voleur est entré dans la bibliothèque et grand-père l'a tué !

— Lucien ? Le frère acquiesça. Mais raconte… je veux des détails. Et aussi comment se fait-il que tu sois au courant et pas moi ?

— Je l'ai appris de papa.

— Pfff… pourquoi ne m'a-t-il rien dit, à moi ?

— Parce que je suis l'aîné !

— Et alors ?

— Ça s'appelle le droit d'aînesse !

— Et pourquoi m'en parles-tu maintenant ?

— Pour te narguer.

La jeune femme se jeta sur son frère, poings en avant, prête à le rosser. L'homme riait tout en tentant de maîtriser sa sœur, devenue aussi mauvaise qu'une teigne. Plus elle tentait de le frapper, plus il riait.

— OK, OK, arrête… ça va… je vais tout te raconter, calme-toi, sauvageonne !

Elle le regarda droit dans les yeux, cherchant à voir s'il lui disait la vérité, cette fois.

— Je t'écoute! Et cesse de me traiter en gamine, sinon…, s'écria-t-elle en brandissant son poing.

— Mais tu agis toujours comme telle: on dirait que tu as huit ans!

Geneviève lui répondit par une grimace.

— Sale gamine!! Bon… c'était la nuit et tout le monde dormait. Il y avait une canicule, la chaleur était insupportable, si bien que toutes les fenêtres du manoir étaient grandes ouvertes. Incapable de trouver le sommeil, grand-père décida de se rendre à la bibliothèque pour lire un peu. En arrivant à la porte, il entendit un bruit, d'abord confus, mais qui se répéta aussitôt. Quelqu'un se trouvait là. Lucien hésitait à entrer, car la pièce était plongée dans le noir. Si c'était quelqu'un de la maisonnée, un membre de la famille ou encore un domestique, pourquoi diable la lumière était-elle éteinte? Il en était à se poser la question lorsqu'il vit le faisceau d'une lampe torche balayer les quelques étagères qu'il apercevait par l'embrasure de la porte. Le rayon lumineux se déplaçait lentement, farfouillant l'endroit. Ça ne faisait soudain plus de doute à ses yeux, il y avait un cambrioleur dans la maison. S'éloignant sur la pointe des pieds, grand-père alla chercher son pistolet. Sans bruit, il plaqua son oreille à la porte de la bibliothèque avant de la pousser lentement pour pouvoir y risquer un pas. Du bout des doigts, il chercha l'interrupteur mural, en même temps qu'il pénétrait dans la pièce. Arme à la main, il alluma. L'intrus, surpris, laissa tomber ce qu'il tenait avant de tenter de se sauver par la fenêtre ouverte. Lucien, plus rapide, le pointa de son pistolet en lui ordonnant de ne pas bouger.

— Il l'a abattu?

— Mais laisse-moi te raconter, curieuse, tu veux toujours connaître la fin de l'histoire avant d'en entendre le déroulement! Où en étais-je…? Ah, oui, donc il met en joue le voleur et saisit le téléphone pour appeler la police. Et là, tout s'est passé très vite. La fraction de seconde qu'il a prise pour décrocher a été suffisante pour que le cambrioleur lui saute dessus et tente de le désarmer. Le coup est parti, réveillant ainsi toute la maisonnée. Quelques instants ont suffi avant que grand-mère, papa et ses frères, ainsi que les domestiques, ne débarquent dans la bibliothèque. Quelle ne fut pas leur surprise de découvrir Lucien assis par terre aux côtés d'un homme qu'il venait d'abattre !

— Incroyable ! Que s'est-il passé ensuite ?

— La police a été prévenue et l'affaire entendue : grand-père s'était défendu et le coup était parti.

— Et que voulait le voleur ? Que cherchait-il ?

— Comment veux-tu que nous le sachions ? Il était mort. Mais je suppose qu'il cherchait des objets de valeur.

— Dans une bibliothèque ? Pourquoi n'est-il pas allé dans le bureau de Lucien, où se trouve son coffre-fort, ou encore dans la chambre de grand-mère, où elle garde sa collection de perles ? Il n'y a rien de valeur dans une bibliothèque, à part des livres.

— À moins que le voleur soit un amateur de livres rares, lui répondit Léon, un demi-sourire en coin.

La jeune femme réfléchissait, elle semblait embêtée.

— Et qui était cet homme ? L'a-t-on su par la suite ?

Le frère fit une grimace en signe de négation.

— Je l'ignore, papa ne m'en a rien dit.

— Eh bien moi, je veux savoir, dit la jeune femme en se levant.

— Où vas-tu ?

— Demander à grand-mère.

Geneviève alla rejoindre son aïeule, Léontine, qui se trouvait dans la cuisine. La vieille dame, un tablier fleuri sur sa robe, était en train d'écosser des haricots.

— Dis-moi, mamie… elle en a certainement connu des histoires, cette maison…

La femme haussa un sourcil devant le préambule de sa petite-fille.

— Que cherches-tu à savoir au juste?

— J'aimerais que tu me parles du mort qu'il y a eu ici. Ce voleur que grand-père a abattu.

— Tu sembles déjà en savoir beaucoup, répondit la vieille en reprenant son travail.

— Mais, je veux comprendre. Que cherchait-il, le sais-tu?

— Bien sûr que non, évidemment! C'était un voleur. On peut donc supposer, sans trop de risque de se tromper, qu'il cherchait des objets de valeur. Tout ce que je peux te dire, c'est que lorsque nous sommes arrivés dans la bibliothèque, ton grand-père se tenait à ses côtés. L'homme était mort, il y avait une mare de sang sur le tapis. Quelques livres se trouvaient là aussi, je me rappelle que des pages trempaient dans le sang. Durant la bagarre, le guéridon sur lequel étaient posés ces ouvrages avait été renversé. Un sacré désordre régnait dans la pièce.

— Mais Léontine, il n'y a rien à voler dans la bibliothèque.

— Je le sais bien, ma chérie, mais lui l'ignorait certainement.

— Un voleur de livres rares, ça se peut, ça?

— Je suppose que tout ce qui a de la valeur trouve preneur.

— Tu te souviens de quels livres il s'agissait? Je veux dire ceux qui se trouvaient par terre.

La vieille femme regarda un instant sa petite-fille. Geneviève avait toujours été si curieuse. Il fallait qu'elle comprenne la mécanique des choses et les raisons de chaque mouvement. Elle sembla hésiter, mais finit par dire:

— Je crois, si ma mémoire est encore bonne, qu'il y avait entre autres un des livres faisant partie l'œuvre complète d'Alexandre Dumas, tu sais celle reliée en cuir. C'est une série recherchée.

— Tu te rappelles si grand-père a dit quelque chose à ce moment-là?

— Non, il ne faisait que regarder l'inconnu qui gisait au sol. Je suppose qu'il était en état de choc, comme nous tous d'ailleurs.

::

Geneviève dut attendre longtemps avant de s'aventurer dans la maison endormie, sans craindre de croiser quelqu'un. En catimini, elle descendit l'escalier de chêne pour enfiler le couloir qui menait à la bibliothèque. Elle écouta la nuit pendant un instant puis se faufila dans la pièce. Refermant la porte derrière elle, elle alluma enfin une lampe. L'endroit avait toujours eu sur elle le même effet que lorsqu'elle entrait dans une église. Elle éprouvait le sentiment de se trouver dans un lieu de mystères. Les livres exerçaient sur elle une fascination, comme devaient le faire les Tables de la loi pour un croyant. Geneviève avait chaque fois l'impression de pouvoir toucher du doigt les secrets de l'Univers.

Sans trop s'attarder sur cette émotion, elle se mit en quête du livre qu'elle souhaitait examiner. Ses doigts filaient sur le dos des reliures de cuir ou cartonnées à la recherche d'un titre en particulier. Elle passa ainsi d'étagère en étagère, attentive aux lettres dorées qui filaient sous son regard. À l'extérieur, la nuit devenait plus profonde et la lune formait un rond parfait qu'elle pouvait voir à travers un des carreaux des deux grandes fenêtres qui occupaient le pan sud de la pièce.

— Mais où est-il donc? murmura-t-elle pour elle-même, lorsque ses yeux restèrent accrochés aux lettres formant le titre: *Le comte de Monte-Cristo*. Enfin, te voilà! dit-elle en s'emparant du livre d'Alexandre Dumas.

Elle prit place dans le canapé de cuir rouge qui occupait le milieu de la pièce, alluma la lampe qui se trouvait là, placée juste à la bonne hauteur pour rendre tout instant de lecture parfait. De la main, elle caressa les caractères dorés. Elle connaissait l'histoire que racontait ce livre, elle l'avait lu deux ou trois fois, et elle savait que c'était celle que préférait son grand-père. Cette édition était-elle si unique pour qu'on cherche à la voler ? Geneviève ouvrit la page de garde, puis celles qui suivaient, à la recherche d'une numérotation de série, d'une information qui lui dirait que l'œuvre qu'elle avait là était rare, et donc de grande valeur. Mais elle ne trouva rien. Cette édition avait été imprimée en 1914, à Paris. Rien de bien particulier. Elle feuilleta rapidement les pages, en vain.

— Pourquoi me suis-je imaginé que ce livre avait un lien avec cette affaire de vol ?

Déçue qu'il n'y eût aucun mystère à découvrir, elle poussa un soupir d'insatisfaction. Elle avait pourtant cru que la raison motivant l'intrusion était le vol d'un ouvrage de valeur, mais de toute évidence la présence des livres sur la scène de crime n'avait aucun lien avec les évènements d'autrefois. Désappointée, elle entama la lecture du premier chapitre :

Le 24 février 1815, la vigie de Notre-Dame de la Garde signala le trois-mâts le Pharaon, venant de Smyrne, Trieste et Naples…

Geneviève replongea dans l'histoire d'Edmond Dantès en ayant l'agréable impression de renouer avec un sentiment familier. Elle savait ce qui allait se passer, elle connaissait l'histoire, mais elle en savourait le récit avec la même satisfaction que lorsqu'on se régale d'une pointe de tarte aux pommes. Elle en éprouvait un réconfort équivalent.

À la fin du cinquième chapitre, Geneviève s'endormit. Le livre glissa de ses mains pour tomber avec fracas sur le plancher de chêne. La jeune femme se réveilla en sursaut, se demandant pendant une seconde ce qui venait de se passer. Ce n'est qu'en apercevant le bouquin qu'elle comprit. La chute avait abîmé les pointes de la reliure, et elle s'en voulut. Elle ramassa le livre et en ouvrit le plat recto pour voir si elle pouvait le réparer, mais il n'y avait rien à faire. Elle songea à l'apporter chez un relieur pour en faire refaire la couverture, sans en dire mot à sa grand-mère, toutefois elle ignorait où en trouver un. De son index, elle effleura le papier qui s'était décollé sur quelques centimètres de la partie cartonnée. La colle, séchée depuis tant d'années, s'était faite cassante. De son ongle, elle écarta la feuille lorsqu'un détail attira son attention. Approchant le livre de la lumière, elle entrevit une pointe blanche dentelée, légèrement brillante.

Geneviève quitta le canapé pour prendre le coupe-papier, qui servait habituellement à séparer les feuillets de certains livres, afin de l'introduire entre le papier et le carton pour terminer d'en décoller le joint.

— Mais qua'est-ce que ça fait là, ça? murmura-t-elle en découvrant trois photographies.

La première présentait son grand-père Lucien, en habit militaire avec médailles et grades bien en apparence. La jeune femme sourit de tendresse. Elle se rappelait les histoires qu'il lui racontait. Ces instants graves où la guerre engloutissait hommes et volontés. Il avait toujours eu le tact de raconter ces moments, sans jamais faire mention des horreurs qu'il avait vues. Lucien avait été un héros de guerre, décoré à plusieurs reprises. Il avait mené ses troupes avec bravoure, faisant reculer l'ennemi jusqu'aux confins de la France. Il lui avait raconté, peu de temps avant qu'il ne meure, comment il était parvenu à s'enfuir alors qu'il avait été fait prisonnier et qu'il avait perdu ses hommes. C'était un grand homme dont elle était fière.

La deuxième photo était moins glorieuse : des corps empilés les uns sur les autres. Debout près de ces morts, des militaires posaient fièrement devant ce qui semblait être leur trophée de guerre. La fierté qui animait leurs yeux lui donna envie de vomir. Était-ce Lucien que l'on voyait en arrière-plan ? Le visage est si flou. C'était impossible. Pourquoi, ciel, son grand-père avait-il gardé ce cliché ? Peut-être pour se rappeler ces moments de terreur et d'horreur. Elle retourna la photo pour y découvrir une note écrite à la main : 12 février 1942, Vichy. À la vue du troisième cliché, elle plaqua sa main sur sa bouche pour ne pas crier. Des larmes inondèrent son visage juvénile. Lucien apparaissait très clairement sur la photo. Il tenait une arme braquée sur la tempe d'une jeune femme aux cheveux noirs bouclés, vêtue en civil. Son teint était foncé et ses grands yeux sombres n'exprimaient que la peur. À ses côtés, deux hommes riaient.

::

Elle poussa la porte qui grinça légèrement, puis fit quelques pas jusqu'au lit où Léontine dormait. L'éclairage de la lune lui conférait une teinte bleutée. Geneviève la regarda un moment, tout en se questionnant, lorsque la femme ouvrit les yeux.

— Oh, tu m'as fait peur, ma chérie! Que fais-tu ici? Tu ne parviens pas à dormir?

— Lève-toi, grand-mère, je voudrais te montrer quelque chose.

— Tout va bien? Tu me sembles troublée, tu m'inquiètes. Tu n'es pas malade au moins? dit la vieille femme en repoussant ses couvertures.

— Je vais bien. Il ne s'agit pas de cela.

— Ciel, tu en fais des mystères.

Muette, la jeune femme se contenta d'aider son aïeule à enfiler sa robe de chambre, avant de l'entraîner jusqu'à la bibliothèque. Elle referma la porte derrière elles. Toujours silencieuse, elle lui tendit les trois clichés.

Léontine les regarda en silence, tandis que Geneviève s'étonnait de ne voir aucune réaction de sa part.

— Que fais-tu avec ces photos? Où les as-tu trouvées? demanda-t-elle enfin.

Sa voix était grave.

— Tu connais leur existence?

La femme laissa échapper un soupir non pas de désappointement, mais de contrariété.

— Grand-mère? Je ne comprends pas… Regarde cette photo… mon Dieu, grand-père menace une femme, et ces hommes-là…, s'écria la jeune femme, ce sont des SS… Explique-moi… Et là, qui sont ces morts? N'est-ce pas Lucien que l'on voit, en arrière-plan? Je t'en prie, dis-moi que ce sont des montages.

— Il faut toujours que tu fouines où il ne faut pas, n'est-ce pas? Depuis que tu es toute petite, tu es une fouille-merde, tu me déçois tellement, si tu savais.

Jamais encore sa grand-mère ne lui avait parlé sur ce ton. Geneviève resta tétanisée. Pendant un instant, elles se mesurèrent du regard.

— Je veux des explications. Papa est au courant?

— Des explications? Mais je ne te dois aucune explication!

Geneviève s'approcha de sa grand-mère.

— Mon Dieu, je comprends maintenant… Tu as toujours su que grand-père collaborait avec les Allemands et que ces photos existaient, c'est bien ça?

La vieille demeura muette.

— Réponds! hurla la jeune. Raconte-moi, sinon je quitte cette maison et tu ne me reverras jamais.

Léontine la dévisagea avec froideur.

— Oui, ton grand-père était ce qu'on appelle un collabo, du moins c'est ainsi qu'on désigne ceux qui ont aidé l'ennemi. Mais en réalité, il a agi comme bien des gens en tentant tout simplement de sauver sa peau. Tu ne dois pas le juger, tu ne connais rien de la guerre, de cette peur qui te bouffe de l'intérieur et qui ébranle tes plus profondes convictions. Tu ne sais pas que le meilleur des hommes peut devenir la pire des bêtes pour un morceau de pain, à cause de la faim. Tu ne sais pas que pour survivre, tu es prêt à tuer. Lucien n'a jamais demandé à se battre.

— Qui était l'homme qui s'est introduit dans la bibliothèque? Pourquoi grand-père l'a-t-il tué?

— Que crois-tu? Il cherchait des preuves!

— Avait-il un lien avec la femme sur la photo ?

La vieille opina de la tête.

— C'était sa jumelle. Elle travaillait pour nous.

— Elle était juive ?

— Mais non. Il n'y a pas que les juifs qui ont été exécutés durant la guerre, pauvre enfant, c'était une simple Tsigane, répondit avec dédain la grand-mère. Une rien du tout.

— Tu en parles avec tant de mépris. Je ne te reconnais pas.

— Non, tu ne me connais pas et encore une fois, tu ignores ce qu'était cette guerre. Tu me juges, tu juges ton grand-père du haut de tes dix-huit ans, alors que tu es née avec une cuillère en argent dans la bouche. Crois-tu que tu ferais mieux que les autres ?

— Cet homme a été tué, car il voulait dénoncer Lucien, c'est ça ?

— Bon, je peux bien te le dire. Il souhaitait le faire condamner pour crimes de guerre. Il le harcelait littéralement. J'ignore comment il a su pour les photos, j'en voulais d'ailleurs beaucoup à Lucien de les garder. Je savais que si elles venaient à tomber entre de mauvaises mains, c'en était fini de lui. Mais il tenait à les conserver. Je pensais que depuis cette affaire, il les avait brûlées. L'homme s'est donc introduit chez nous pour les voler. Il est mort pour ça, comme un vulgaire voleur qu'il était !

Léontine se dirigea vers la cheminée et tira une allumette du paquet qui se trouvait sur le manteau, tandis que Geneviève lui criait de ne pas faire ça. Les photographies s'enflammèrent aussitôt. Léontine les jeta dans l'âtre et les regarda se consumer.

— Si j'avais su où Lucien les avait dissimulées, ça fait longtemps que je les aurais brûlées.

Geneviève regardait sa grand-mère avec horreur. Elle qui l'avait bercée, aimée, cajolée se révélait un être ignoble, dépourvue de compassion. Sans réfléchir, la jeune femme prit le roman d'Alexandre Dumas et frappa la vieille femme de toutes ses forces.

Léontine s'effondra au sol, sa tête heurta le socle de la cheminée de marbre.

Elle regarda le sang de sa grand-mère courir sur le parquet jusqu'au livre ouvert et pensa à une scène identique qui s'était produite quelque soixante ans auparavant.

SYLVIE-CATHERINE DE VAILLY

Sylvie-Catherine De Vailly a écrit beaucoup de romans pour la jeunesse, des séries, des romans historiques et même des romans d'amour. Et c'est pour le plus grand bonheur de ses lecteurs qu'elle passe d'un genre à l'autre avec brio.

Sylvie-Catherine De Vailly possède une formation en anthropologie. Pensez aux multiples similitudes entre une recherche anthropologique et une scène de crime à élucider ! Encore plus fascinant : l'anthropologue enquête pour découvrir ce qui s'est passé il y a quelques centaines d'années ; le policier fait de même, sur une période plus courte. Découvrir par petites couches successives la noirceur de l'âme humaine, creuser les motivations profondes des criminels et balayer quelques poussières sur des indices enfouis tout en analysant différentes hypothèses, voilà tout le travail d'un policier, depuis la lorgnette de l'anthropologie.

Volontaire et acharnée, Sylvie-Catherine De Vailly a débuté dans l'écriture en réponse à sa sœur auteure Corinne qui la mettait au défi d'écrire un roman. Elle a relevé la tête et le pari, puis un an après la naissance de son fils, sa première œuvre de fiction a vu le jour.

Elle compte à son actif une trentaine d'ouvrages pour les jeunes et les adultes et, depuis quelques années, elle nous propose les enquêtes de la première femme inspecteur de police au Québec, Jeanne Laberge. Par souci de cohérence avec ce personnage fictif qui sort des sentiers battus, les crimes à résoudre se déroulent dans les années 60, au moment de l'apparition des techniques scientifiques d'enquête... et de l'arrivée des femmes dans les postes de police. Il faudra une grande force de caractère à Jeanne Laberge pour se frayer un chemin dans ce monde d'hommes et y faire sa marque. Et comment ne pas adhérer à la philosophie qu'elle partage avec sa créatrice : dans la vie, il vaut mieux échouer que renoncer. Ne cherchez pas plus loin, il y a beaucoup de l'auteure dans ce personnage attachant !

Sylvie-Catherine De Vailly possède une écriture lumineuse même si elle avoue travailler la nuit. La vie propre de ses romans débute dans sa tête sous la forme d'une ambiance ou encore, par une scène qu'elle veut absolument écrire. Puis elle se laisse porter, sans plan précis, mais avec une idée claire de la finale du roman. Cette finale demeure son guide ; son imagination fait le reste.

Après *La valse des odieux* (quel excellent titre !) et *La sélection naturelle*, Sylvie-Catherine De Vailly nous a présentés en mai dernier, un troisième roman qui met en vedette son inspecteur. Dans cette enquête au titre qui en dit long, *Usage de faux*, Jeanne Laberge est confrontée à l'univers de la contrefaçon.

Que nous réserve l'avenir de cette anthropologue-romancière à la recherche d'un passé révélateur de découvertes et de trésors littéraires ? Sylvie-Catherine De Vailly rêve à l'origine des religions, une immense fresque ayant pour noyau la femme. Nul doute que ce possible livre contiendra tous les éléments pour nous étonner et nous faire passer de bons moments, au creux même de notre propre origine.

 sylviecatherine.devailly

Photo de l'auteure : Mathieu Lacasse

MARTIN WINCKLER

Meurtre sous khontrainte

À Aliénor d'H.

Assis à son bureau parfaitement rangé, Bernard Larsan se félicite. Il a passé beaucoup de temps à planifier mais, désormais, tout est bien en place et, en ces dernières minutes, il savoure la perfection de son *puuze*. (C'est ainsi qu'il prononce le mot *puzzle*.)

Bernard Larsan a toujours été content de lui. En cette veille de Saint-Vercocquin, il l'est plus encore, car il va se venger. Et sa vengeance sera terrible, atroce, inéluctable et d'une ironie parfaite.

Avec un soupir d'aise, il relève la tête, pose délicatement le bout de ses doigts sur sa cravate, toussote et passe en revue les événements des derniers mois.

::

Tout a commencé en mai, aux beaux jours. Bernard Larsan, documentaliste polyvalent de premier rang à la médiathèque Boris-Vian de l'Université Tourmens-Nord, était de mauvaise humeur. Il n'était pas souvent à cran — il se flattait d'être d'humeur égale, qualité indispensable au bon exercice de sa fonction. Mais il venait d'entendre la bibliothécaire en chef, Madame Anderson, lui annoncer que sa promotion attendue au poste de sous-bibliothécaire adjoint en charge des archives était reportée. Or, depuis qu'il était entré à la médiathèque et s'était attelé à l'escalade de l'organigramme, Bernard Larsan n'avait jamais raté un échelon. C'était, en effet, un professionnel ponctuel, performant et pointilleux — en un mot : parfait. Chacune de ses montées en grade avait eu lieu à la date et à l'heure dites, et l'itinéraire qu'il avait patiemment organisé n'avait, jusqu'à ce jour, souffert aucun retard. Il avait *toujours* eu pour but ultime de devenir sous-bibliothécaire adjoint chargé des archives. Ce n'était pas un plan de carrière, c'était une quête. Car ce poste lui ouvrirait le Saint des Saints de la médiathèque. Il lui donnerait accès aux livres et aux documents les plus précieux et ferait de lui, en somme, le gardien des trésors culturels de la région.

::

— Vous n'avez pas correctement rempli le monte-charge, Alise, déclare Bernard Larsan à la documentaliste de deuxième rang. Vous savez pourtant bien qu'il n'est pas souhaitable de le faire descendre au sous-sol s'il n'est qu'à moitié plein. Et vous savez aussi qu'il est impossible de l'appeler du sous-sol quand la porte n'est pas bien fermée ! Regardez-moi ça ! lance-t-il avec une acrimonie sèche. Les volumes sont empilés n'importe comment ! Tout risque de s'effondrer !

Dans le monte-charge, plusieurs dizaines de livres sont entassés dans le plus grand désordre.

— Je n'ai pas fini de le charger, Monsieur Larsan ! Je reprendrai après ma pause de l'après-midi.

Larsan est sur le point de répondre qu'en vingt-cinq ans de carrière, il n'a jamais pris de pause l'après-midi, mais il se retient et secoue la tête en silence. Pour Alise Jacquemort, certains principes resteront toujours incompréhensibles. Larsan a eu beau s'échiner à la former, peine perdue. De guerre lasse, il a fini par admettre qu'on ne fait pas boire un âne qui n'a pas soif. Et rien ne l'irrite plus que les demandes d'explication de la jeune femme.

— C'est parce qu'il n'est pas plein que je l'ai laissé ouvert ! Pourquoi tenez-vous à ce qu'il soit fermé ?

Avec une impatience qu'il a du mal à contenir, et bien qu'il soit légèrement plus petit qu'elle, Larsan la prend de haut et pointe l'index vers le sternum de la jeune femme.

— Il y a des choses que je n'ai pas *besoin* d'expliquer, Alise, et je ne comprends pas que vous ne compreniez pas sans que je vous l'explique. C'est tellement évident, pourtant! Votre poste est dédié spécifiquement au transit des documents entre le rez-de-chaussée et la salle des archives. Et ce n'est pas une tâche mineure, car il n'y a pas de petite tâche, il n'y a que de petits tâcherons. Mais si vous n'avez pas le souci du travail bien fait, vous ne ferez rien de votre vie! Redressez-moi ces piles avant de prendre votre pause!

En bougonnant, Alise Jacquemort s'exécute.

::

Quelques mois plus tôt, un jour où Larsan rappelait déjà à sa collègue que chaque chose doit être à sa place, que le monte-charge est un élément crucial du traitement des archives et que son bon fonctionnement dépend du soin avec lequel on le remplit, une voix avait retenti dans l'interphone.

— Pourrais-je m'entretenir avec un documentaliste?

Larsan consulta l'écran. Une jeune femme se tenait à l'entrée du personnel, face à la caméra. Elle se nommait Chloé Parker, elle était doctorante à l'université et venait, à la suggestion de son directeur de thèse, consulter les archives de la médiathèque. Larsan descendit lui ouvrir.

— Je suis le documentaliste polyvalent de premier rang, annonça-t-il en la guidant vers une salle d'étude. Que puis-je faire pour vous, Madame Parker?

Chloé Parker avait trente-cinq ans, un sourire irrésistible et un visage angélique qui se passait de tout maquillage. Elle n'était pas très grande, mais dépassait Larsan d'une bonne tête.

— Eh bien, dit-elle, je travaille actuellement…

— … *Hfhhoui,* sur les « Figures du féminisme et les errances du genre dans la culture populaire nord-américaine, de *Wonder Woman* à *Transparent* ».

Très soucieux de sécurité, Larsan avait vérifié l'identité de la jeune femme avant de lui ouvrir. Il en avait profité pour jeter un œil à son dossier universitaire.

Impressionnée, Chloé Parker rougit. Bernard Larsan bomba le torse. Chloé expliqua les difficultés qu'elle rencontrait à organiser son matériau d'étude. Bernard Larsan hocha la tête d'un air entendu. Chloé lui demanda s'il pouvait lui apporter ses lumières. Bernard Larsan inclina la tête, posa délicatement le bout des doigts sur sa cravate et murmura « *Hfhhoui* » sur un ton paternel.

::

Le regard de Larsan s'attarde sur le coin de son bureau ; il pousse un soupir nostalgique : un temps, il a espéré pouvoir y exposer le visage de Chloé Parker dans un cadre soigneusement choisi. Le soupir se transforme en grondement de révolte. Chloé l'a déçu. Pire : elle l'a trompé. Et de la plus inacceptable, de la plus cruelle manière. Pour la première fois depuis plusieurs semaines, il se remémore sa trahison. Jusqu'ici, c'était trop douloureux. Aujourd'hui, il peut tout se rappeler sans peine : bientôt, c'est Chloé qui souffrira.

::

Pour le documentaliste polyvalent de première catégorie, l'arrivée de la jeune doctorante avait été le début d'une merveilleuse relation. Les premiers jours, il élabora avec elle une liste de mots-clés, puis se mit en devoir de lui expliquer comment l'employer pour explorer registres, index, compendiums et bases de données.

Alors même que rien ne l'y obligeait, il vérifia scrupuleusement toutes les références issues de sa recherche, les tria par époque et par forme (manuscrit, imprimé, fichier numérique) et les assortit d'un résumé descriptif avant de les transmettre à la doctorante. Celle-ci, bien entendu, en fut comblée et ne se priva pas de le lui dire.

Beaucoup d'hommes ont tendance à lire dans les sourires courtois des femmes un intérêt personnel plus marqué. À tort. Comme bon nombre de ses congénères, le documentaliste avait lu dans l'attitude de Chloé Parker autre chose que l'expression de sa gratitude. Il faut reconnaître qu'elle lui demandait sans cesse son avis sur ses recherches (*Appelez-moi Bernard*, lui avait-il dit) et ne manquait jamais de le louer chaleureusement (*Comment vous remercier, Bernard ?*). Elle alla jusqu'à le gratifier tour à tour des termes de « bienfaiteur », d'« ange gardien », d'« homme exceptionnel » et de « meilleur documentaliste du pays, et même du continent ». Chloé Parker avait toujours été très spontanée.

::

Comme à son habitude, Madame Anderson entre dans le bureau de Larsan sans frapper.

— Bernard, c'est bien vous qui fermez la boutique ce soir, je ne me trompe pas ?

Larsan incline la tête, pose la main sur son cœur et, avec un sourire obséquieux, répond : « *Hfhhoui,* Madame la bibliothécaire en chef. »

— Alors je vous laisse, j'ai un avion à prendre. Vous n'oublierez pas de vérifier que toute la collection a regagné la salle des archives, n'est-ce pas ?

Le sourire de Larsan s'élargit.

— Vous pouvez compter sur moi. Je ne quitterai pas mon poste avant que tout ne soit en place.

— J'en suis sûre ! Alors, à dans huit jours.

— Bon voyage, Madame la bibliothécaire en chef.

Larsan soupire d'aise. Il est dix-sept heures quinze. En ce vendredi de fin de session, les salles d'étude désertées sont fermées depuis une demi-heure. Le prêt public va bientôt cesser. Dans un peu plus d'une heure, la médiathèque vide se transformera en piège impitoyable.

::

Il y a dix ans, la médiathèque Henri-Troyat de Tourmens-Nord a été rebaptisée en l'honneur de Boris Vian — ce « touche-à-tout-de-génie » que Larsan, pour sa part, a toujours trouvé fort surfait — après avoir reçu d'un vieil excentrique, nommé (ça ne s'invente pas !) Maurice Viand, une fortune en numéraire et une collection hétéroclite consacrée à son homophone écrivain.

La collection Boris-Vian de la médiathèque tient dans deux imposantes malles anciennes contenant : une dizaine d'éditions originales d'œuvres de l'auteur ; plusieurs centaines de cartes postales autographes de vacances du susdit ; des listes d'épicerie également autographes, mais d'intérêt assez discutable ; plusieurs tableaux de médiocre qualité ; deux trompettes rouillées ; deux grands cartables en cuir remplis de carnets, blocs-notes et cahiers portant le tampon de l'école primaire de Ville-d'Avray ; des photos floues prises dans une cave de Saint-Germain-des-Prés et sur lesquelles on peut — en faisant beaucoup d'effort — distinguer Juliette Gréco, Henri Salvador, Boris Vian et divers inconnus ; des tasses ébréchées (et encore maculées) subtilisées par un fétichiste après une brève rencontre viano-sartro-beauvoirienne au Café de Flore et, parmi quelques autres bricoles ayant de près ou de loin rapport avec l'auteur de *L'automne à Pékin,* un instrument hideux sur lequel nous reviendrons plus loin.

Pilier de la médiathèque, Larsan y a toujours été un loup solitaire. Après le changement de dénomination de son établissement, il s'est senti un peu plus isolé. Tandis que l'immense majorité des lecteurs adulent le pâle Vian, le documentaliste polyvalent de premier rang n'a jamais juré que par un seul écrivain, qu'il admire et révère : le merveilleux Vernon Sullivan.

> Traductions (fausses) : [...] En 1946, Boris Vian, jeune écrivain qui n'a jusqu'alors publié aucun roman, écrit pour les éditions du Scorpion un pastiche de roman noir américain, intitulé *J'irai cracher sur vos tombes*. Dans une courte préface, Vian se présente comme le traducteur du texte, dont l'auteur serait un certain Vernon Sullivan. L'ouvrage fait scandale. Vian en publiera sous le même pseudonyme trois autres, qui remporteront plus de succès que les romans parus sous son nom. (Source : Raphaël Marcœur, *Dictionnaire des ironies littéraires*, Paris, P.O.L., 2033.)

Nul lecteur, d'ici ou d'ailleurs, ne doute que Sullivan ait été inventé de toutes pièces par le poète-écrivain et musicien de jazz. Au fil des années, de ses lectures et d'une analyse comparée de la sublime syntaxe sullivanienne et de la pauvre prose de l'auteur germanopratin, Bernard Larsan s'était, quant à lui, forgé la conviction opposée : Vernon Sullivan est une personne réelle, il a effectivement écrit ses épatants romans, et Vian les a traduits pour mieux en récolter les lauriers. Doutant d'ailleurs que les traductions de l'ex-ingénieur des mines soient à la hauteur de la prose acérée du romancier américain, Larsan a toujours rêvé de les réviser. Pendant des années, il a donc harcelé de courriels les documentalistes, bibliothécaires et libraires de toute l'Amérique du Nord à la recherche d'une édition originale de Sullivan. Il a fini par recevoir un message enthousiaste d'un certain John Amadis, domicilié à Hoax, petite ville d'Alabama. Collectionneur patient et attentif, Amadis possède non seulement un exemplaire original des quatre ouvrages traduits par le Bison avarié, mais aussi un cinquième titre, *Don't believe what they say!*, un pur petit chef-d'œuvre que ce faiseur de Vian a négligé de révéler au monde! Malheureusement, l'heureux propriétaire refuse catégoriquement de vendre ses trésors ou même de les prêter. Tout au plus est-il prêt à laisser Larsan venir les consulter, moyennant une forte caution qui lui permettra d'assurer les ouvrages contre un accident de manipulation. Âgés de près de trois quarts de siècle, les *pulps* sont, on le comprend, dans un état précaire.

En prenant connaissance de la caution demandée par Amadis — dix mille dollars, à transférer dans un compte aux îles Caïmans —, Larsan s'est senti très abattu: il n'arriverait jamais à recueillir cette somme à lui seul. Ah! S'il pouvait convaincre la médiathèque d'organiser un événement spécial!

Par le passé, il a déjà présenté deux projets de commémoration à sa bibliothécaire en chef: le premier pour célébrer le soixante-dixième anniversaire de *J'irai cracher sur vos tombes*; le second en honneur de *Les morts ont tous la même peau*. Par deux fois, Madame Anderson a classé sa proposition sans suite. Il y a quelques mois, un peu encouragé par sa correspondance avec Amadis, Larsan a suggéré à sa supérieure hiérarchique, sans trop y croire tout de même, de célébrer la naissance d'*Et on tuera tous les affreux*, troisième roman de Sullivan. Il s'est bien évidemment porté volontaire pour coordonner l'événement et en assumer — sans demander d'heures supplémentaires — les contraintes et les obligations. *Et on tuera...* est en effet son Sullivan préféré. Il cumule, à ses yeux, toutes les qualités attendues d'une œuvre littéraire: l'écriture enlevée, l'humour, les jolies femmes, un sain projet de société.

À la grande surprise de Larsan, Madame Anderson a accepté. Son consentement n'avait cependant rien à voir avec une tardive reconnaissance des œuvres du romancier américain — ni de son existence; il était le fruit de circonstances fortuites, quoique déterminantes. La ville de Tourmens venait en effet d'accorder une bourse d'écrivain en résidence à Colin Harker, membre éminent de l'Oulipopupo — Ouvroir de littérature populaire potentielle. Auteur, entre autres, de romans policiers, Harker était d'ores et déjà très sollicité par les pôles culturels de la région, et Madame Anderson redoutait qu'il refusât d'intervenir entre les murs de sa modeste institution. Une manifestation autour de Vernon Sullivan ne pouvait le laisser indifférent — surtout si on lui demandait d'en être le parrain. La bibliothécaire en chef a donc subordonné l'organisation de l'événement Sullivan à la participation active de Colin Harker, pendant sa résidence, aux activités de la médiathèque. Pour stimuler le documentaliste, elle a évoqué l'éventualité de hâter sa promotion au poste de sous-bibliothécaire adjoint. Ravi, Larsan s'est mis à l'œuvre.

Il allait le regretter amèrement.

Quelques jours plus tard, Chloé Parker entrait, tout émue, dans le bureau de Bernard Larsan. Ce dernier, non moins ému, venait de recevoir une lettre bouleversante : impressionné par le papier à en-tête et la volonté inébranlable du documentaliste de premier rang (Larsan était parvenu à rassembler personnellement le montant de la caution en prenant une hypothèque supplémentaire sur son deux et demie), Amadis acceptait de prêter ses précieux volumes à la médiathèque pour un mois. Larsan avait déjà résolu de les exposer dans la plus belle vitrine de l'établissement, malencontreusement encombrée par un instrument hideux, jadis autographié par Vian (qui, décidément, touchait vraiment à tout et à n'importe quoi).

Il s'agissait en effet d'un khon.

Khon : n. m. Le *khon* — ou *khen* — est un instrument d'Extrême-Orient, courant au Laos mais aussi en Chine, où on le nomme *sheng*, et au Japon où on le nomme *sho*. C'est un orgue à bouche constitué de tuyaux de bois ou de bambou de taille différente — parfois très longs — fixés sur une caisse de résonance. Leur son difficile à qualifier mais caractéristique est à l'origine de l'expression «Résonner comme un khon». (Source : *Dictionnaire de l'OuMuPopuPo — Ouvroir de musique populaire potentielle*, 6ᵉ édition, 2029.)

Ce khon, dont les tuyaux les plus longs mesuraient à peine un mètre, était, par conséquent, un khon de taille modeste, mais encombrant tout de même — au propre comme au figuré.

Bernard Larsan avait toujours détesté l'instrument qui, à ses yeux, défigurait l'exposition permanente. Il avait longtemps rêvé de le faire disparaître. La célébration des œuvres de Sullivan allait le lui permettre — pour un temps, tout au moins.

::

Ce jour-là, quand Chloé apparut, le cœur du documentaliste ne fit qu'un tour dans son péricarde.

— Ah, Bernard, Bernard, *Bernard*! s'écria-t-elle sans lui laisser le temps d'ouvrir la bouche. Je viens d'apprendre la nouvelle! C'est formidable! Je suis si heureuse! Et tout ça grâce à vous! Vous êtes merveilleux! Il faut que je vous embrasse.

Larsan est devenu rouge comme un coquelicot.

Chloé l'a pris dans ses bras et l'a étreint avec ferveur.

Le documentaliste, qui perd rarement son sang-froid, a senti la chaleur enflammer ses oreilles. Il a voulu dire à Chloé combien ses effusions le comblent mais, avant qu'il ait pu se ressaisir, la jeune femme s'est mise à sauter à pieds joints autour de la pièce comme une écolière avant son premier vol en montgolfière.

— Vous vous rendez compte? Grâce à vous, je vais rencontrer mon idole de toujours! Ah, Colin.e, Colin.e, comme j'ai rêvé de ce moment!

— Vous partez faire de l'escalade? a bredouillé Larsan.

— De l'escalade ? Chloé a pétillé d'un rire charmant. Comme vous êtes drôle, Bernard ! Non, je parle de Colin.e Harker. Notre écrivain.e en résidence. Cela fait des années que je rêve de la rencontrer. Et voilà que vous l'invitez ici pour une lecture-conférence ! Je vais pouvoir lui poser toutes les questions qui me viennent depuis que je la lis.

— Mais…, hésita le documentaliste surpris, *Colin* étant un prénom masculin, j'avais cru…

— Comment ? Vous ne saviez pas ? Mais c'est toute la force de cette merveilleuse artiste ! Colin.e Harker est né.e homme, mais son amour inclusif de toutes les formes littéraires l'a conduit.e à s'assumer en tant qu'écrivain.e transgenre ! Elle s'était beaucoup éloignée de la scène littéraire depuis quelques années. Cette résidence à Tourmens marque son retour à la vie publique. Avez-vous lu *Pile et Face*, le journal de sa transition ?

— Euh… non, je ne…

— Ah, Bernard, vous le *devez* ! Jurez-moi que vous allez le lire ! Quel livre sublime ! Et quel magnifique plaidoyer pour la dualité qui dort en chacun de nous ! Je rêvais de l'interroger pour ma thèse de doctorat ! Et c'est vous, *vous,* qui me permettez de le faire ! Ah, merci, merci, *merci* Bernard !

Et Chloé l'a étreint une nouvelle fois.

Stupéfait, Larsan s'est laissé faire. Il s'était bien senti un peu dépité d'avoir commis cette grossière erreur au sujet de Colin.e Harker, mais au fond, s'est-il dit, cela vaut mieux. Le spectacle de *sa* Chloé se pâmant devant un vulgaire auteur de romans policiers — ou pire, sentimentaux ! — l'aurait beaucoup chagriné. Tandis que la voir ainsi… en *transe* à l'idée de communier avec son auteur.e féministe préférée — et cela, grâce à *lui* — ne pouvait que le remplir d'une profonde fierté. Il a pris paternellement les mains de la jeune femme et a remis à plus tard sa propre grande annonce. D'ailleurs, tout bien considéré, il aimait mieux lui en faire la surprise.

Larsan avait en effet gardé le silence sur ses échanges avec le collectionneur de Hoax. Il ne voulait pas s'exposer inutilement aux sourcils levés, aux lèvres pincées, aux demi-sourires et aux reniflements soupçonneux de tous ceux qui, depuis toujours, mettent en doute l'existence de Vernon Sullivan. En faisant mine de célébrer l'une des productions du plumitif à prénom russe, il avait pour projet de frapper un grand coup et, en révélant l'existence des romans, de mettre au jour une ignoble imposture. Pour cela, il avait suggéré que l'événement soit programmé juste après la semaine de relâche universitaire. En l'absence d'étudiants, la médiathèque tournerait en effet à petit régime et il comptait profiter de ces huit jours pour préparer son exposition — et ses révélations — dans le plus grand secret.

::

Alise Jacquemort passe la tête dans l'entrebâillement de la porte.

— Monsieur Larsan…

— Comment, vous êtes encore là, Alise ? Vous devriez déjà avoir quitté la médiathèque !

— C'est que, j'ai un problème avec l'orgue à bouche.

— Quel genre de problème ?

— Eh bien, vous m'aviez demandé de l'emballer pour le descendre à la salle des archives avant de quitter mon poste, mais je n'arrive pas à le faire rentrer dans son étui de polystyrène. Tous ces tuyaux…

Ah ! Cet orgue ! Ce maudit orgue ! Larsan aurait tant aimé en faire du petit bois de chauffage !

— Eh bien, ça ne fait rien. Laissez donc tout ça à votre poste, je m'en chargerai. Rentrez chez vous !

— Vous êtes sûr ? Ça m'ennuie de vous laisser ça, il vous reste beaucoup à faire !

Très las, Larsan secoue la tête, couvre son visage de sa paume et dit « Hfhhoui, j'en suis sûr. »

À demi rassurée — car elle n'a pas l'habitude que son supérieur hiérarchique la laisse partir avant qu'elle ait terminé sa tâche —, Alise Jacquemort referme la porte et soupire. Décidément, elle a beau se fendre en quatre, pas moyen de le satisfaire, celui-là ! Elle en a un peu soupé, de Larsan, de ses exigences contradictoires et de ses humeurs changeantes. Si le job à la mairie dont on lui a parlé est toujours vacant, elle postulera dès lundi.

::

En fonctionnaire consciencieux, et en attendant de pouvoir mener à bien son grand œuvre, Bernard Larsan s'était plié à ses obligations — à savoir : contacter la prénommée Colin.e (« Quel inepte snobisme ! » pensait-il, les yeux levés au ciel et les doigts sur la cravate, chaque fois qu'il lisait ce « .e » dans la presse) et l'inviter à la médiathèque. Agréable surprise : l'auteur-e (Larsan préférait l'écrire avec un « -e ») lui avait répondu sur le champ et en lui donnant ses disponibilités, ce qui suggéra au documentaliste polyvalent de premier rang que, tout compte fait, le (la ?) membre de l'Oulipopupo n'était peut-être pas un mauvais bougre (est-ce qu'il y avait un féminin à « bougre » ? Il fallait qu'il consulte son *Littré*.). Il en avait déduit que, praticien-ne du roman policier, Harker (désignons-le/la par son nom, ce sera plus simple) pourrait être intéressé-e par ses récentes découvertes sullivaniennes.

Il avait donc, de manière toute professionnelle, fixé plusieurs dates possibles pour la lecture-conférence ; mais au moment de l'envoyer à Harker, il avait décidé, avec la plus grande candeur, de laisser Chloé choisir celles qui lui convenaient le mieux. La reconnaissance de la jeune femme avait en effet suscité en lui des sensations indicibles, inouïes, incomparables, qu'il avait hâte d'éprouver à nouveau.

Il se mit à modifier sa méthode de travail : lorsque Chloé s'installait dans une salle d'étude, il allait occuper un poste informatique de l'autre côté du couloir, pour pouvoir la dévorer du regard. Parfois, elle levait les yeux, l'apercevait et lui souriait. À ces moments-là, Bernard Larsan était aux anges.

Il se mit aussi à infléchir son itinéraire pour passer dans la rue où vivait Chloé — il avait relevé l'adresse dans son dossier universitaire. Le matin, assis dans l'autobus S, il lançait au passage un baiser à la charmante fenêtre de son neuvième étage. Et en rentrant le soir, il en envoyait un autre à la silhouette légèrement vêtue qui étudiait tard, imaginait-il, derrière le rideau de dentelle.

Les fins de semaine, il la guettait de loin au Jardin botanique quand elle s'installait pour lire sur un banc ; plus tard dans la journée, il la croisait « par hasard » en faisant ses courses. Lorsqu'elle s'étonna de le voir fréquenter le même supermarché qu'elle, il expliqua que le choix de fromage y était plus varié et de bien meilleure qualité qu'ailleurs. C'était une excuse audacieuse : Bernard Larsan ne mangeait pas de fromage.

Bref, il se mit en quatre pour se rapprocher de la jeune femme, en espérant que les circonstances les rapprocheraient encore plus. N'était-il pas, après tout, à l'origine d'une rencontre dont elle rêvait depuis longtemps ?

Lorsqu'il lui proposa de choisir la date de la conférence, il ne fut pas déçu : ravie à l'idée de rencontrer son idole et, qui plus est, au jour et à l'heure de son choix, Chloé exprima sa joie de manière plus marquée : riant aux éclats, elle serra Larsan contre sa jolie poitrine et, transportée, l'embrassa sur les deux joues — ce qui ne manqua pas d'assouplir le petit cœur du rond-de-cuir.

Hélas, les joies sont éphémères, les meilleures choses ont une fin et, comme le suggère sombrement le quatrième titre de l'immortel Sullivan, *Elles se rendent pas compte.*

Le soir de la lecture-conférence, tous les espoirs de Bernard Larsan fondirent comme neige au soleil.

::

Larsan referme derrière lui la porte de son bureau, fait rapidement le tour de l'étage pour s'assurer que, dans les cubicules vides, les sessions informatiques ont été correctement closes ; puis, avec le vague sentiment d'oublier quelque chose, il descend au rez-de-chaussée. À l'entrée du public, les derniers lecteurs de la journée déposent ou retirent des documents. Un niveau plus bas, il vérifie que la porte menant au garage souterrain est bien verrouillée. En sifflotant, il descend jusqu'au second sous-sol. La salle des archives est fermée. Il sort fièrement les clés magnétiques qui lui ont été remises deux jours plus tôt, déverrouille la porte blindée et pénètre dans la salle.

Dans ses dernières volontés, Maurice Viand spécifiait que les éléments les plus précieux de sa... « collection » devaient pouvoir, en cas de besoin, être mis à l'abri à température stable, dans une pièce hermétique, résistante aux tremblements de terre et aux chutes d'astéroïdes. Après de nombreuses négociations avec l'exécuteur testamentaire, la bibliothécaire en chef a alloué une partie des liquidités à la transformation de la salle des archives en chambre forte. On a donc doublé la pièce d'une seconde paroi en durinium virconisé et on l'a équipée d'un appareillage de climatisation perpétuelle à hygrométrie pulsée. On a de plus installé, côté escalier, une porte blindée et, entre la salle des archives et le monte-charge, un sas constitué par deux portes de verre. Afin de garantir la stabilité hygrométrique, il est impossible d'ouvrir l'une des portes du sas sans avoir fermé l'autre.

Du côté de l'escalier, en raison d'un défaut de conception, l'huisserie s'est légèrement déformée et la lourde porte a tendance, lentement mais sûrement, à se refermer toute seule. Or, on ne peut pas l'ouvrir de l'intérieur. Une stagiaire en a fait jadis la désagréable expérience en restant coincée plusieurs heures avant qu'on la libère, car la salle des archives ne dispose pas d'un interphone et les téléphones cellulaires n'y captent pas de signal. Depuis cet incident, toute personne autorisée à entrer doit d'abord bloquer la porte au moyen d'une cale métallique. Larsan n'oublie jamais de le faire.

Il s'approche d'une série de grandes étagères, tire vers lui deux imposantes malles d'âge vénérable, les déverrouille et les considère avec ironie. Ce brave Maurice Viand n'aurait certainement pas imaginé l'usage que le documentaliste leur destine.

De l'autre côté de la salle des archives, une lumière clignote. Larsan franchit le sas de verre, ouvre la porte du monte-charge, en sort une boîte rigide contenant des livres et des objets en équilibre instable qu'y a empilés sa documentaliste de deuxième rang, referme la porte du monte-charge vide et le réexpédie au rez-de-chaussée. Puis il franchit le sas en sens inverse et dépose son fardeau sur la grande table de bois. Ici, au moins, dans la salle des archives, il a la paix. C'est ici qu'il s'est réfugié, au plus fort de la tourmente, pour cacher sa détresse ; c'est ici qu'il a ourdi sa vengeance ; c'est ici qu'il va pouvoir la déguster. *Ah ! Chloé, si vous aviez voulu…*

::

Taillé.e en armoire à glace, la très familière Colin.e Harker (*Je peux t'appeler Bernie, mon vieux ?*) venait de clore sa transition d'une manière spectaculaire. Elle mesurait deux mètres, portait une chemise à carreaux, du rimmel, un rouge à lèvres carmin, une barbe rousse et une lame de rasoir en guise de boucle d'oreille. Les phalanges de ses doigts étaient tatouées des lettres LOVE (à gauche) et TEXT (à droite). Sa voix était grave comme le cri d'un ours brun et mélodieuse comme le chant d'une baleine.

Après être passé prendre Harker devant l'hôtel particulier qui lui servait de résidence temporaire, Larsan lui avait fait faire le tour de la vieille ville, puis il avait hélé un taxi pour les conduire à Tourmens-Nord. Pendant le trajet, le documentaliste avait risqué une approche timide.

— Vous qui connaissez bien *et* Boris Vian *et* le genre policier, avez-vous eu vent de la théorie, apparemment très sérieuse, selon laquelle…

— Ouais. Boris aurait fauché ses romans à Sullivan ? C'est du *bullshit* ! Mais bon, y a des gens à qui ça plaît de croire aux conspirations ou aux UFO…

Et Colin.e Harker éclata d'un rire homérique.

Larsan se tut. L'écri-vaine venait simultanément de refroidir son enthousiasme et de lui chauffer les oreilles.

Il se mit à la détester profondément.

Lorsque le public présent ce soir-là à la médiathèque Boris-Vian (on avait dû rajouter plusieurs dizaines de chaises et ça n'avait pas suffi) fit à l'auteur.e en résidence une ovation debout, le documentaliste de premier rang la détesta plus encore.

Et quand, après l'avoir vu.e signer une centaine de livres et revues et répondre patiemment à une myriade de questions, il vit Chloé s'approcher de Harker et lui sourire, Larsan frisa l'apoplexie : il fut ébloui par l'éclair qui jaillit entre le mastodonte et la frêle jeune fille ; il entendit le tonnerre ébranler les fondations du bâtiment. Alors, sa détestation déjà grande se transforma en haine meurtrière.

Entre Chloé et Colin.e, l'attirance fut immédiate, mutuelle et intense. Larsan s'en défendait, mais il l'avait compris : la doctorante féministe et l'auteur.e transgenre étaient, littéralement et littérairement, fait.es l'un.e pour l'autre. Et la haine du documentaliste polyvalent se mit à grandir à couvert, comme la lave bouillonne sous le volcan fumant.

Le lendemain de la lecture-conférence, alors que Chloé tentait de se concentrer sur son travail dans une des salles d'étude de la médiathèque, Colin.e apparut devant elle. Chloé sauta sur ses pieds, planta là ses livres, ses cahiers et ses notes, et le duo s'en fut loin des yeux et du cœur ulcéré du documentaliste de première catégorie.

Deux jours après, Larsan les vit marcher bras dessus, bras dessous, au Jardin botanique.

Le jour suivant, il les aperçut ensemble au rayon des fromages.

Il comprit qu'il ne pourrait plus jamais passer devant l'appartement de Chloé sans se sentir souillé.

Et, comme il lui fallait bien trouver un projet constructif pour surmonter cette situation pénible, il décida, en toute bonne logique, de les assassiner.

À mesure que la date de l'événement Sullivan approchait, la haine de Larsan se mua en jubilation. Il avait d'abord imaginé trois douzaines de manières de faire mourir les deux amants, mais jusque-là aucune ne lui avait semblé assez vengeresse. Il ne suffisait pas, en effet, que Colin.e et Chloé meurent. Il fallait qu'elles se voient mourir lentement sans pouvoir échapper à ce sort inéluctable. Il fallait qu'elles sachent qui leur ôtait la vie et comprennent pourquoi. Il fallait qu'elles souffrent. Il fallait qu'elles meurent en même temps que Larsan, impérial, renverrait Vian l'imposteur aux oubliettes dont il n'aurait jamais dû sortir. Il fallait que la mort des deux inqualifiables soit éclipsée par l'avènement de Vernon Sullivan — et son propre triomphe.

Le projet était beau. Mais comment l'accomplir ?

La lecture d'un entretien avec Colin.e Harker lui souffla la réponse. Il était tombé dessus par hasard, en indexant *Le Matricule des Vaches,* revue anarchiste post-moderne consacrée au roman policier. En apercevant le nom de la figure haïe, il avait d'abord caressé l'idée de l'ignorer, mais sa conscience professionnelle avait prévalu. Il avait lu l'entretien de la première à la dernière phrase et bien lui en avait pris : il contenait une précieuse information.

LMDV : Vous serez bientôt écrivain en résidence à Tourmens-Nord. À quelles activités allez-vous consacrer ce séjour ?

CH : Eh bien, en plus des conférences, rencontres et animations diverses que la fonction impose, j'en profiterai pour travailler à mon prochain livre, *Daïmon*. C'est un projet important pour moi, car ce sera, comme toujours, un ouvrage de critique sociale, mais aussi un roman d'amour et un *locked-room mystery*. L'intrigue tourne autour d'un incident très trouble, survenu il y a soixante-dix ans à Saõ Crabo, capitale des Andains : en tentant d'échapper à la police, l'anarchiste Marco Zartán, qui venait de lancer une bombe sur un défilé militaire, est entré dans un hôtel de luxe, s'est barricadé dans une chambre vide (on allait la repeindre), sans fenêtre et n'ayant qu'une issue. Un quart d'heure plus tard, quand les forces de l'ordre ont enfoncé la porte, ils ont découvert le corps d'un autre homme, mort depuis peu, étranglé et qui n'a pas été identifié. L'anarchiste, lui, avait disparu, et n'a pas été retrouvé. Plusieurs témoins dignes de foi ont pourtant juré que Zartán était seul dans la pièce quand il s'y était barricadé, et qu'il n'avait pas pu en sortir avant l'arrivée de la police ! Lorsque j'ai entendu parler de cet incident, j'y ai vu une contrainte d'écriture fascinante et je n'ai pas voulu la laisser passer. J'ai toujours voulu écrire un *locked-room mystery* qui, pour les praticiens du roman à énigme, est une figure aussi incontournable que, pour la science-fiction, le voyage dans le temps. Et ce genre de défi est… tout à fait mon genre !
(Rire homérique.)

En lisant ces mots, Larsan sentit une idée diabolique germer dans son cerveau fébrile. Un meurtre en chambre close, quoi de plus approprié pour punir ce… cette… ces *misérables*? Et il avait tout ce qu'il fallait ici même, à la médiathèque!

::

Après avoir refait le tour des bureaux pour s'assurer que les derniers membres du personnel s'apprêtent à partir, Bernard Larsan redescend au second sous-sol, déverrouille une nouvelle fois la porte blindée de la salle des archives (il ne la quitte jamais sans la fermer derrière lui) et met la cale en place. zzz

Des deux malles de la donation Viand, Larsan extrait délicatement cahiers, carnets, blocs-notes et autres fariboles, et les dispose dans un semi-désordre savant sur la grande table centrale. Tout à l'heure, il faudra qu'*on* se penche dessus. Puis, il range les malles vides le long du mur. Elles resserviront en temps opportun.

Il regarde sa montre: dix-huit heures vingt-cinq. Le moment de vérité est proche.

Naguère, Larsan a vivement contesté la transformation de la salle des archives. Au lieu de cette dépense pharaonique inutile et ridicule, n'aurait-il pas été plus judicieux de financer une bourse d'études sullivaniennes? Aujourd'hui, il se félicite de l'occasion inespérée que la coûteuse installation lui offre. Et, ironie du sort, le hasard — on peut dire: la Fortune — vient de lui donner un coup de pouce bienvenu. zzz

::

Conformément à ses plans, l'événement Vernon Sullivan a été programmé pour le début de la prochaine session universitaire. La perspective d'un tremblement de terre ou d'une chute d'astéroïde étant plus qu'improbable, l'essentiel de la collection Maurice Viand — y compris l'instrument mentionné plus haut — reste le plus souvent accessible au public, dans les vitrines du rez-de-chaussée. Mais pour des raisons de sécurité, pendant la semaine de relâche, la collection regagne la chambre forte, qui reste close jusqu'au retour de la bibliothécaire en chef ou d'une des sous-bibliothécaires adjointes, seules personnes habilitées à y pénétrer.

Par un fâcheux concours de circonstances, cette année, Madame Anderson a décidé de passer sa semaine de vacances avec sa fille installée en Australie ; or, la première sous-bibliothécaire adjointe est en congé de maternité et, la semaine dernière, la seconde sous-bibliothécaire adjointe s'est retrouvée hospitalisée pour une durée indéterminée à la suite d'un accident de la circulation. Aux grands maux, les grands remèdes ! Fermement résolue à maintenir son voyage dans l'hémisphère sud, la bibliothécaire en chef a décidé, devant cette situation imprévue, de nommer Bernard Larsan sous-bibliothécaire adjoint à titre provisoire, *chargé des archives*. Serait-il assez aimable pour superviser personnellement la mise à l'abri de la collection, lui a-t-elle demandé il y a deux jours en lui tendant les clés de la chambre forte ? En recevant le trousseau et cet insigne honneur, Larsan a posé délicatement le bout des doigts sur sa cravate, redressé la tête et murmuré *Mais Hfhhoui, Madame la bibliothécaire en chef.* Il a eu beaucoup de mal à retenir un gémissement de plaisir.

::

Colin.e et Chloé, qui aimeraient l'une et l'autre remercier *ce cher Bernard Larsan* d'avoir été le catalyseur de leur rencontre, ont tenté à plusieurs reprises de l'inviter à souper. En vain. Larsan ne tient pas du tout à passer une soirée à les entendre marivauder, à les regarder rire, autrement dit : à les voir se vautrer sous ses yeux dans leurs transports amoureux. Mais leur insistance sert ses plans. Quelques jours avant la fin de la session, les croisant *par hasard* au rayon des brosses à dents, il leur a fait nonchalamment une révélation : en répertoriant le contenu d'une malle de la donation Viand, il croit avoir mis la main sur un document fascinant et jusque-là passé inaperçu : l'un des cahiers contient, dans ses trente dernières pages, un texte qui ressemble furieusement à un premier jet — concis, mais parfaitement identifiable — de *J'irai cracher sur vos tombes.* Le récit, tracé d'une écriture serrée, est criblé de dessins érotiques, de remarques biographiques, de citations, de croquis, de notes.

Pendant qu'il a décrit l'objet aux deux tourterelles, Larsan a vu leurs yeux s'écarquiller. Toutes deux sont, sinon des aficionados de Vian, du moins des lectrices curieuses, et cette découverte n'a pas manqué de les intriguer.

Elles ont demandé — c'était prévisible — s'il est possible d'y jeter un coup d'œil. Un peu embêté, Larsan a déclaré qu'il a beaucoup de travail, qu'il doit préparer l'exposition de la rentrée, que pendant la semaine de relâche les archives seront inaccessibles… mais que *pour elles* (sourire), il sera heureux de faire une petite entorse au règlement. Toutefois, la seule possibilité de leur montrer le manuscrit serait de les recevoir à la médiathèque le vendredi précédant la semaine de relâche, juste après la fermeture. Si Colin.e et Chloé veulent passer à la médiathèque ce soir-là vers sept heures, il leur ouvrira volontiers. Mais bon, c'est comme elles veulent. Il ne les force pas.

Intrigué et reconnaissant, le couple lui a promis de se trouver devant la porte du personnel à dix-neuf heures pétantes.

::

Bien entendu, Larsan a tout inventé. Il n'y a pas d'ébauche de *J'irai cracher…* dans les malles de Maurice Viand, puisque le scribouillard à piston n'a pas écrit le roman de Sullivan ! Mais les deux idiotes, comme le reste de la planète, ignorent la vérité. Et leur ignorance va les perdre ! Tout à l'heure, après le départ des derniers membres du personnel, quand Chloé et Colin.e se présenteront devant la caméra de surveillance, Larsan les fera entrer. Après quelques banalités d'usage, il les conduira au second sous-sol. Une fois dans la salle des archives, il sera si impatient de montrer sa découverte aux deux imbéciles qu'il « oubliera » de mettre la cale en place. Lentement, mais sûrement, la porte blindée se refermera.

Cela va sans dire, Larsan n'a pas du tout l'intention de moisir au sous-sol avec ses deux ennemi.es mortel.les. Après avoir constaté sa « bourde » et laissé Chloé et Colin.e s'inquiéter pendant une minute ou deux, il s'empressera de les rassurer : il est possible de regagner le rez-de-chaussée. Le monte-charge n'est pas grand, mais heureusement, dira-t-il en les toisant toutes deux, être de petite taille peut constituer un avantage : il va se glisser dans la nacelle du monte-charge et, après avoir regagné le rez-de-chaussée, il redescendra leur ouvrir. C'est ici que son piège prendra un tour diabolique : après avoir franchi le sas, il en bloquera les portes et scellera ainsi le sort du dégoûtant duo. Et, avant de tirer sa révérence, il pourra leur cracher son mépris.

La suite ne sera pas moins brillante : après avoir coupé le système d'aération de la salle des archives et sensiblement baissé la température, Larsan s'en ira faire ses valises. Le lendemain, il s'envolera pour l'Alabama. Soucieux de savoir les œuvres de Sullivan confiées à un quelconque transporteur international, il a résolu d'aller prendre livraison en personne des précieux manuscrits. D'abord surpris par son insistance, Amadis a consenti à cette procédure, à condition toutefois que la caution lui soit versée par virement bancaire, le jour même de la passation des documents. Larsan atterrira à l'aéroport de Montgomery le samedi soir et devrait arriver à Hoax le dimanche dans la journée. Il a programmé le virement sur le compte indiqué par Amadis pour lundi matin. Une fois en présence du collectionneur, il compte l'interroger sur les circonstances dans lesquelles il a fait l'acquisition des cinq *pulps,* et passer sa semaine en Amérique à glaner toutes les informations possibles sur la vie, l'œuvre et l'influence de Vernon Sullivan.

Et tout cela, il le fera en se délectant du sort de Chloé et Colin.e. Enfermé dans la salle des archives transformée en tombeau à basse température, le couple ne mettra guère de temps à s'éteindre. À son retour, le dimanche suivant, Larsan rétablira les réglages de la salle, enfermera les cadavres dans les malles vétustes de Maurice Viand et fera prendre livraison de celles-ci par le service d'incinération des documents de l'université.

::

Sept heures moins vingt. Larsan a grand-peine à contenir son impatience. Dans la salle des archives, tout est prêt. Tout à l'heure, il commencera par présenter à Colin.e et Chloé divers documents amusants pour les faire trépigner d'impatience. Pendant ce temps-là, la porte se refermera...

Il s'ébroue. Ce n'est plus l'heure de rêver. Il lui faut à présent regagner son bureau, pour guetter l'arrivée de ses victimes. Au moment où il va sortir, il lui vient une idée extrêmement excitante : pourquoi ne pas répéter toute la manœuvre ? Il en a largement le temps. Il pourra ainsi jouir *deux fois* de sa machination — la première fois, tout de suite, et pour lui seul !

Il regarde la lourde porte se refermer, écoute avec délice la serrure magnétique cliqueter. Quand les lumières s'atténuent, il joue la surprise et la désolation — *Sapristi ! J'ai oublié de caler la porte ! Nous sommes enfermés !* — , imagine la stupéfaction, les rires embarrassés, le déni, l'inquiétude qui se succèdent sur les visages des deux minables ; puis, juste avant qu'elles n'entrent en fureur, il pose délicatement une main sur son cœur et l'autre sur son front en s'écriant *Bon Dieu ! Mais c'est bien sûr ! Nous avons le monte-charge!* Il rassure virtuellement les deux andouilles, franchit la première porte de verre, la laisse se refermer derrière lui, ouvre la seconde… et la bloque au moyen de la cale. Il contemple alors enfin les deux visages haïs, et se met, d'une voix sépulcrale, à énoncer les chefs d'accusation, les circonstances aggravantes, le jugement et la sentence que, pour faire bonne mesure, il répète par deux fois. Puis, après s'être délecté de leurs visages décomposés, il lève nonchalamment le pouce et presse le bouton d'appel du monte-charge.

::

Le visage tourné vers la caméra de surveillance, Chloé appuie une nouvelle fois sur le bouton de l'interphone. Sans succès. Elle fait une moue perplexe et bat des mains à cause du froid.

— Il n'a pas l'air d'être là, dit Colin.e en l'entourant de ses bras puissants. Hmm! Tu crois qu'il nous a posé un lapin? Peut-être que son invitation n'était pas sérieuse.

— Ça m'étonnerait! C'est un monsieur *très* sérieux. Un peu trop, parfois. Un peu imbu de lui-même, pour tout dire. Mais bon, il n'a jamais cessé d'être très serviable. Et puis, sans lui, je ne t'aurais jamais rencontré.e. Nous lui devons beaucoup!

— *Hfhhoui!* fit Colin.e avec un petit rire. Mais bon, s'il ne répond pas, c'est qu'il est parti. Regarde, tout est éteint.

— Tu as sûrement raison… Ah, c'est dommage. J'aurais bien aimé poser les yeux sur ces manuscrits.

— T'as de beaux yeux, tu sais, mon petit chat…

— Embrasse-moi, mon grand loup!

Après s'être dévoré.es de baisers pendant un bon quart d'heure, Chloé et Colin.e décident qu'il fait trop froid pour rester planté.es là, que la lune est bien belle, que la nuit est bien jeune et leur amour aussi, et qu'une joyeuse séance de galipettes précédée ou suivie d'un bon film vaut tous les manuscrits du monde.

::

Le lundi, à neuf heures, la banque de Bernard Larsan vire la coquette somme de dix mille dollars sur un compte *offshore*. Assis devant son ordinateur, John Amadis éclate de rire en voyant les chiffres s'afficher. C'est l'escroquerie la plus facile qu'il ait réalisée depuis bien des années. Quel *sucker*, ce Larsan! Il aimerait voir sa tête quand le taxi le déposera devant le terrain vague qu'il lui a indiqué en guise de point de rencontre.

::

Le lundi matin, Alise Jacquemort se présente à la mairie de Tourmens-Nord, où Madame Bailey, directrice du personnel, lui apprend qu'effectivement, un poste d'assistante administrative vient de se libérer, qu'elle est la première candidate — *et manifestement*, ajoute-t-elle en penchant la tête pour jeter un œil dans le couloir, *la seule, ça doit être à cause des vacances* — et que son récent emploi en tant que documentaliste de deuxième rang à la médiathèque la qualifie tout à fait. Combien de temps y a-t-elle travaillé?

— Neuf mois, dit timidement Alise. Sous la supervision de Monsieur Larsan, ajoute-t-elle après une seconde d'hésitation.

— Vraiment? Ah, ce cher Monsieur Larsan! Je le connais bien! Quel homme charmant! Et perfectionniste, avec ça! S'il vous a formée, je suis certaine que vous êtes une perle!

— Je… j'espère! En tout cas, je ferai de mon mieux.

Alise soupire de soulagement. Ça devrait aller. Elle est travailleuse, attentive et soigneuse. Et pas négligente; Monsieur Larsan pourra en témoigner. Vendredi soir, juste après qu'il lui a dit de rentrer chez elle, Alise était très fâchée contre lui. Et puis, au moment de quitter la médiathèque, en voyant le tout nouveau sous-bibliothécaire adjoint faire le tour des bureaux pour éteindre les lumières, elle s'est ressaisie. Monsieur Larsan, au fond, n'est pas un mauvais homme. Il est scrupuleux, voilà tout. En voulant donner à Alise de bonnes habitudes, il lui a beaucoup appris, elle doit le reconnaître. Alors, même si elle avait envie de changer d'air, elle a tenu à lui montrer qu'elle n'était pas ingrate. Avant de partir, elle a décidé d'emballer l'orgue à bouche.

Ah, elle s'en est donné, du mal! Il lui a fallu près d'une demi-heure pour trouver l'emplacement exact de chaque tuyau dans l'emballage en polystyrène, mais elle a quand même fini par y arriver.

Une seule chose la tracasse un peu. Elle se demande si elle n'a pas laissé la porte du monte-charge ouverte. Mais bon, il aura suffi à Monsieur Larsan de la fermer pour pouvoir expédier le khon au sous-sol.

MARTIN WINCKLER

———

Ce n'est pas parce que Martin Winckler n'a rien écrit avant aujourd'hui que je commence cette présentation avec des détails sur son projet actuel d'écriture. Au contraire! C'est simplement qu'en lisant les quelques mots qu'il m'a donnés à son sujet, j'avais tout de suite le goût de me diriger à la librairie (ou à la bibliothèque!) pour me procurer son futur roman. On y redécouvrira l'enfance de cet auteur prolifique, dans son village natal de France, où il mettra aussi en scène ses héros de jeunesse: Sherlock Holmes, Bob Morane et Arsène Lupin. Je suis convaincu que l'auteur de *La maladie de Sachs* saura nous charmer avec cette idée de rêve au titre très évocateur, *Abraham & fils*.

Médecin de carrière, il est né à Alger (Algérie) et a grandi dans un petit village du Loiret, Pithiviers. Très jeune, il est passionné de cinéma et de lecture. Tout l'intéresse et sa palette de goûts est vaste: bandes dessinées franco-belges et américaines, romans policiers, romans d'aventure et de science-fiction. D'Agatha Christie à Isaac Asimov, en passant par Conan Doyle et H. G. Wells.

C'est en 1998 qu'il publie sous pseudonyme (son nom est Marc Zaffran) *La maladie de Sachs* qui connaît un grand succès auprès du public. Sa carrière d'écrivain est en plein envol. Et depuis ce temps, il écrit, beaucoup! Et pour notre plus grand plaisir, il s'est installé au Québec.

Vous vous demandez pourquoi il a choisi un pseudonyme? Il vous répondra que c'est pour rendre hommage à Georges Perec, l'écrivain français qui l'a le plus marqué (Winckler était le nom de son personnage fétiche). Mais à la lecture de la liste complète des occupations de Martin-Marc, j'ai une interprétation différente: étant donné tous ses champs d'intérêt, tout ce qu'il écrit — romans, essais sur la médecine, séries télévisées, site *Winckler's Webzine* et blogue *Le Cavalier des touches* —, ne pouvant s'en sortir tout seul, Marc Zaffran a fait appel à Martin Winckler pour lui donner un coup de main en se créant un dédoublement de personnalité littéraire. À deux, c'est mieux!

Mais revenons à Martin Winckler, l'auteur de polars. Il a notamment écrit une série de quatre romans policiers avec deux protagonistes récurrents: Charly Lhombre, médecin légiste, et le juge Jean Watteau. Après *Touche pas à mes deux seins*, *Mort in vitro* et *Camisoles*, dans *Les invisibles*, comme son créateur, Charly Lhombre arrive à Montréal pour un stage à l'université. Dans ces polars, l'écriture est toujours efficace, sans artifice. Un style tout en nuances, avec juste assez de croquant pour ne pas nuire à l'onctuosité du récit. Ici, aucun tueur en séries; l'auteur aime les «méchants institutionnels» et les histoires basées sur des mystères, des secrets, des questions sans réponses et même sur des légendes amérindiennes. On ne s'y ennuie jamais et on passe un agréable moment de lecture.

Malgré la complexité de ses romans, Martin Winckler travaille sans plan. Avec un début et une finale connus, mais pour le reste, il se laisse guider par son histoire et les pulsions de ses personnages. Cependant, arrivé au deux tiers du roman, il s'arrête pour travailler les derniers chapitres. Tout doit être en place pour la chute finale!

En plus de son prochain ouvrage sur une enfance en France, Martin Winckler rêve d'une histoire de science-fiction à saveur policière qui se déroulerait dans un monde hyper médicalisé et dans un hôpital du futur. Tout un programme !

En attendant, ce passeur littéraire ne manque pas de nous laisser une suggestion de lecture : faites comme moi et partez à la découverte du nouvelliste Edward D. Hoch. Ceci est une prescription du docteur Zaffran.

Photo de l'auteur : Pascal Bastien/Divergence

MAUREEN MARTINEAU

Page soixante-deux

Élisabeth Ranger est vieille, mais elle ne le sait pas. Ainsi plongée dans la pénombre de la salle de toilette mal éclairée, la figure embaumée qu'elle poudre est toujours celle de la belle Zaby qui fait tourner les têtes. Sur des lèvres desséchées qu'elle étire en répétant son mot de bienvenue, elle applique *Fire* de Dior, une injure à la blancheur de son teint.

Sa trousse de maquillage vite rangée, la revoilà dans le hall d'entrée de la minuscule bibliothèque municipale de Tingwick, un demi-sous-sol qu'elle gère avec aplomb depuis près d'un quart de siècle. Il faut faire vite, les invités sont sur le point d'arriver. Le vin rosé repose au frais. Est-il trop tôt pour démarrer le percolateur soixante tasses ?

Même en privé, Zaby conserve cette façon aérienne de se déplacer, captée par le long *traveling* d'une caméra invisible. Audrey Hepburn. De son actrice fétiche, elle n'a plus que la taille vingt-quatre. Ses soixante-quinze ans ont raviné sa peau et flétri sa beauté rousse. La belle princesse est devenue *la sorcière*, surnom dont l'affublent les jeunes du village qui bariolent les murs extérieurs de graffitis. Hier encore, *VIELE FOLE*. C'est avec un sadique plaisir qu'elle a corrigé à la peinture rouge, le I et les L manquants.

Mais hier est déjà loin. En ce beau samedi, un vent intemporel la berce. Un bonheur analgésique distend chacune de ses alvéoles. Elle n'aura pas besoin de son concentrateur d'oxygène portable ni de ses lunettes nasales qu'elle range sous le comptoir.

L'horloge au mur indique seize heures quarante-cinq. Que fait Théo qui doit venir l'aider? On ne peut décidément plus se fier à personne. Pour tromper son irritation, la générale d'armée passe en revue les allées de la bibliothèque, replaçant les livres mal rangés, travail que négligent les bénévoles malgré le temps libre dont elles disposent durant les heures d'ouverture. L'achalandage a chuté drastiquement ces dernières années. Six usagers dans une soirée sont une foule. Elle devra y voir, se promet-elle en insérant de force *Crimes à la bibliothèque* dans la famille des M.

Un juron lui échappe. Ici, la biographie de Jacques Villeneuve brise la régularité parfaite qu'elle a réussi à imposer au rayon des 900. Quelle incompétence que de publier en si gros format! À l'avenir ne seront achetés que les bouquins de dimension standard qui de plus offrent la lecture du titre sur l'épine du livre dans le sens convenu. Elle égare le délinquant sous une pile au bas de l'étagère. L'élagage l'attend. Comme les autres disqualifiés, il sera offert à bas prix à la vente-débarras annuelle ou ira rejoindre les invendus dans la caisse des livres à donner. Il ne faut pas croire qu'il trouvera preneur pour autant. De bien meilleures œuvres ont fini au recyclage. *Anna Karénine* qui n'était pas sorti en vingt ans, *L'avalée des avalés* qu'aucun Tingwickois n'a réclamé, *L'étranger,* disparu des tablettes dans l'indifférence générale. L'heure est aux livres de recettes, aux polars et aux romans historiques. Et bien sûr, aux récits de vie.

Les doigts de Zaby s'attardent sur *Corps à corps avec mon cancer* de Ginette Ouellette. L'envie de le supprimer du catalogue la démange. En quoi le destin de cette parfaite inconnue est-il plus intéressant que le sien? Qui n'a pas sa part de drames? Avec *Tête de feu* qu'elle lance ce soir, elle aura sa place sur les rayons. Dans la rangée des R, elle tasse subrepticement *La détresse et l'enchantement* de Gabrielle Roy, de façon à libérer un espace. Un centimètre de largeur, voilà son coin d'éternité. Une urne cartonnée dans un columbarium.

Ne reste plus que les quatre boîtes de livres à déballer. Au dépanneur du coin, il y a environ une heure, Linda Daudelin a accepté de prendre une vingtaine d'ouvrages en consigne. La pile est bien en vue, à côté de la caisse et des billets de loto. Au sortir des presses, une cinquantaine d'autres exemplaires ont été offerts à titre gracieux, par les Éditions Tache d'encre, à tout le Réseau BIBLIO du Centre-du-Québec, de Lanaudière et de la Mauricie.

Le livre serait-il déjà encodé ? Excitée, Zaby percute une chaise, se glisse derrière son poste de travail et saisit la souris. Le logiciel VDX lui apprend que le nouveau-né vient d'être baptisé R 8344 tdf. L'émotion soulève sa maigre poitrine. En opérant une recherche du document, elle voit défiler la liste des emprunts en cours : à la bibliothèque de Crabtree, de Saint-Séverin-de-Proulxville, de Ham-Nord.

Fébrile, elle se penche vers le carton le plus près et en extirpe un exemplaire tout frais. La couverture est douce sous ses doigts usés. Se peut-il que son œuvre lui réserve un succès ? Quelle imbécile elle a été de n'en avoir fait imprimer que cinq cents ! Elle se carre dans sa chaise en humant l'odeur de papier neuf. Toute sa vie est contenue dans ces cent soixante pages. Son enfance dans les Bois-Francs, la mort qui lui a ravi son jeune frère, les années dépressives à élever ses quatre garçons. Puis son saut en écriture, des articles appréciés dans des revues et enfin ce premier ouvrage qui ne sera pas le dernier.

Un souffle morveux dans son dos lui arrache un cri. Son fauteuil racle le terrazzo en pivotant. Théo est devant elle la bouche ouverte, le visage comme une question. Le sourcil réprobateur, elle l'envoie se laver les mains puis le presse de déballer les colis livrés ce matin par l'imprimerie. Il doit sortir quatre-vingts livres, vingt par boîte, et les étager sur la table de signature. Sait-il compter jusque-là ? À l'école on ne leur apprend plus rien.

Sa tâche terminée, il est de nouveau devant elle, triturant une aventure du *Capitaine Static* qu'il dépose sur le comptoir, l'air d'un mendiant. Elle le toise avec l'autorité que lui concède son poste.

— Tu nous dois encore douze dollars, jeune homme.

— Mais avec le travail d'aujourd'hui...

— Ce n'est pas terminé. Il faudra tout ranger à la fin de la soirée.

— En attendant, est-ce que je peux l'emprunter?

Puis, comme s'il allait en mourir:

— J'ai terminé l'autre. Je n'ai plus rien à lire...

— Ça suffit, le coupe-t-elle. Nous avons une entente. Tu fais tes heures et on efface ton amende. Reviens à dix-neuf heures pour continuer ta tâche.

Théo serre les poings et sort sans un regard vers *Mystère et boule de gomme!*[1] que la vieille a déjà replacé dans la section jeunesse, bien en vue dans le présentoir *Nouveautés*. S'il ne l'emprunte pas ce soir, quelqu'un viendra le lui ravir. Il lui faudra patienter des semaines avant de le feuilleter. À la bibliothèque de l'école, on n'a rien acheté depuis le tome 4. Combien d'heures encore à jouer l'esclave de la sorcière? La rumeur court déjà qu'il est le *bitch's son*. Qui voudrait d'elle comme mère? Il en a déjà une et ça lui suffit. Il enfourche sa bicyclette et, au lieu de s'engager dans la rue Saint-Joseph qui mène chez lui, bifurque derrière le bâtiment avant de disparaître dans le sentier Les Pieds d'Or.

:: :

Assise dans sa Mazda blanche, Muriel regarde le jeune filer à vélo. Elle se cale dans son siège, de peur d'être vue. Il lui reste peu de

---

1. *Capitaine Static, tome 6 — Mystère et boule de gomme!*, Alain M. Bergeron, illustrations de Sampar, Québec Amérique, 2014.

temps pour se décider. Se présentera-t-elle ou non au lancement ? Elle jette un regard furtif dans le rétroviseur. Il est impossible qu'Élisabeth la reconnaisse. Elles ne se sont pas vues depuis vingt-trois ans. Et il y a tous ces kilos qui déguisent son ancienne silhouette. Son visage s'est arrondi, son front s'est creusé, son regard, égaré. On jurerait une femme qui sort d'un long séjour en institution, ce qui n'est pas loin de la vérité. Manger d'abord, pour faire taire ses entrailles.

::

Dans le boisé, Théo sent la vague monter. Comme chaque fois, suivent les picotements dans les doigts, la décharge électrique qui naît au bas du dos et grimpe le long de sa colonne avant l'explosion finale au cerveau. Mais là, il n'a plus envie de faire les stupides exercices de l'intervenante : se calmer, parler au « je », nommer ses sentiments… Il dégaine son canif et assassine un arbre. Les coups sont tranchants, plus que d'habitude. Du sang gicle de ses jointures. Il veut son livre ! Le désire plus que tout. Pas question d'attendre jusqu'à demain. De ses doigts, il fouille les entailles, regrette déjà le mal commis et enserre le tronc en pleurnichant. Au-dessus de sa tête, les feuilles bruissent. Leur pigment jaune et rouge lui rappelle l'éclat de l'encre de la bande dessinée qu'il convoite. Le vent lui souffle un plan. Il sourit, embrassant l'écorce rugueuse. Les nervures lui inspirent la peau ravinée de la *bitch*. Pour tuer le temps, il s'assoit au pied du gros érable abîmé et sort son calepin. Depuis que le bédéiste Sampar les a visités en classe, il a découvert le dessin. En bon élève, il applique à la lettre tous les trucs appris. Sa banque est impressionnante. Une trentaine de rectangles dans lesquels il a tracé des bouches horribles. Celle-ci conviendra à la sorcière. Ce nez pointu emmagasiné dans un triangle ressemble au sien. Et pour les yeux, il a le choix. Il sélectionne les bleus d'acier et complète le portrait. Madame Ranger est devenue *la bitchothécaire*.

::

Audrey Hepburn se meut d'un invité à l'autre en gestes vapo-reux. Ils sont une cinquantaine agglutinés à l'entrée où elle signe des dédicaces. *Merci de me lire... Bonne plongée dans le passé... L'histoire d'une mère comme les autres...* Amis, voisins, connaissances, verre à la main, pendant que les petites bouchées circulent. Cher, ce lunch. Avec la marge de profit de deux dollars par bouquin, il lui faudrait tout vendre pour faire ses frais. Mais au diable l'argent, elle n'en manque pas et peut bien se permettre le luxe d'être publiée à compte d'auteur.

::

À un coin de rue de là, la porte du dépanneur déclenche la sonnette. Muriel sursaute comme prise à voler.

— Vous avez des gâteaux? demande-t-elle aussitôt, l'air intimidé.

La caissière lui dégote le sourire «service à la clientèle». Se moque-t-elle? La grosse femme a horreur d'entrer dans des bâtiments qu'elle ne connaît pas. Lorsqu'observée, elle ne sait plus comment poser un pied devant l'autre. Où fixer le regard? Il y a trop de possibilités, tant de décisions à prendre. Elle préfère demeurer dans l'ombre, suivre. Ce qu'elle fait en ce moment, guidée vers l'étagère où sont étalés les pains et autres brioches. Les jeans qui se déhanchent devant elle enserrent une paire de fesses plates. Des galettes. Quand la dame se tourne pour lui faire face, Muriel ne peut détacher les yeux de son entrejambe. La lettre W est clairement dessinée dans les courbes qu'épouse le pantalon à la hauteur du pubis. Pour échapper au regard indiscret, l'autre gigote avant de regagner sa station derrière la caisse. Muriel crispe les mains jusqu'à enfoncer ses ongles dans la chair de ses paumes. Ce manque de contrôle. Voilà pourquoi elle ne sort jamais.

Sans un mot, elle paie la boîte de gâteaux Vachon au caramel, ses préférés, une espèce en voie de disparition. Son regard croise les *Tête de feu* empilés sur le comptoir. W en a entamé un, écartillé en A sur sa chaise.

— Une salope pas à peu près, commente Linda qui a noté l'intérêt de la cliente. De la marde, on en a déjà assez de même, pas besoin d'en imprimer, ajoute-t-elle encore. J'me pensais mauvaise mère, j'suis un enfant de chœur à côté d'elle. Jamais j'aurais fait ça à un enfant!

Le cœur de Muriel veut exploser, éclabousser l'univers de la pourriture qui y mijote depuis cinquante ans. Elle serre les gâteries contre elle et se précipite dehors. Le soleil est déjà couché, la fête commencée.

::

Théo bénit sa petite taille. Un mètre douze, étiqueté comme un retard de croissance pour ses onze ans. La foule est amassée dans l'espace dégagé près des postes informatiques. Il se faufile entre les robes et les commérages pour gagner la salle de toilette tout au fond, qui par chance est libre. Il referme doucement, attend un peu et de là, rejoint sans encombre le local de débarras. La lumière filtre par la porte qu'il laisse entrouverte. Dissimulé derrière la pile de bacs noirs qui servent à la rotation de livres, il ne lui reste qu'à attendre. Dix-neuf heures, que lui a dit la *bitchothécaire*. Si au moins il avait de la lecture avec lui, il oublierait le temps long. Comme à la maison, lorsqu'une heure est une journée. Lire efface l'ennui à attendre le retour de sa mère qui travaille tous les soirs au dépanneur. Quand il est avec son ami de papier, tout s'oublie : le souper qui tarde, ses devoirs trop difficiles, les moqueries du gros Dylan. Comme son Capitaine, il a le pouvoir de produire de l'électricité statique.

Ses draps en sont pleins. La nuit, des étincelles, pareilles à des lucioles, lui rappellent que son héros dort avec lui.

::

Zaby se gronde d'avoir accepté cette troisième coupe. La tête lui tourne. A-t-on pensé à ouvrir les fenêtres ? L'air lui manque. Elle ne veut pas prendre son appareil, pas maintenant qu'elle doit lire un passage et qu'il y aura des photos pour le journal local. Magalie Arpin de *La Nouvelle Union* est là, intéressée à l'avoir en entrevue cette semaine. Sa sœur Clarence lui met un volume dans les mains et l'entraîne sur une tribune de fortune érigée pour l'occasion. C'est le seul membre de sa famille présent. Ses enfants ont tous quitté la région. Elle bafouille des remerciements, ne se souvient plus de ce qu'elle avait préparé. On réclame un passage. Elle cherche sans le trouver le bout de papier où sont notées les pages qu'elle a pris un temps fou à sélectionner. Un tremblement la secoue. Une idée spontanée la sauve du pire.

— Je vais y aller au hasard. À vous de choisir.

Moment de flottement. Une voix de femme fuse du fond.

— Page 62 !

Elle balaie la foule du regard, mais ne peut dire qui a parlé. Une suggestion a été faite, personne n'en rajoute.

Elle ouvre le livre à la page dite. Le chapitre sur sa maternité. C'est bien, général, n'en révèle pas trop, les gens vont aimer. Elle se racle la gorge et attaque la première phrase, émue d'étrenner les mots, comme un soulier tout neuf.

Le temps vint où nous souhaitions fonder une famille. Mais la vie me refusait toute grossesse. Après une panoplie de tests, l'adoption s'avéra l'ultime issue. Nous avons accueilli un beau bébé blond de six mois, nommé Pierre, mais qui devint rapidement Pierrot. Il avait trois ans quand à ma grande surprise je tombai enceinte.

Notre petit miracle fut nommé Louis, suivi de près par Marcel et,
quelques années plus tard, par David.

Moi qu'on avait condamnée à l'infécondité, je me retrouvai
en l'espace de dix ans avec une tribu de garçons qui ont forgé les
grandes joies et peines de ma vie.

J'oubliais.

Le débit de la lectrice ralentit à mesure qu'elle découvre la
suite du récit.

Après l'adoption de Pierre, me croyant toujours stérile, nous
avons accueilli une petite fille, Muriel. J'avais choisi de ne pas en
faire mention dans cette biographie, car je n'ai rien à dire sur elle.

La voix baisse. Sa bouche se tord. La bibliothécaire poursuit,
entraînée malgré elle par le paragraphe amorcé.

Bien qu'elle ait vécu dix-huit ans sous notre toit, elle n'est jamais
devenue ma fille ni moi sa mère. Puisque je venais de tomber
enceinte de Louis, j'ai tenté de la rendre à l'orphelinat, mais mon
mari a refusé, jugeant cela inhumain.

Un serrement dans sa poitrine l'oblige à reprendre son souffle.
Ce ne sont pas ses mots. Qui a écrit cela ? Elle lève les yeux sur les
spectateurs qui lui sourient bêtement. Elle ne peut interrompre sa
lecture. Pas maintenant. Feindre. Elle excelle en cela.

J'aurais dû insister pour retourner ce colis délivré à la mauvaise
adresse. La suite a été pire qu'imaginée. La jalousie à son égard. Je
sais tous les sévices que je lui ai fait subir, mais même aujourd'hui
je n'arrive pas à regretter.

Zaby porte la main à sa gorge. Des doigts invisibles
l'étranglent. L'air se cherche un passage. Elle tousse, chambranle.
Clarence se porte à son secours, trouve son sac, l'entraîne aux
toilettes, installe son respirateur. L'oxygène la soulage enfin,
mais elle n'arrive pas à se calmer pour autant. Comment Muriel
a-t-elle pu lui porter un coup pareil ! Calomnies que tout ça !
L'éradiquer de sa vie n'aura donc rien donné ? Quelle garce !
Elle a saboté son œuvre, réussi à l'humilier aux yeux de tous.

Comment s'y est-elle prise? Avec l'aide de David sans doute. Lui seul connaît l'éditeur.

Son maquillage craquelle. Où est son fond de teint?

::

Terré dans sa cachette, Théo n'a rien manqué de la scène. Il est heureux. La *bitchothécaire* a eu un malaise, l'événement est écourté. Les gens quittent la bibliothèque. Tant mieux, car une solide envie de pisser le tenaille. Capitaine Static ne s'échapperait jamais dans sa culotte. Il ne reste que cette dame qui insiste pour tout ranger. *VIELE FOLE* l'engueule, elle souhaite demeurer seule, s'occupera de fermer. L'autre obtempère. Théo s'impatiente. Il ne veut pas passer la nuit ici. Sa mère verra qu'il n'est pas rentré, va téléphoner. Pas question qu'il reparte chez lui sans son album. Il se rapproche de l'embrasure de la porte, aperçoit le sac à main de madame Ranger à ses pieds, les liasses de billets de vingt dans l'enveloppe. Il pourrait se payer tous les livres de la collection et bien plus encore. La vague le submerge, les picotements, l'électricité…

::

Zaby se rue sur *Tête de feu*. Le recueil sur les genoux, elle feuillette nerveusement chaque page qu'elle parcourt d'une lecture rapide. Elle s'oblige à respirer lentement, profondément. Quels horribles secrets apprendront ses lecteurs ce soir? Une centaine de volumes sont déjà en circulation. Elle trouve. Page 125.

J'avais ce rêve récurrent. Je promène un enfant dans un carrosse près de l'église Saint-Patrice. Je laisse l'arceau un instant pour faire un appel dans la cabine téléphonique. Quand je me retourne, je vois le landau descendre la côte de la Coop à vive allure. J'essaie de courir pour le rattraper, mais mes jambes ne m'obéissent plus.

J'ai toujours pensé que ce cauchemar évoquait la mort de mon frère Simon décédé en bas âge. J'avais sept ans, et on m'en avait confié la garde. Mais aujourd'hui, je sais que ce bébé dans le carrosse est plutôt la fillette que j'avais adoptée. Je la revois repassant les chemises de coton de ses frères, avec un fer brûlant beaucoup trop lourd pour ses petites mains d'enfant. L'odeur de chair grillée, les cloches d'eau sur ses maigres poignets. Je n'ai jamais été capable de soigner ses blessures.

Les yeux rivés aux ajouts de texte qui infectent son récit, Élisabeth Ranger ne voit pas la forme s'approcher d'elle ni la main gantée qui arrache ses tubes comme une mauvaise dent. Y a-t-il vraiment quelqu'un qui presse son aorte ? Elle ne peut le dire, alors que les rayons de la bibliothèque, au garde-à-vous devant elle, sombrent dans un épais nuage noir.

::

Il est dix-neuf heures quarante-cinq lorsque les policiers débarquent à Tingwick. La jeune sergente-détective Judith Allison est la première à examiner la scène de crime, suivie de près par l'agent Carl Gadbois. Le corps de la victime gît au sol, derrière le comptoir. Pendant que son collègue vérifie les signes vitaux, elle inspecte les lieux pour assurer leur protection. En ouvrant la lumière dans le local de débarras, elle l'aperçoit. L'enfant se balance, accroupi, recroquevillé sur lui-même. Il porte une courte cape, des gants de laine noirs et un masque rouge sur les yeux. Une forte odeur d'ammoniac plane dans le réduit. Elle se penche vers lui.

— N'aie pas peur fiston, je suis de la police. Est-ce que ça va ? Quel est ton nom ?

Pas un mot, un regard vide. État de choc.

— Tu n'as rien à craindre. On va s'occuper de toi.

Tout se met en branle rapidement. Le coroner est appelé pour la dame, l'ambulance, la direction de la protection de la jeunesse…

En attendant les renforts, Judith Allison remarque le calepin auquel l'enfant s'agrippe. Avec maintes précautions, elle réussit à le lui soutirer, lui promettant de le lui remettre, ce qu'elle ne fera pas. Il sera confisqué tout comme le canif taché qu'elle a trouvé dans son sac à dos.

Les secours arrivent et prennent d'assaut les lieux. Le jeune est tenu à l'écart avec sa mère en totale hystérie. Réfugiés dans la section des livres de référence, Judith et Carl auscultent le dessin : un personnage masqué est debout sur le comptoir et, de sa main gantée, arrache les tubes de la sorcière ahurie.

— C'est le Capitaine Static, affirme Carl. Mes garçons l'adorent. Le jeune s'est pris pour son héros et a agressé la vieille.

— Il avait un canif. Les tubes n'ont pas été sectionnés, note Judith, pensive.

— C'est un cas de transfert. Ça se voit souvent.

— Le mobile ?

— L'argent. Huit cents dollars comptants, c'est tentant.

— Le portefeuille n'a pas été touché, le gamin n'a pas fui. Il y a quelque chose qui ne colle pas.

— Son dessin l'incrimine. Il a griffonné son plan, est passé à l'action, mais a disjoncté avant de voler.

Judith interroge l'esquisse de nouveau comme si la réponse s'y cachait. Le meurtre a été dessiné avec un talent surprenant. L'auteur en est-il acteur ou témoin ?

La travailleuse sociale arrive enfin et accompagne le jeune jusqu'à l'auto-patrouille. Il obéit en silence toujours avec cet air atterré.

Judith remarque le fond de culotte mouillé. Théo ne peut pas être le criminel : les héros ne se pissent jamais dessus.

::

Muriel s'approche avec précaution de la horde de curieux qui s'est agglutinée à côté du véhicule de police. Son regard fou scrute les alentours. On leur refuse d'approcher le centre communautaire où est logée la bibliothèque. Elle doit savoir. Dans quel état est la victime? «Morte», lâche un voisin. L'ambulance est repartie lentement sans faire hurler la sirène. Muriel s'agrippe le ventre. Elle se retire pour soulager la nausée qui l'assaille. Crémage et caramel jaillissent dans l'herbe tapissée de feuilles mortes. Appuyée contre le mur aveugle du bâtiment, elle reprend possession d'elle-même, régule sa respiration. Elle a gagné: Élisabeth a tué Muriel avec la gomme à effacer de son crayon, mais Muriel a retourné la mine bien aiguisée vers l'infâme. Les mots sont un redoutable meurtrier.

::

Un lundi matin brumeux. Attablée chez elle devant le journal électronique, la sergente Judith Allison étire son deuxième cappuccino. Ce matin, rien ne presse. Les premiers jours d'une enquête sont toujours les pires. Un mot les résume: l'attente. Le service de l'identité judiciaire a fait des prélèvements sur la victime. Des empreintes ont été relevées, il ne reste qu'à patienter pour les résultats. Un meurtre qui fait les manchettes, mais une enquête qui sera courte et qui penche de plus en plus pour incriminer le jeune Théo Daudelin. Un enfant secret, dit-on, le nez collé dans ses livres, mais sujet à de violents accès de colère. Comment une série jeunesse peut-elle conduire un gamin à commettre le pire? Les livres seraient-ils plus dangereux qu'il n'y paraît? L'univers littéraire de Judith Allison se limite à des revues et à des journaux. Comme cette chronique nécrologique qu'elle parcourt en ce moment et qui l'intrigue. Elle étire le bras vers son cellulaire. La réponse de la réceptionniste de *La Nouvelle Union* est formelle: l'avis de décès d'Élisabeth Ranger a été placé samedi dernier à neuf heures le matin pour publication le lundi suivant avec la mention « Détails suivront pour les obsèques ».

La mort annoncée, douze heures avant le crime. Sûrement pas l'œuvre d'un gamin de onze ans.

— Rédigée et payée par qui ?

Judith a raccroché et relit la nécrologie avec attention. Ce nom, elle vient de le croiser. Le voilà !

Élisabeth Ranger laisse dans le deuil ses fils Pierre (Ginette Laurin), Louis (Marthe Leblanc), Marcel, David, et sa fille adoptive Muriel nommée Alice Bilodeau à la naissance…

Judith fixe l'écran, sidérée. La coupable s'est livrée. Son nom est cité, imprimé noir sur blanc, diffusé au large public. Quand ils se présenteront chez elle ce matin, elle sera là à les attendre, manteau au dos et valise à la main, prête à faire les premiers pas d'une vie où elle s'est elle-même mise au monde. L'enquêtrice connaît ce type de suspect qui cherche à échapper à l'anonymat. Devenir enfin quelqu'un. Exister aux yeux des autres. Avoir un nom, même s'il est sale. Alice Bilodeau, fille de… Alice Bilodeau, accusée de…

Moi, Alice Bilodeau, meurtrière. Le titre d'un livre.

MAUREEN MARTINEAU

———

À la lecture des notes biographiques de Maureen Martineau, il m'est venu une constatation assez bizarre, un genre de conclusion «psychopopulaire littéraire» sur les lectures de jeunesse des auteures féminines par rapport aux auteurs masculins. Sans en faire une découverte scientifique, il m'apparaît évident que les lectures de jeunesse des futures écrivaines étaient beaucoup plus variées que celles des auteurs en devenir. Les garçons lisaient des Bob Morane, des bandes dessinées et des romans d'aventures ; les filles, comme Maureen, lisaient les Comtesse de Ségur, les Sylvie et les Vicky, mais aussi, les Bob Morane, les bandes dessinées et les romans d'aventures. Il faudra un jour réfléchir à ces faits pour peut-être tirer quelques conclusions pouvant influencer les stratégies de promotion de la lecture dans les écoles, mais aussi, l'impact que ces lectures ont sur l'écriture de nos auteurs.

Une chose est certaine, l'influence des membres de la famille demeure primordiale et l'enfance de Maureen Martineau en est un exemple parfait. Sa grand-mère lui lisait, chaque samedi matin, deux bandes dessinées anglophones : *Brenda Starr Reporter* et *The Phantom*.

Une carrière d'écrivaine de polars naissait dans l'inconscient de la petite Maureen.

Femme de théâtre, elle s'est lancée dans l'écriture romanesque par besoin de liberté littéraire : aucune contrainte de personnages, pas de budget à respecter juste un espace de possibles et d'impossibles. Puis le polar s'est imposé de lui-même. Quel merveilleux genre pour s'interroger sur les travers de la société et interpréter celle-ci en regard de la criminalité ! Tous les coups sont permis, tous les styles narratifs également. Voilà ce que signifie un monde sans contrainte pour Maureen Martineau.

Un fait divers est devenu l'élément déclencheur de son premier roman, *Le jeu de l'ogre* : une jeune femme en thérapie cache à son psychologue qu'elle est sa fille. Et deux prérequis se sont imposés : l'action se passerait dans son coin de pays, le Centre-du-Québec, et son personnage principal serait donc une jeune femme brillante, déterminée, ambitieuse, mais inexpérimentée, qui dirigerait une équipe d'enquêteurs masculins.

Même si elle se dit non sportive, Maureen Martineau écrit avec la rigueur d'une marathonienne. Tous les jours, elle se fixe des objectifs d'écriture ; tous les jours, elle s'assoit à sa table de travail qu'elle ne quitte pas avant midi. Après quelques mois de recherche et de documentation, elle élabore un plan très précis, un résumé complet de chaque chapitre. Puis l'écriture commence et elle ne cesse de déroger de ce plan ! Ses protagonistes, l'action, des éléments inattendus viennent transformer le synopsis. Pour cette écrivaine, écrire un roman, c'est être en dialogue avec son texte. Résultat pour le lecteur : un récit où on ne s'ennuie pas, où les personnages se complexifient au fur et à mesure et une figure récurrente, Judith Allison, que l'on apprécie de plus en plus. *L'activiste*, sa troisième enquête, paraît en octobre 2015.

Toujours passionnée par les questions sociales, l'auteure s'est tellement entichée d'un de ses personnages secondaires, Jacob Lebleu, un écoterroriste, qu'il reviendra dans un ou deux de ses prochains romans.

Elle compte y aborder le problème du lobby international de l'amiante et cette enquête transportera Judith jusqu'en Inde.

Maureen Martineau rêve d'une histoire qui ferait verser quelques larmes à son lecteur et aussi d'une histoire qui la mènerait dans le Nunavik. Avis aux intéressés, elle aimerait également écrire un roman à quatre mains avec un auteur qui accepterait un travail de collaboration entre Judith Allison et l'enquêteur de cet autre auteur. Sûrement que beaucoup d'entre nous pourraient lui faire des suggestions.

En terminant, mentionnons qu'en juin 2014, *L'enfant promis*, le deuxième ouvrage de Maureen Martineau, s'est vu décerner le Prix Arthur-Ellis octroyé au meilleur roman policier francophone du Canada.

maureen.martineau@hotmail.com

Photo de l'auteure : Martin Savoie

FRANÇOIS BARCELO

J'haïs les livres

Au docteur Yves Bolduc et surtout à cet autre médecin
qui a eu l'idée saugrenue d'en faire brièvement, mais trop longtemps
notre ministre de l'Éducation.

J'HAÏS LES LIVRES. Encore plus que tout ce que je déteste : le hockey, les bébés, les vieux, les Anglais, le mariage, les chiens, les religions…

Parce que si vous croyez que les livres n'ont jamais fait de mal à personne, vous ne savez pas compter.

Le livre a été inventé vers 1450 par un certain Gutenberg. Il est vrai qu'il en existait auparavant. Mais ils ressemblaient plus à des manuscrits qu'à des livres, puisqu'ils étaient copiés page par page, ce qui limitait considérablement leur diffusion et leur influence.

Voyez maintenant ce qui s'est passé depuis 1450.

Comptez les morts. Je parle des morts non naturelles, bien sûr. Additionnez les résultats des massacres, guerres, génocides, meurtres et autres homicides qui ont pu être causés par des livres.

Je reconnais que ces chiffres ne sont pas faciles à trouver. Par exemple, on ne sait pas exactement combien de chrétiens ont été tués dans les guerres de religion, qui reposaient essentiellement sur la manière dont on devait lire la Bible. Combien d'Amérindiens et de prétendus païens ont été massacrés lors des campagnes d'évangélisation, évidemment inspirées des évangiles ? Combien de Juifs ont été exterminés dans on ne sait combien de pogroms ? Combien de Palestiniens sont morts au nom de Yahvé ? Combien de suppliciés à cause du Coran ? De sunnites tués par des chiites et vice versa parce qu'ils sont tous incapables de lire les livres saints de la même manière ? De djihadistes auto-explosés en emportant avec eux un maximum de leurs contemporains ? Et combien d'autres vont mourir dans les décennies et les siècles à venir ?

Il existe malgré tout quelques chiffres précis. Un article de journal m'a appris que l'auteur de *Mein Kampf* a fait tuer dix-sept millions d'individus. Celui du *Petit Livre rouge,* soixante-dix-huit millions.

Je ne sais pas si Joseph Staline (vingt-trois millions de tués) et Léopold II de Belgique (quinze millions) ont écrit des livres, mais je suis prêt à parier qu'ils en ont lu au moins quelques-uns. Et lire des livres produit apparemment le même effet que les écrire.

Les livres de fiction sont-ils plus innocents que les écrits politiques ou religieux ? Les romans policiers inspirent les tueurs en série, les femmes battues et leurs maris. Il est évident qu'une part importante des homicides volontaires sont commis après la lecture de polars et le visionnement de leurs adaptations au cinéma ou au petit écran.

Pour être parfaitement honnête, je devrais toutefois soustraire les morts épargnées par les livres.

Mais là, c'est plus difficile. Qui peut prouver que le demi-milliard d'exemplaires vendus des différents tomes de *Harry Potter* ont épargné une seule vie ? Ou au moins assez d'existences pour seulement compenser les décès causés par leur fabrication : les accidents mortels de bûcherons, de papetiers, d'imprimeurs, de camionneurs, et aussi de libraires et bibliothécaires terrassés par une crise cardiaque en transportant de lourdes boîtes ?

Je veux bien croire que la Bible et le Coran ont pu sauver des vies. Mais je n'ai jamais entendu parler d'une seule. Il me semble que ça se saurait.

Bref, je ne connais aucun livre salutaire, à part les manuels de premiers soins, qui ont une fâcheuse tendance à n'être jamais à portée de la main quand on en a besoin.

Entre les morts causées par les livres et les vies sauvées par ceux-ci, j'ose évaluer le score à plus de trois cents millions pour les morts et moins de mille pour les vies.

Vous comprendrez donc que je fuis les livres comme la peste (bien moins dangereuse qu'eux, quand on se donne la peine de faire le compte).

Mon rapport avec les livres était jusqu'à récemment presque amical : je ne les lisais pas, et ils ne m'embêtaient pas personnellement.

Ce serait toujours le cas si une bibliothèque n'avait pas eu le culot d'ouvrir ses portes à côté de chez moi, de l'autre côté de la ruelle.

Il y avait là un vaste bâtiment abandonné, placardé de contreplaqué, autrefois occupé par une fabrique de vêtements bon marché, sans doute déménagée au Bangladesh. C'est sa désaffectation qui m'a permis d'acheter ma demeure à vil prix, il y a vingt ans. De ce côté-ci de la ruelle se dressait une vieille maison en brique, avec un rez-de-chaussée juste assez grand pour un salon et une cuisine, et un étage à une seule chambre, avec salle de bains. On m'a dit qu'elle avait été construite pour loger le concierge de la fabrique, qui pouvait ainsi, depuis son balcon et ses fenêtres, avoir jour et nuit un œil sur cette dernière.

Il y a deux ans, une pétition a circulé dans le quartier, demandant à la municipalité de démolir le bâtiment devenu danger public ou de lui trouver une autre vocation. J'ai signé. Imprudemment, parce que la pétition ne proposait rien de précis.

Pas de chance. On a bientôt annoncé que le bâtiment serait transformé en bibliothèque, équipement culturel dont mon quartier était heureusement dépourvu jusque-là.

Tout le temps qu'ont duré les travaux, j'ai pensé à déménager. Mais une petite maison qui n'a fait l'objet d'aucune espèce de rénovation trouve difficilement acquéreur, surtout dans un quartier qui résiste vaillamment à toute espèce d'embourgeoisement.

Le nom de la bibliothèque a d'ailleurs été l'occasion d'une querelle acrimonieuse. Une autre pétition a circulé, réclamant le nom de Marie Laberge parce qu'on ne voulait pas de Gaétan Soucy, mis de l'avant par le comité de toponymie. L'arrondissement a refusé, prétextant le danger de rendre hommage à une personne vivante, parce qu'on ne sait jamais si elle ne fera pas quelque chose de déshonorant avant de mourir, par exemple écrire un roman bourré de fautes d'orthographe. J'ai songé qu'on pourrait assassiner madame Laberge pour résoudre le problème, mais quelqu'un a proposé un compromis moins violent : on donnerait à la bibliothèque le nom d'Albert Laberge, écrivain oublié. L'enseigne à l'entrée mentionnerait simplement « Bibliothèque Laberge ». Tout le monde a été content, sauf moi.

Le maire de l'arrondissement a invité la population du quartier à l'inauguration de la bibliothèque. J'y suis allé, par curiosité. Plutôt réussie, cette conversion. À l'intérieur, on ne pouvait deviner qu'il y avait eu ici une usine de sous-vêtements. Et les rayons de livres étaient presque cachés par des présentoirs de disques, de films et de jeux vidéo. J'ai bu trois verres de jus de pomme. J'ai échangé quelques mots avec Samuel Lavigueur, un itinérant dont j'apprécie la conversation lorsqu'il n'est pas trop ivre, mais il n'est pas resté longtemps : « Une inauguration avec pas de vin, c'est comme pas d'inauguration pantoute ! » J'ai réussi à coincer le maire pour lui faire valoir qu'une bibliothèque sans livres serait bien moins dangereuse pour l'humanité en offrant seulement des CD, des DVD et des livres numériques, tous objets dont la nocivité n'a pas encore été universellement démontrée. Il m'a qualifié de visionnaire, mais assuré que nous ne verrions pas ça de notre vivant, sauf si nous vivions jusqu'au XXIIe siècle.

Je suis rentré chez moi et je dois admettre que, dans les semaines qui ont suivi, la bibliothèque ne m'a dérangé d'aucune manière. C'était l'hiver, elle était peu fréquentée.

Le mois de mai a fini par se pointer, j'ai ouvert mes fenêtres et j'ai voulu profiter du soleil du haut de mon balcon.

De là, j'ai été consterné de constater qu'un nombre croissant d'abonnés fréquentaient la bibliothèque. Et pas que des vieux.

Le plus désolant : les enfants. Certains venaient seuls ou par deux, les jours de congé ou après les heures de classe, et repartaient avec des piles de livres. J'en voyais même qui sortaient de la bibliothèque et traversaient la rue en gardant le nez dans une bande dessinée, au mépris du danger. Moi qui croyais que la bédé était un genre aussi inoffensif qu'insignifiant !

Des classes entières arrivaient parfois, et les enfants ressortaient avec des livres sous le bras, en jacassant joyeusement, comme s'ils repartaient avec des trésors.

Deux fois, j'ai aperçu des auteurs pour la jeunesse venus rencontrer des groupes d'écoliers auxquels ils faisaient tourner la tête à un tel point que les enfants repartaient pour l'école en discutant avec enthousiasme.

Je ne pouvais pas laisser faire ça ! À mon âge, l'avenir de l'humanité n'a rien pour m'inquiéter à titre personnel. Mais ce n'est pas une raison pour laisser les livres gâcher de jeunes esprits qui vivront vraisemblablement jusqu'au siècle prochain. Dieu sait quels massacres, guerres, hécatombes, génocides, holocaustes et autres tueries la lecture peut leur inspirer, souvent sous le fallacieux prétexte de les dénoncer. C'est prouvé dans le cas de certains jeux vidéo, c'est sûrement encore plus vrai des livres.

Il fallait que je trouve sans tarder un moyen de faire fermer cette satanée bibliothèque.

J'ai d'abord pensé à assassiner des bibliothécaires. Un par semaine — ou plutôt une par semaine, car ce sont presque toujours des femmes. Il me semblait qu'après trois ou quatre décès le reste du personnel démissionnerait et il serait impossible de trouver des remplaçantes.

Ce n'était pas si facile. Je suis retourné sur les lieux, que j'avais à peine explorés lors de l'inauguration. J'ai envisagé de me procurer un revolver muni d'un silencieux, de me cacher derrière une étagère, de tirer sur une bibliothécaire et de sortir en catimini sans avoir emprunté de livres pour éviter de donner mon nom. Mais beaucoup d'abonnés circulaient entre les rayons, et quelqu'un risquait de me voir. Samuel, l'itinérant, passait souvent ses journées à faire semblant de lire des journaux ou des magazines et témoignerait de ma présence s'il m'apercevait. De plus, je dois dire que ces femmes semblaient gentilles et étaient plutôt jolies, même les moins jeunes. Je me voyais mal devenir leur tueur en série.

Les coquerelles qui se promenaient sans vergogne chez moi m'ont donné une autre idée. J'en ai attrapé sept et les ai mises dans un pot, que je suis allé vider dans un coin obscur de la bibliothèque.

Pendant un bon mois, les bestioles ont proliféré. J'allais vérifier, une ou deux fois par semaine. Mais cela n'avait guère d'effet. J'ai vu Samuel prendre un livre sur lequel trônait une coquerelle et chasser celle-ci doucement du revers de la main. Elle est tombée par terre et personne n'a tenté de l'écraser. À ma visite suivante, il n'y en avait plus une seule. On avait fait venir un exterminateur.

J'ai surtout compris qu'il ne suffirait pas de terroriser le personnel : il fallait m'attaquer à l'immeuble lui-même. Le détruire, de la cave au grenier. Je lancerais une pétition pour faire construire en cet endroit un bâtiment plus utile dans notre quartier à la population vieillissante — un salon funéraire, par exemple.

Un beau soir de juillet, du haut de mon balcon, j'ai remarqué une vieille dame qui marchait péniblement sur le trottoir devant chez moi. Elle portait un grand sac à main et se dirigeait vers la bibliothèque. Il était passé neuf heures, et j'ai failli lui crier que la bibliothèque était fermée. Mais il n'était pas question que je vienne en aide à cette rate de bibliothèque. Je l'ai vue repasser en sens inverse une minute plus tard. Elle avait toujours son sac, mais celui-ci était vide, de toute évidence. Qu'avait-elle fait des livres ?

Le lendemain matin, pendant ma promenade quotidienne, j'ai trouvé la clé de l'énigme : la chute à livres. Il y avait, à côté de la porte d'entrée, une espèce de trappe où les abonnés pouvaient rendre leurs livres lorsque la bibliothèque était fermée. Cela ne leur permettait pas d'en prendre de nouveaux en échange, mais leur évitait des amendes.

Cette chute à livres m'a donné une idée. Bien entendu, il était impossible de m'introduire par là pour aller, de nuit, abîmer des livres. Par exemple, en arrachant dans chaque bouquin une page au hasard, ce qui l'aurait rendu incompréhensible, sinon illisible.

Par contre, de l'essence pouvait aisément être versée dans cette chute et se répandre dans tout le rez-de-chaussée. Une allumette suffirait alors à faire s'envoler en fumée tous les livres et l'immeuble qui les abrite.

Si je faisais disparaître une bibliothèque, il était fort possible que d'autres subissent le même sort. Le hasard fait que les accidents d'avion ont souvent tendance à se produire en série, et je ne voyais pas pourquoi la même règle ne s'appliquerait pas aux incendies de bibliothèques. Si ce n'était pas l'effet du hasard, ce serait celui de l'exemple : d'autres individus, conscients comme moi des catastrophes causées par les livres, voudraient m'imiter. Ils pourraient avoir d'autres motivations, mais ça m'était égal, pourvu qu'ils m'imitent. Quelques semaines plus tard, des centaines de bibliothèques auraient disparu de la planète. Peut-être aussi des librairies. Avec des effets bénéfiques incalculables.

Je n'étais pas sûr que la totalité de mes contemporains verraient les choses du même œil. Pourtant, rien ne serait perdu totalement et à jamais, puisqu'il existe des copies numériques de pratiquement tous les livres conservés dans les bibliothèques. Et les livres numériques n'ont, à ma connaissance, causé aucune des hécatombes dues au papier.

Il n'empêche que je préférais qu'on ne sache rien de mon implication. Je n'avais aucune intention de publier un communiqué ou d'écrire au *Devoir* pour me vanter de mon exploit. J'espérais jouir de mon triomphe dans l'anonymat le plus discret, et du haut de mon balcon plutôt que du fond d'une cellule.

Pour commencer, il me fallait de l'essence. Où en trouver? Dans les libre-service, évidemment. Le problème, c'est qu'il y a là un préposé à qui on va payer quand on n'a pas de carte de crédit et il aurait pu témoigner éventuellement que j'étais venu remplir un bidon.

Par contre, il y a de l'essence gratuite le long des rues, dans les réservoirs de toutes les voitures. Il suffit de la siphonner. Je l'avais déjà fait, quand j'étais jeune, propriétaire d'une petite voiture, mais sans argent pour la faire rouler.

Il me restait même dans le fond d'un placard le bidon d'essence que j'utilisais dans le temps.

J'ai donc décrassé le bidon vide. Dans la cuisine, j'ai trouvé un carton d'allumettes. J'en ai testé deux. Pas question de rater ma mission à cause d'allumettes inefficaces. Il en restait au moins vingt dans la pochette, que j'ai remise dans ma poche.

Dans l'armoire à pharmacie, j'ai trouvé un tube de caoutchouc, déjà utilisé pour un lavement d'estomac. Il conviendrait parfaitement au siphonnage.

La nuit suivante, vers deux heures du matin, je suis descendu sur le trottoir avec bidon et tube. J'ai marché une centaine de mètres, en m'éloignant de la bibliothèque, jusqu'à un endroit où la lumière des lampadaires me semblait moins vive.

J'ai avisé une belle voiture allemande dont le propriétaire utilisait probablement de la super, qui brûle sûrement mieux que l'ordinaire.

Petit problème : je n'ai pas réussi à ouvrir la plaque d'accès du réservoir. J'en ai déduit qu'un mécanisme, à l'intérieur des voitures, met maintenant l'essence hors de la portée des voleurs. J'ai essayé d'ouvrir les portières. Elles étaient fermées à clé.

J'ai fait encore quelques pas et j'ai trouvé ce que je cherchais : une vieille bagnole. Une Chevrolet Corsica, rescapée des années quatre-vingt ou quatre-vingt-dix. Ce qu'il y a de bien, dans les quartiers ouvriers peuplés de chômeurs, c'est qu'il y a des vieilles voitures. Et celle-là avait un bouchon à portée de ma main.

Il n'y avait plus qu'une chose pour m'inquiéter : que le réservoir soit presque vide, ce qui est plausible dans les quartiers peu fortunés.

Miracle : j'ai poussé le tube le plus loin que je pouvais dans le réservoir, j'ai aspiré fortement et tout de suite ma bouche s'est remplie d'essence. Je l'ai recrachée en me hâtant de plonger le bout du tube dans le bidon. Et j'ai entendu le délicieux glouglou de l'essence. Dès que le contenant m'a paru rempli aux trois quarts, j'ai refermé son bouchon et jeté le tube sous la voiture, convaincu que je n'en aurais plus besoin.

J'ai ensuite marché vers la bibliothèque Laberge.

En passant devant ma maison, j'ai eu une sensation bizarre : du liquide coulait sur ma chaussure. Pourtant, je n'avais jamais souffert d'incontinence. Mais il y a un commencement à tout et il était possible que l'excitation de mon entreprise ait exercé sur ma vessie une pression exceptionnelle. J'ai décidé de monter chez moi pour faire pipi. J'ai ouvert la porte du rez-de-chaussée, j'ai laissé le bidon dans le vestibule et je me suis hâté de prendre l'escalier. Sauf que je me suis rendu compte, dès la première marche, que mon pied empestait l'essence.

J'ai levé le bidon à bout de bras pour l'examiner. Eh bien, figurez-vous que ce damné bidon n'était pas étanche ! Comment un bidon en plastique relativement moderne et forcément inoxydable pouvait-il avoir une fuite ? Il n'y en avait pas, en tout cas, la dernière fois que je m'en étais servi.

Mon examen m'a démontré que la fuite était causée par un très léger décollement des deux morceaux de plastique soudés par je ne sais quel procédé que j'aurais imaginé éternel, mais de toute évidence imparfaitement exécuté. Peut-être un bidon de plastique finit-il par sécher, après plusieurs années passées sans liquide au fond d'un placard.

Une flaque d'essence avait commencé à s'étendre dans le vestibule. Je nettoierais ça à mon retour.

J'avais à faire quelque chose de plus urgent. Le bidon était encore plus qu'à moitié plein. Si je ne me hâtais pas, il risquait de se vider totalement.

Je suis ressorti et j'ai marché vivement jusqu'à la bibliothèque.

Il ne me restait plus qu'à vider le contenu du bidon dans la chute à livres, attendre quelques instants, puis y lancer une allumette et partir à toutes jambes pour rentrer chez moi et faire semblant de dormir. Des piles de bouquins ne manqueraient pas de s'enflammer et l'incendie se propagerait dans toute la bibliothèque. Dès que, de ma chambre, j'entendrais les pompiers arriver, je sortirais sur mon balcon pour jouir du spectacle comme le plus innocent des badauds.

Dans les journaux, je lirais tous les détails de l'affaire : un incendie criminel, probablement organisé par un promoteur immobilier désireux d'acquérir ce terrain à bon prix.

La nouvelle ferait le tour du monde. Bientôt, des gens m'imiteraient. Pas seulement des spéculateurs immobiliers, mais aussi des propriétaires de bibliothèques numériques pressés de faire disparaître la concurrence. Ou même de simples fous et aussi de trop rares citoyens et citoyennes conscients, comme moi, des dangers de la lecture.

Les compagnies d'assurance refuseraient désormais d'assurer non seulement les librairies et les bibliothèques publiques et universitaires, mais aussi les maisons et appartements dont les propriétaires conservent inutilement des milliers de livres qu'ils ont déjà lus ou ne liront jamais. Même moi, je ne pouvais plus m'assurer parce que mon système de chauffage n'était pas aux normes. Il était évident que ces compagnies seraient ravies de trouver un prétexte pour repousser ces résidences bourrées d'une matière hautement inflammable.

Bientôt, grâce à moi, on assisterait dans toutes les grandes villes et les petits villages du monde à cette magnifique invention dont la paternité, paraît-il, revenait à Joseph Goebbels : l'autodafé. Notre planète serait bientôt délivrée de tous les malheurs résultant de la lecture : guerres, massacres, meurtres en série, et ainsi de suite.

J'ai déposé le bidon par terre, pris la pochette d'allumettes au fond de ma poche et l'ai glissée entre mes dents pour avoir les mains libres.

Juste au moment où j'allais reprendre la poignée du bidon, j'ai entendu une voix familière.

— Qu'est-ce tu fais là ?

C'était Samuel, le plus assidu des abonnés de la bibliothèque. Il avait une haleine encore plus chargée d'alcool que d'habitude. J'ai vite trouvé une excuse et répondu, du mieux que je pouvais avec une pochette d'allumettes entre les dents :

— Je lave la chute à livres.

— T'as-tu du feu ?

J'aurais bien dit non, mais j'avais dans la bouche ces allumettes parfaitement visibles. Samuel s'en est emparé. Il en a craqué une, a allumé son mégot — un mégot très généreux, aux trois quarts pas fumé. Puis il a lancé l'allumette par-dessus son épaule, comme le font les cow-boys dans les films.

— Non ! ai-je crié.

Avec un peu de chance, l'allumette se serait éteinte avant d'arriver par terre et j'aurais pu reprendre ma mission dès que Samuel serait allé fumer plus loin. Saoul comme il était, il aurait tout oublié. De toute façon, ni la police ni les pompiers n'auraient cru son témoignage s'ils l'avaient interrogé.

Mais il faut croire que le hasard ou le bon Dieu ou les deux avaient une dent contre moi.

L'allumette est tombée dans la traînée d'essence qui m'avait suivi depuis ma porte.

J'ai abandonné le bidon et me suis précipité à la poursuite de la petite flamme sautillante. Je voulais l'écraser sous mes semelles. Pas de chance : elle courait plus vite que moi.

Je me suis arrêté, je me suis retourné. La flamme s'était-elle aussi élancée dans la direction de la bibliothèque ? Peut-être Samuel avait-il compris que je m'apprêtais à verser l'essence dans la chute à livres, et il le faisait à ma place ?

Il s'était en effet emparé du bidon. Mais il voulait le garder pour lui.

— On dirait que c'est de l'essence, a-t-il dit. T'en as-tu encore besoin ?

Il n'a pas attendu ma réponse et s'est éloigné avec le bidon et sa cigarette allumée, en les gardant séparés l'un de l'autre.

J'ai regardé de l'autre côté et constaté que le feu était rendu chez moi. Sans se donner la peine de frapper, il s'est faufilé sous la porte. Bientôt, les flammes sont apparues dans les fenêtres du rez-de-chaussée, puis celles de l'étage, avant de sauter allègrement au-dessus du toit. Même si elle ne contenait aucun livre à part un vieil annuaire du téléphone, ma maison brûlait avec entrain. Il n'en resterait rien, c'était évident.

Les pompiers sont arrivés rapidement. Il était trop tard pour sauver ma maison et celle de mon voisin immédiat, mais ils ont copieusement arrosé le mur de la bibliothèque donnant sur la ruelle.

— Juste en cas, m'a expliqué un des pompiers. De toute façon, y a des gicleurs.

Samuel avait disparu, sans doute à la recherche d'un acheteur pour deux ou trois litres de carburant. Les pompiers ont suivi les traces d'essence sur le trottoir. Après quelques centaines de mètres, il n'y en avait plus et ils n'ont trouvé qu'un bidon vide, vraisemblablement abandonné par l'incendiaire de ma maison.

Un policier m'a interrogé. J'ai juré que je n'avais aucun ennemi susceptible de mettre le feu chez moi. Ni la moindre raison de le faire moi-même, puisque je n'avais pas d'assurance contre l'incendie — ils pouvaient vérifier.

Je n'avais rien vu, rien entendu. J'étais dans le vestibule, je m'apprêtais à sortir me promener à cause d'une insomnie, quand j'ai aperçu cette flamme qui courait vers moi. J'ai tout juste eu le temps de m'écarter pour la laisser passer et m'éloigner. Le policier m'a dit que j'avais de la chance dans mon malheur. Il s'est contenté de conclure :

— Au moins, le feu s'est pas rendu à la bibliothèque. Parce que les bibliothèques c'est plein de livres, puis les livres c'est plein de papier.

Je ne me suis pas donné la peine de lui parler des gicleurs. J'étais catastrophé de perdre ma maison qui en était dépourvue. J'étais surtout en colère contre les véritables, les éternels coupables des grands malheurs de l'humanité. J'ai pensé, encore une fois, et ce ne serait sûrement pas la dernière…

J'HAÏS LES LIVRES.

FRANÇOIS BARCELO

Tout le monde aime François Barcelo, bien qu'il se soit fait une spécialité de haïr le plus de choses possible : le hockey, les vieux, les bébés, les Anglais... Et maintenant les livres ! Ça laisse des traces d'avoir comme ancêtre un chef patriote (Jacob Barsalou) de la Rébellion de 1837. Avec plus de soixante-cinq ouvrages au compteur, on ne peut que classer cet auteur prolifique parmi les incontournables du paysage littéraire québécois.

Après s'être abreuvé aux histoires du Docteur Dolittle et aux aventures de Biggles, le jeune François écrit deux romans qui n'ont jamais été publiés. Puis à trente-sept ans, alors qu'il fait carrière en publicité, il lui vient une idée magnifique à la lecture d'un livre de mathématiques, un essai sur le hasard, qui l'amène à écrire, sans plan et sans qu'il en connaisse la fin, *Agénor, Agénor, Agénor et Agénor*. Cette histoire repose sur une question : que se passerait-il si le hasard se déréglait et si des personnes se retrouvaient ensemble au même endroit pour voir une soucoupe volante ? Dans les romans de François Barcelo, tout peut arriver...

Cet écrivain a inventé une formule très pratique pour déterminer les genres littéraires qu'il touche : après avoir terminé le premier jet d'une histoire, l'auteur fait le décompte des morts. Il y en a beaucoup ? C'est un roman noir. Un ou deux ? Un roman « littéraire ». Aucun ? Un roman pour la jeunesse ! Cette boutade donne une idée très claire du style et de l'humour de François Barcelo ; soyez certain que vous serez confondu !

Son imagination foisonnante est un gage de très bons moments de lecture. Chaque fois, le lecteur se laissera prendre par l'irrévérence de ses romans et la personnalité de ses personnages. C'est que François Barcelo est le champion de l'antihéros : vous n'arriverez pas à haïr ses personnages détestables ; au contraire, il parvient à nous les faire aimer. Au moins un peu. Voilà le tour de force que réussit ce diable d'homme !

Fait d'armes important pour ce pacifiste de la haine : il a été le premier Québécois publié dans la collection « Série noire » de Gallimard et à avoir son nom sur la célèbre couverture noire avec son titre, *Cadavres*, écrit en jaune. C'était en 1998 et, depuis ce temps, trois autres de ses romans s'y sont retrouvés.

François Barcelo sait charmer par son écriture et son imaginaire débridés, tant les adultes que les jeunes. Que ce soit avec *Cadavres*, *J'haïs le hockey*, *Momo de Sinro* ou *Petit héros fait pipi comme les grands*, il sait raconter de belles et bonnes histoires, avec tendresse pour les petits et sans ménagement pour les grands. On appelle cela du talent !

Que nous réserve l'avenir en sa compagnie ? Lui qui a une liste de deux cents « J'haïs » possibles, il nous prépare un *J'haïs le mariage* qui saura sûrement toucher ses lecteurs. Qui sera cette fois l'antihéros ? Le prêtre ou les mariés ? Son roman *Vie de Rosa* vient d'être réédité en format de poche. Ce titre, publié en 1996, est le préféré de l'auteur. Avec son sens de l'humour caractéristique, il nous révèle qu'à sa relecture, il a conclu qu'il ne savait pas qu'il pouvait écrire de si belles choses.

Enfin, François Barcelo rêve de terminer un livre qu'il a commencé il y a une trentaine d'années, *L'homme en petits morceaux*. Chaque

année, il ajoute quelques pages aux trois cents déjà écrites. Et malgré sa modestie, il avoue lui-même que s'il arrive à l'achever, il pense
que ce sera très bon ! Alors, avant que ses lecteurs n'écrivent un joyeux
J'haïs... François Barcelo, commençons dès maintenant à le harceler,
gentiment, pour qu'il le termine.

www.barcelo.ca
barcelof@videotron.ca

Photo de l'auteur : ZéliePhotographe

ANNA RAYMONDE GAZAILLE

Guerrière

Je suis laide. Petite et maigrichonne ; mes jambes, des brindilles. Ma poitrine, inexistante et des fesses de garçon. Pas comme ma sœur qui les a bien rondes et dodues, de gros seins, haut dressés. Un sexe charnu et un cul d'acier. Je l'ai entendu dire par le commandant lui-même. Il était soûl, il racontait des choses salaces sur elle. Il l'a choisie pour le servir, dès notre arrivée. Moi, il m'a ignorée, bien sûr. On m'a mise à la lessive, au récurage des chaudrons et de la vaisselle. Pas même à la cuisine, alors que je m'y débrouille plutôt bien. Quoique, je préfère. Je n'aime pas trop la compagnie des femmes. Elles parlent beaucoup, se plaignent tout le temps. C'est inutile. Puisqu'elles restent impuissantes à changer quoi que ce soit. Et, il est impossible de fuir. Le garçon qui a essayé, ils l'ont enterré vivant. C'est ainsi que l'on punit les lâches. Je fais ce que l'on m'ordonne, sans rien dire. Les autres pensent que je suis lente, retardée. On me donne les rogatons, les mauvais morceaux de viande. Lorsqu'il y en a. Les approvisionnements sont difficiles. La bonne nourriture est réservée aux combattants, les hommes et les garçons. Même les jeunes qui sont à peine assez forts pour soutenir le poids d'une arme sont mis à l'entraînement.

Au début, ma sœur m'apportait parfois les restes de son repas. Elle disait qu'elle en avait trop, qu'elle n'avait plus faim. Pourtant, je sais qu'elle mentait. Dès toute petite, elle m'a toujours protégée. Lorsque l'on a fui le village bombardé, en laissant ma mère sous les décombres, je n'avais que sept ans ; elle, dix. On a marché avec les fuyards. Une longue colonne qui s'étirait sur des kilomètres.

Il pleuvait tous les jours. C'était une bonne chose malgré tout, car nous pouvions recueillir l'eau dans nos bouteilles. Ma sœur avait pensé à en mettre dans notre sac à dos, avec le riz et les lentilles. On devait se méfier de ceux qui n'avaient rien. Ils pouvaient nous voler le peu que nous avions. Alors on s'asseyait avec les femmes qui portaient des bébés. On cuisinait avec elles, on échangeait une portion de fèves contre du riz. Lorsqu'il ne resta plus que de l'eau, nous avons continué à marcher. Les gens disaient qu'il y avait un camp de l'autre côté de la vallée.

Des centaines de personnes y étaient déjà parquées. Il n'y avait pas assez de tentes pour tous les nouveaux venus et la nourriture était rationnée. Il fallait faire la file pour tout — les aliments dés-hydratés en sachet, une couverture, une toile de plastique pour s'abriter — y compris pour faire soigner les fièvres, les abcès et la diarrhée. Les semaines, les mois ont passé. J'étais trop jeune pour compter le temps, mais, ma sœur m'a dit plus tard que nous avons vécu là pendant environ quatre ans. Elle ne pouvait pas savoir précisément non plus, car les saisons se ressemblent toutes ou presque. De la pluie et une chaleur étouffante ou de la pluie encore et un froid humide qui traverse tout.

Dans le camp, il y avait des hommes, bien sûr. Beaucoup moins nombreux que les femmes et les enfants. Et, ils commandaient. Ils formaient des bandes, la plupart du temps rivales. Ils se battaient, trafiquaient. Les armes étaient interdites, mais nous savions tous que les plus forts en possédaient. C'est ce qui faisait qu'ils étaient les plus forts. Des étrangers aussi venaient nous apporter de l'aide. Des hommes et des femmes médecins, des enseignants qui tentaient de nous montrer à lire et à écrire. Certains disaient qu'écouter leur enseignement était mal et d'autres pensaient que même une fille pouvait apprendre les signes. Ma sœur voulait que j'aille m'asseoir dans la tente avec les enfants de mon âge. Elle, elle n'avait pas assez de toute la journée pour se procurer ce qu'au soir nous pourrions manger. J'y allais pour ne pas l'inquiéter, mais surtout parce qu'on nous donnait une collation. C'est là que j'ai appris à comprendre les signes qui désignent les chiffres et les lettres. Toutefois, je n'étais pas très attentive. Je regardais les garçons jouer au ballon et j'aurais préféré être avec eux. L'enseignante nous expliquait que si nous maîtrisions bien les lettres, nous pourrions découvrir de grands secrets. Elle appelait cela la connaissance. Elle disait que le savoir rend fort. Je ne pense pas qu'elle avait raison parce que le jour où les rebelles ont attaqué le camp, elle n'a pas été assez forte pour vaincre les Combattants du Tout-Puissant. Ils l'ont fait s'agenouiller et ils lui ont tranché la tête.

Le Seigneur-Commandant des rebelles nous avait alignés après le carnage — des centaines d'hommes avaient été tués sauf ceux qui avaient décidé de se rallier à eux. Il avait fait mettre tous les étrangers à quatre pattes. Il les insultait avec des noms d'animaux. Il a abattu les hommes d'une balle dans la tête, alors qu'un de ses lieutenants muni d'un long sabre coupait la tête des femmes. Leurs pensées étaient souillées par les signes, disait-il. Elles ne pouvaient être sauvées. Ma sœur m'a interdit de révéler que j'avais suivi les leçons. J'ai fait la muette. Ce n'est pas bien difficile pour moi. Lorsque le Seigneur-Commandant l'a désignée pour faire partie des femmes qui le servent, elle m'a tenue serrée contre elle. J'étais si menue que personne ne m'a remarquée.

Cela fait bientôt trois hivers que je survis en espérant que l'on continue de m'ignorer. On dit que nous sommes l'escadron le plus honorable, car nous sommes directement sous les ordres du Seigneur-Commandant. Il dirige de nombreuses factions qui ont pris possession de presque tout le sud du pays. Les terres agricoles, les mines, les puits de pétrole sont sous son contrôle. Nous avons fait des razzias dans les villages pour nous approvisionner et recruter des jeunes garçons et des filles pour servir les combattants. Nous sommes devenus de plus en plus nombreux.

Voici plusieurs mois que nous roulons vers le nord. Maintenant que nous approchons des grandes villes, nous avançons plus lentement. Ces dernières semaines, nous avons eu beaucoup de pertes. J'ai maintenant une autre tâche. Avec les autres enfants, nous fouillons les ruines. Sur les dépouilles des soldats du Nord, on recueille tout ce qui pourrait être utile : les chargeurs de munitions, les vestes pare-balles, les gourdes, les besaces de rations et bien sûr, les pochettes de premiers soins. Les soldats étrangers en possèdent toujours. Ils viennent de nombreux pays pour nous combattre. Le Seigneur-Commandant est qualifié d'« ennemi planétaire numéro un ». On dit même qu'il y a des femmes sous l'uniforme des soldats étrangers. Les Guerrières de la liberté, c'est ainsi qu'elles se nomment. Je n'en ai pas encore vu. Le Seigneur-Commandant affirme qu'elles sont une insulte aux yeux du Tout-Puissant. Il clame qu'il coupera les mains de la femme qui osera toucher à une arme. Ce sont donc les garçons qui récupèrent les fusils. Néanmoins, les fillettes et moi pouvons prendre les munitions.

Depuis l'année dernière, ma sœur n'a plus la faveur du Seigneur-Commandant. Il l'a donnée à son premier lieutenant. C'est un homme rude qui traite mal ses femmes. Il les frappe pour des riens. Ma sœur est pourtant très soumise. Elle ne se rebelle jamais. Maintenant qu'elle est de nouveau enceinte, elle est de plus en plus taciturne, apathique. Elle dit aussi des choses folles. Elle m'a chuchoté que si elle donnait naissance à une fille, elle l'étoufferait. Seulement, il se pourrait qu'elle perde son bébé avant que cela n'arrive. Elle a déjà fait deux fausses-couches. Je ne la vois presque plus, car je suis dans le groupe à l'arrière. Et elle, au centre dans le fourgon des femmes enceintes. Si elle garde le bébé passé le cinquième mois, elle sera renvoyée au sud dans une maison spéciale où les femmes du premier lieutenant vivent avec leurs bébés et les très jeunes enfants. Si elle lui donne un fils, elle sera dotée d'une rente et elle aura droit à sa propre chambre. On m'a dit que si elle perd encore l'enfant, le premier lieutenant la cédera à un de ses subalternes. Si elle n'était pas aussi belle, elle irait plutôt servir les hommes de la troupe.

C'est ce qui m'attend lorsque mon sang coulera. Aucun homme de pouvoir ne voudra de moi. On me voit encore comme une enfant, cependant, que je le veuille ou non, mon corps va changer. Alors je mange le moins possible. Une femme m'a dit que parfois, lorsque l'on a faim tout le temps, le sang n'a pas assez de force pour couler. Cette femme est vieille. Ils la gardent parce qu'elle sait soigner. Elle sait comment extraire une balle, comment recoudre une plaie. On va la voir pour toutes les blessures mineures, les maux de ventre et tout ça. Les blessures graves, ce sont les médecins qui s'en occupent. Quand il y a eu cette terrible offensive contre nous avec les drones, cela a fait tellement de blessés que j'ai dû aider. J'ai appris beaucoup. Elle m'a dit que j'étais douée, que j'avais du sang-froid. J'ai aimé travailler à ses côtés. Elle m'a même laissée recoudre la cuisse d'un combattant, puis elle m'a félicitée de mon habileté à faire les sutures. J'espérais rester avec elle ; ils ne me l'ont pas permis maintenant que l'on s'est remis en route. Demain, nous affronterons les défenses d'une ville importante. Elle donne accès à la voie qui mène à la capitale. Si nous prenons cette ville, ce sera une grande victoire.

::

Je voudrais pleurer, mais je n'y arrive pas. Le poids sur ma poitrine pèse à m'étouffer. C'est un des garçons qui ramassent les armes qui est venu me prévenir. Ma sœur perdait tout son sang. On l'a menée à l'infirmerie. J'ai couru aussi vite que je le pouvais. Malgré les bombardements, car l'offensive est commencée. Les médecins sont déjà débordés par les blessés qui affluent. La vieille femme non plus ne sait pas où donner de la tête. Alors ma sœur se vide sur un lit de fortune sans personne pour l'aider. Je la regarde mourir en lui tenant la main. Je n'essaie même plus d'étancher le sang entre ses cuisses. Ses yeux voilés ne me voient plus.

Ils l'ont mise avec les cadavres. Ils font au plus pressé, les morts s'accumulent. Les soldats du Nord défendent leur ville avec un acharnement que nous n'avons jamais connu. Nous devons combattre pour la moindre rue. J'ai reçu l'ordre avec d'autres enfants de faire la navette entre les combattants et les dépôts de munitions. Il faut les approvisionner constamment. Je suis devenue très habile à courir sous les tirs, j'évite les balles ou peut-être que ce sont elles qui ne veulent pas de moi. Je n'ai pas peur. Je ressens une telle colère, une telle douleur que la souffrance me fait une cuirasse.

La nuit va bientôt venir, mais je continue. Je me faufile entre les immeubles effondrés. Les gravats roulent sous mes bottes dont la semelle est si usée que je sens les cailloux la transpercer. Je serre contre moi le sac de chargeurs. La ruelle où j'avance est déserte. C'est la première fois que je découvre une ville de ce genre. Les édifices sont si hauts que même la tête levée, on n'en distingue pas le sommet. La pétarade des tirs est derrière moi. Je devrais rebrousser chemin, mais mes jambes me conduisent plus loin encore. Dotées de leur propre volonté, elles m'éloignent du visage exsangue de ma sœur.

La ruelle débouche sur une petite place. Les bâtiments qui l'entourent ont tous leurs volets bien clos. Certaines fenêtres garnies de fleurs en pots accrochés aux rambardes des balcons rappellent un autre temps. Le silence après le fracas des combats me donne l'impression d'être sourde. Seul le ruissellement de la fontaine, dont la vasque de pierre blanche luit dans le couchant, m'assure que je ne rêve pas. Je m'assois sur le banc qui la cerne. Je plonge mes mains dans l'eau, sous le jet qui glace mes doigts.

J'ai dormi. Recroquevillée sur le banc. La sirène lointaine des ambulances m'a sortie d'un sommeil noir, sans rêves ni souvenirs. Les lueurs dans le ciel me disent que l'aube fera reprendre les combats. J'admire une dernière fois la paisible place et je me dirige vers le tonnerre des obus qui fracassent les édifices du centre de la ville. Une large avenue encore intacte arbore ses vitrines, certaines placardées par leurs propriétaires en fuite. Je rase les murs prudemment. Je ne sais plus de quel côté sont les combattants et où se cachent les soldats du Nord. Le tir nourri des fusils d'assaut crache ses éclats plus loin devant moi. Ils proviennent des arcades d'un magnifique édifice de granit que le soleil allume de reflets roses. Le sac de chargeurs en bandoulière pèse lourd. Je me dis tout à coup que je pourrais m'en défaire. Trouver un endroit où me terrer. Mais je sais bien que je n'ai pas cette patience. Je ne pourrais pas attendre de mourir de faim et de soif au fond d'une cave. La faim, je supporte, j'ai l'habitude. Mais la soif ? Ma gourde est presque vide. Je n'ai pas osé boire l'eau de la fontaine, des algues brunes y flottaient.

Je peux voir à présent que des soldats du Nord défendent l'entrée d'un immense bâtiment protégé par des sacs de sable érigés en abri. Un avant-poste surmonté d'un fusil-mitrailleur vomit des salves ininterrompues. De grandes paraboles et des antennes hérissent le toit. Je sais que dans chaque ville, l'objectif du Seigneur-Commandant est toujours de prendre possession du centre des communications. Il s'avère qu'ici c'est aussi le siège de la ville. Je peux le lire sur la façade : Hôtel de ville. Je me souviens des lettres. L'enseignante nous avait montré la photo d'un bel édifice décoré de drapeaux.

Je suis du mauvais côté de l'avenue, je ne peux plus traverser pour soutenir l'offensive en distribuant mes chargeurs, au risque de me faire tuer par l'un ou l'autre camp. J'hésite à peine et me faufile dans l'ombre d'un étroit passage. Je peux toucher les murs de chaque côté en allongeant les bras. Il y fait humide et froid. Jamais les rayons du soleil ne doivent atteindre ces pavés couverts de mousse, un énorme lierre recouvre presque entièrement le mur de droite jusque très haut. Il semble bien que cette allée mène loin vers l'arrière du bâtiment. J'entends, assourdi, le claquement des tirs.

Je suis dans un cul-de-sac. Seule une fenêtre dans le fouillis du lierre m'offre une issue bien incertaine. Elle est à un peu plus de trois mètres. Je pourrais casser la vitre. Il me faut choisir. Tenter l'escalade ou retourner sur mes pas affronter la mitraille. Je grimpe au tronc aussi gros que mon bras et je pose les genoux sur le muret sous la fenêtre à meneaux. La crasse sur les vitres masque l'intérieur de la pièce, impossible de savoir ce qu'il y a derrière. En cassant le carreau voisin du loquet avec le montant d'un chargeur, je tremble de voir surgir la gueule d'un fusil.

J'ai réussi à enjamber le châssis et suis restée tapie sur le sol dans la pénombre de la pièce qui sent la poussière et la moisissure, pendant ce qui m'a paru une éternité. Je distingue à peine à un mètre devant moi la forme de hautes étagères remplies d'objets que je ne sais pas identifier. Il y a des dizaines et des dizaines de ces rayonnages dans ce qui semble une vaste salle. Tout est si silencieux que j'entends ma respiration ; le sang bat si vite dans mes oreilles que je dois couvrir ma bouche de ma main pour ne pas laisser échapper une plainte. Je me force à me relever et à avancer à tâtons dans la ligne d'une allée. De chaque côté s'étalent des rayons couverts de livres. Cette fois, je les distingue bien. Alors l'enseignante ne mentait pas lorsqu'elle disait qu'il existait des lieux où étaient remisés tous les mots que l'humain a inventés ! Je suis donc entrée au cœur des secrets. Dans le monde du savoir. J'avance encore et me retrouve au carrefour de plusieurs avenues de rayonnages. Devant, à droite et à gauche, je pourrais en suivre le parcours. Le souvenir du visage de l'enseignante me revient. Elle nous faisait asseoir autour d'elle. Elle ouvrait un livre et les secrets des signes qu'elle décodait nous parvenaient grâce à sa voix. Elle nous menait dans des pays fabuleux où, dans les temps très anciens, des magiciennes et des sorciers rivalisaient de pouvoirs pour vaincre les maléfices engendrés par les forces du mal.

Un faible rai de lumière tombe d'une fenêtre, éclaire une rangée. J'effleure doucement de ma main la tranche des ouvrages. J'ose en tirer un au hasard. Sur la couverture, l'image d'une femme nue grossièrement sculptée dans la pierre. Ses hanches larges, son ventre proéminent et ses seins lourds évoquent la maternité. Le livre s'ouvre en craquant, projetant dans mes narines une odeur acidulée. Je reconnais les lettres et tente de les déchiffrer. Je ne comprends pas les mots qu'elles forment. Peut-être une autre langue. Je suis du doigt avec un plaisir coupable les lignes noires des signes. Je n'aurais pas assez d'une vie pour en découvrir les mystères. Quelles histoires racontent-ils ? Je devrais replacer le livre, mais je n'y arrive pas. La tentation est trop forte. Je le glisse sous ma chemise.

Je perçois dorénavant le lointain sifflement des obus et le grondement qui le suit. Preuve qu'ils ont bien joué leur rôle de destruction. L'envie de me cacher ici, pour y découvrir toutes ces paroles. Mais il n'y a pas de refuge. Je ne serais hors de danger que le temps de m'en illusionner. Comme en dormant au pied d'une fontaine.

Pour me donner du courage, je dois me répéter ce que je n'ai jamais dit à haute voix. Ma sœur et moi n'avons jamais prononcé les mots : maman est morte. À présent, je profère d'une voix ferme et rauque : Lara est morte. À l'intérieur de ma poitrine, un nœud de plus se forme. Il pèse si fort contre mes côtes que je crois suffoquer. Je serre les poings. Je me contrains à faire un pas, puis un autre, jusqu'au bout de cette salle qui aura bien une fin. Je marche vers le fracas de la mort. Car la mort n'est pas silencieuse, elle ne vient pas te prendre par-derrière furtivement. Elle gronde, elle hurle, elle gicle, le sang, la merde qui s'échappe des boyaux. Elle niche dans les gorges des hommes qui râlent. Je les ai entendus geindre. J'ai vu leur regard suppliant. Les dépouilles des soldats du Nord que nous devions détrousser n'avaient pas toujours franchi le seuil. Les garçons qui recueillaient les armes avant notre écumage ne donnaient pas toujours le coup de grâce comme c'était leur tâche. Alors, j'avais appris à le faire. Je me penchais tout doucement au-dessus d'eux, je murmurais «chutchuut» à leur oreille comme ma mère le faisait pour calmer un gros chagrin. Je tranchais adroitement la carotide. Je suis très habile avec le scalpel que j'ai volé à l'infirmerie.

J'ai poussé lentement les portes de la salle. Elle s'ouvre sur une grande pièce bien éclairée par l'immense verrière qui fait office de plafond. De longues tables, des chaises alignées devant chaque place agrémentée de petites lampes de verre poli. En piles, les livres attendent sagement d'être ouverts. La déflagration des armes me fait sursauter. Le combat est tout proche derrière une autre porte. Elle donne sur une large galerie dotée d'une balustrade de bois ajouré. Silencieusement, je m'approche et m'agenouille, protégée par le parapet. Je suis à l'étage, au-dessus d'un hall dont les murs sont criblés d'éclats de balles. Les hautes vitrines éclatées donnant sur la rue me laissent voir les combattants du Tout-Puissant abrités en face, sous les arcades. Les soldats dans le hall tiennent une position bien précaire, derrière un amas de caisses et de meubles renversés. Ils sont cinq. Ou plutôt elles. Ce n'était pas une légende. Elles existent pour vrai, les guerrières. L'une d'elles s'acharne, balayant les attaquants de son fusil-mitrailleur, dès que l'un d'entre eux tente de s'avancer. Une autre est juchée en haut des marches. Une *sniper* avec un SIG 550. Elle a vu tout comme moi le combattant qui court à croupetons vers l'entrée. Pffft ! Un cercle rouge illumine le front de l'attaquant.

J'observe la scène pendant une heure, peut-être deux. L'adrénaline de la bataille me serre la gorge. Je pourrais m'échapper. Il y a un couloir au bout de la galerie. Une sortie vers l'arrière doit exister. Pourtant je ne bouge pas. Je suis incapable d'abandonner ces femmes. Comme si en restant, en étant témoin de leur courage, de leur détermination, je détenais l'espoir d'une victoire.

Elles ne sont plus que trois à faire feu. La guerrière derrière la mitrailleuse a été tuée, remplacée par une forte femme à la peau noire. Une autre, grande et blonde, a fait retraite vers l'escalier ; couverte par les tirs de la *sniper,* elle grimpe à l'abri de la galerie. Elle traîne la soldate blessée qui tient sa gorge d'où s'échappe le sang à gros bouillons. J'ai vu suffisamment de blessures pour savoir qu'elle ne survivra pas. J'ai reculé jusqu'au fond de la galerie.

Il n'y a plus de munitions pour le fusil-mitrailleur. Désormais, les combattants vont avoir la voie libre. Les guerrières maintiennent un feu nourri pour permettre à la Noire de faire aussi retraite. Elle transporte le corps de sa camarade. Elle ne veut pas le laisser aux mains de l'ennemi. Ils mutilent les cadavres des guerrières. Profaner les dépouilles pour semer la terreur, en exhiber les photos pour plonger leurs familles dans l'affliction est, pour eux, une forme de propagande. Chacune des guerrières compte les chargeurs qu'il lui reste. Je lis la peur sur leur visage. En me déplaçant pour rester cachée, je sens le poids du sac sur mon épaule. Je possède assez de munitions pour les faire tenir encore un moment. Sans réfléchir, j'avance hors de l'ombre. À genoux, les deux mains levées, je m'approche lentement. Les yeux de la guerrière noire me fixent, son fusil pointé sur moi. D'un élan, je fais glisser le sac de chargeurs dans sa direction.

Nous nous sommes repliées derrière les portes de la bibliothèque. Nous les avons barricadées avec les tables, les chaises et les chariots de livres. Cela nous donne un peu de répit. Les combattants ont envahi le premier étage où loge le musée. Ils le vandalisent. Ils fracassent, souillent les œuvres d'art. Ces symboles contraires à leurs dogmes. Je soigne comme je peux la blessée, mais elle perd trop de sang. Nous sommes piégées dans cette salle. Nous ne vaincrons pas leur puissance de feu lorsqu'ils défonceront notre médiocre barrage. Ce qui ne peut tarder. Il y a une sortie de secours à l'arrière qui mène dans les ruelles. J'ai compris que les guerrières ne partiront pas tant que leur camarade sera en vie. Alors pendant qu'elles discutent, j'ai fait ce que je sais faire. Tendrement, j'ai accéléré la fin inévitable. Et, j'ai proposé de cacher les cadavres dans l'arrière-salle, sous des piles de livres. Un noble tombeau pour ces guerrières.

Nous avons couru. La fuite par le toit s'est révélée périlleuse, mais c'était la seule issue qu'il nous restait. La guerrière à la peau sombre semblait savoir de quel côté se diriger. Je les ai suivies, sans qu'elles ne me le proposent, cependant, elles ne m'en ont pas empêchée. Nous sommes sorties par l'arrière du bâtiment en grimpant par un escalier de secours. Impossible de descendre; en bas, ça grouillait déjà de combattants.

Le soir tombe. Nous patientons sur le toit en terrasse d'un immeuble à logements. Dès que nous pourrons descendre, nous irons vers la banlieue que les soldats du Nord tiennent encore. Le centre de la ville est aux mains des combattants du Tout-Puissant. Tout brûle. Non seulement l'hôtel de ville, mais aussi le musée, la salle de concert et la bibliothèque. Je pense aux corps des guerrières qui gisent parmi tous ces écrits. Dans le ciel flamboyant du couchant s'élèvent des flammes tout aussi rougeoyantes. J'aimerais que tous les mots des livres incendiés crient leur colère. Mais comme Lara, les livres meurent en silence.

Je tire le livre volé de sous ma chemise. Je caresse l'image de la statue de pierre. Je le tends à la *sniper,* une Asiatique d'à peine vingt ans, et lui demande si elle comprend ce qui est écrit. Elle hoche la tête et sourit.

— *When God was a Woman.*[1]

---

1. *When God was a Woman* by Merlin Stone ; en français : *Quand Dieu était femme,* Merlin Stone, Éditions l'Étincelle,1979.

ANNA RAYMONDE GAZAILLE

Qui pourrait croire que cette nouvelle auteure de polars, qui ose toucher des sujets aussi délicats que les crimes d'honneur et les agences de rencontre pour femmes d'âge mûr, avait été persuadée par son grand-père irlandais que les lutins existaient ? Que de chemin parcouru depuis ses premières lectures des contes de fées et d'elfes jusqu'à l'écriture des meurtres sadiques commis par un tueur en série !

Tout comme les personnages de ses romans, Anna Raymonde Gazaille demeure à Montréal. Après une carrière dans le monde de la gestion des organismes culturels, elle décide de se consacrer à la littérature. Malgré le fait qu'elle n'est pas lectrice du genre, elle tente l'aventure du polar. Une excellente idée ! Au-delà de l'écriture d'une intrigue, se consacrer à ce type de roman est, pour elle, une façon efficace d'aborder les petites et grandes causes du XXIe siècle. Alors, en plein débat sur la Chartre sur les valeurs québécoises, elle n'hésite pas à centrer son deuxième roman, *Déni,* sur la laïcité et le port du voile.

Pour ses deux premiers titres, *Traces* et *Déni,* elle a choisi d'utiliser un personnage récurrent, l'enquêteur Paul Morel. Contournant les stéréotypes fréquents du genre, elle lui a donné un côté réflexif et stra-tégique important. Loin des James Bond de ce monde, Morel n'est pas celui qui sautera d'un toit d'édifice à l'autre ou se jettera sous les balles des méchants. Personnage tourmenté quand même un peu, la profon-deur est toujours bienvenue ; tomber dans la drogue ou l'alcoolisme, ce n'est pas pour lui. Et il possède une caractéristique particulière, un petit côté amateur d'art qui lui vient de sa mère française.

Anna Raymonde Gazaille est une auteure qui exploite beaucoup l'image, le visuel. Elle construit son histoire comme si elle scénarisait un film, puis elle passe le témoin au souffle de son écriture jusqu'à la rédaction de la finale. Cette écriture cinématographique lui permet de mettre en scène des récits complexes où la violence des gestes se marie avec l'humanité désespérante des personnages, souvent atta-chants ou parfois détestables. Et quand la liste des suspects s'allonge, les multiples motivations surgissent : vengeance amoureuse, conflit entre membres de la pègre, problèmes liés à la prostitution, crime d'honneur. Et tout cela dans un quartier montréalais où la méfiance envers la police se transforme naturellement en opacité.

Anna Raymonde Gazaille ne donne jamais dans les clichés. Le ton est juste et l'histoire est toujours parfaitement crédible. Cependant, attendez-vous à ce qu'un jour, comme dans la nouvelle de ce recueil, elle dépasse les limites du polar traditionnel et qu'elle en repousse les frontières.

Photo de l'auteure : MishôPhoto

HERVÉ GAGNON

Veni Satanas

Je n'aime ni les églises ni les couvents. L'odeur d'encens et d'encaustique m'a toujours fichu la nausée. Le silence, la pénombre, les gens vêtus de noir qui longent les murs comme des âmes perdues, tout ça me donne des frissons. Mais ce qui m'indispose par-dessus tout, c'est le ton condescendant et bien-pensant des curés. Et puis, la façon qu'ils ont de rouler leurs « r » m'énerve. Je me suis donc toujours fait un point d'honneur de les fréquenter le moins possible.

Quand l'inspecteur Murphy, mon patron de l'époque, m'ordonna de me rendre de toute urgence au Grand Séminaire, je sus aussitôt que cette affaire me déplairait. Il ne pouvait pas m'en dire grand-chose, sinon qu'un jeune prêtre tout énervé avait surgi à la station de police, tôt le matin, pour annoncer un vol dont il ne savait manifestement rien tout en déclarant l'affaire urgente.

C'était le mardi 10 septembre 1901. Il avait plu une partie de la nuit et l'air était frisquet pour une fin d'été. La rue Sherbrooke, bordée de résidences cossues et de grands arbres, était calme, et le voyage fut court. À contrecœur, je descendis de voiture devant le magnifique édifice. Le bâtiment central en pierre taillée était agrémenté d'ailes se déployant sur un terrain richement aménagé de plantes, de fleurs et d'une fontaine. L'ensemble tenait plus du palais que du couvent et faisait la preuve par quatre que la pauvreté prêchée par l'Église concernait les fidèles, pas l'institution.

Je demandai au constable Beausoleil, un grand moustachu aux épaules larges qui conduisait la voiture, de patienter et je me dirigeai vers la porte centrale. J'étais visiblement attendu, car j'avais à peine frappé qu'un jeune prêtre m'ouvrait. Je me présentai, et il me pria de le suivre. D'un pas pressé qui faisait claquer sa soutane sur ses jambes, il me guida au fil d'un enchevêtrement de couloirs jusqu'à une porte qu'il ouvrit pour moi.

— Monsieur Mignot vous attend, m'informa-t-il.

On disait que la bibliothèque des Sulpiciens était une des plus riches de Montréal, et je n'eus pas de mal à le croire. Les rayons qui couvraient les murs et occupaient le centre de la pièce débordaient de milliers de livres, dont certains semblaient très anciens. Je me demandai ce que je faisais dans ce lieu feutré, plus propice au recueillement qu'au crime, quand j'aperçus, au fond, un sulpicien en soutane noire. Le grand sexagénaire droit comme un manche de pelle avait la chevelure blanche un peu clairsemée et me fixait à travers ses lunettes épaisses. Son large ceinturon enveloppait une bedaine prospère sur laquelle il croisait ses mains. Le cou trop serré dans un col romain immaculé, il attendit que j'aille à sa rencontre. J'hésitai à lui tendre la main, ignorant quel était l'usage avec un prêtre, et je me retins.

— Bonjour mon père, dis-je.

— Nous sommes les messieurs de Saint-Sulpice, répondit-il. Vous pouvez m'appeler monsieur Mignot Je vous remercie d'avoir répondu aussi rapidement à notre appel. Et vous êtes l'inspecteur... ?

— L'inspecteur adjoint Napoléon Richard.

— Inspecteur... adjoint ? fit-il en pinçant les lèvres sans chercher à cacher son déplaisir. Bon.

J'étais là depuis moins d'une minute et, déjà, je me sentais comme un pis-aller. L'antipathie que j'éprouvai pour le personnage fut instantanée. Non seulement il était hautain, mais il roulait furieusement ses « r ». Bien décidé à ne pas rester plus longtemps que nécessaire, je tirai de la poche de mon veston un calepin et un bout de crayon à mine de plomb.

— Vous avez signalé un vol, dis-je. Il s'agit de vases sacrés, je suppose ?

— Non. D'un livre, répondit calmement Mignot.

— Un… livre ? répétai-je, pris de court. Et vous faites venir la police de toute urgence pour ça ?

— Il s'agit d'un livre rare et extrêmement dangereux.

Je le dévisageai un instant et constatai qu'il était sérieux. Je posai donc mon crayon sur mon calepin, prêt à noter.

— Bon, soupirai-je, résigné. Allons-y. Quel est son titre ?

— *Veni Satanas.*

Pris au dépourvu, je relevai les yeux vers lui en fouillant ce qu'il restait de mon latin du cours classique.

— « Viens, Satan », traduisit Mignot d'un ton grave, me confirmant que j'avais bien entendu.

— On vous a volé un traité sur le satanisme ? demandai-je, incrédule, en notant le titre dans mon calepin.

— Un traité *de* satanisme, me corrigea-t-il d'un ton docte.

— Depuis quand les Sulpiciens possèdent-ils ce genre de livres ? m'enquis-je.

Le visage du prêtre se ferma et il vrilla son regard dans le mien. Derrière ses verres épais, ses yeux semblaient briller d'une ferveur particulière qui me mit mal à l'aise.

— Il est préférable qu'un tel ouvrage soit aux mains d'une communauté religieuse qu'entre celles de gens mal intentionnés, déclara-t-il d'un ton péremptoire.

— Vous croyez ce genre de sornettes ? demandai-je, nullement démonté. Le satanisme et tout ça ?

Le sulpicien se détendit ostensiblement.

— Bien sûr que non. Mais je crois que l'on peut y croire, ce qui revient au même.

— Pourquoi, alors, une telle panique pour un livre égaré qui ne contient que des superstitions ? rétorquai-je.

— Tout être humain porte une part de Mal en lui, inspecteur adjoint, et dans certaines circonstances, certains y cèdent, répondit Mignot avec l'air de celui qui avait longuement soupesé la question. De là à penser que des gens puissent conjurer Satan en ce monde, il y a une marge que je me refuse à franchir. Mais ceux qui en sont convaincus sont aussi dangereux que s'ils en étaient vraiment possédés. Il suffit d'avoir foi au Mal pour que naisse le Mal.

Je me dis que l'homme avait dû enseigner la rhétorique et la sémantique. Manifestement, il prenait l'affaire très au sérieux.

— Combien de personnes habitent le séminaire? demandai-je.

— Vingt-trois prêtres et cinquante et un séminaristes.

À ma demande, il me remit une liste de tous ces gens.

— Ont-ils tous accès à la bibliothèque?

— Évidemment.

— Bref, nous avons soixante-quatorze suspects, soupirai-je. Où avez-vous vu le livre pour la dernière fois?

— En Enfer.

::

Une minute plus tard, je me tenais dans une petite pièce située au fond de la bibliothèque, dont Mignot m'avait solennellement ouvert l'épaisse porte en chêne fermée à clé. L'endroit faisait environ dix pieds par douze et ses murs étaient couverts du plancher au plafond de tablettes remplies de livres soigneusement alignés.

— J'ai toujours su que j'irais en enfer, raillai-je.

La blague tomba à plat. Le sulpicien me toisa avec dédain et je me sentis rougir.

— Le *Veni Satanas* date de 1566. La tradition veut qu'il ait été apporté à Ville-Marie par un prêtre de Saint-Sulpice en 1669. Jamais il n'est sorti de la bibliothèque, sauf pour être transporté dans cet édifice tout neuf en 1857. Jusqu'à maintenant, déplora-t-il.

Il désigna la petite table munie d'une unique chaise, au milieu de la pièce.

— C'est là qu'il a été consulté pour la dernière fois.

— Par qui?

— Le professeur Honoré Legendre, de la Faculté des arts de l'Université Laval à Montréal.

— Et pourquoi, au juste, s'intéressait-il à un tel ouvrage, celui-là?

— Il est historien. Il dit étudier la chasse aux sorcières et ses conséquences, dont l'apparition du satanisme. J'ignore comment il a appris que nous possédions le *Veni Satanas,* mais il s'est présenté voilà une semaine avec une recommandation en bonne et due forme de l'évêché.

— Monseigneur Bruchési sait que vous conservez ce genre de livre?

— Bien entendu. Lui aussi préfère que nous l'empêchions de tomber entre les mains de gens mal intentionnés.

Je notai la façon dont ses lèvres s'étaient crispées.

— On dirait que vous auriez préféré qu'il ne vienne pas.

— L'étude de ce genre d'ouvrage ne peut mener à rien de bon.

— Pour un homme qui ne croit pas au satanisme, je vous trouve bien méfiant, observai-je. Et quand ce professeur Legendre est-il passé la dernière fois?

Je m'attendais à ce qu'il me parle de la veille ou du matin même. Sa réponse me prit au dépourvu.

— Vendredi dernier.

— Il s'est donc écoulé une fin de semaine entière avant que vous ne signaliez la disparition du livre? fis-je sans masquer mon irritation.

— Je le crains, admit-il. Ce n'est que ce matin que j'ai constaté qu'il était manquant.

— Quelqu'un d'autre a-t-il été admis en Enfer durant la fin de semaine?

— Non.

Mignot prit un registre sur la table et le fit pivoter pour que je puisse le consulter. Le dernier nom figurant sur la page était celui d'Honoré Legendre, en date du vendredi 6 septembre 1901.

— Et quand vous avez fermé vendredi, le livre était toujours ici? Vous souvenez-vous de l'avoir vu?

Le sulpicien déguisa mal un air embarrassé. De toute évidence, l'homme n'aimait pas être pris en faute.

— Je... Je ne saurais dire. J'ai moi-même accueilli le professeur Legendre en matinée, mais j'avais rendez-vous avec le supérieur avant les vêpres. C'est mon nouvel assistant, monsieur Bolduc, qui s'est occupé de fermer à cinq heures de l'après-midi.

Avant même que je puisse exiger de parler à cet assistant, la porte de la bibliothèque s'ouvrit et se referma. Des pas discrets s'approchèrent.

— Le voici, m'informa Mignot. Je lui ai demandé de nous rejoindre. J'ai pensé que vous souhaiteriez le rencontrer.

Un sulpicien d'une trentaine d'années entra. Il était assez petit, rondelet et déjà à moitié chauve. Le bibliothécaire me le présenta en appuyant subtilement sur le « adjoint » et m'invita à poser mes questions.

— Le livre disparu était-il ici quand vous avez fermé? lui demandai-je.

— Oui, répondit le blondinet, les yeux rivés au sol. Je l'ai remis moi-même sur les rayons.

— Le professeur est parti à quelle heure?

— Un peu après cinq heures du soir. J'ai même dû insister. Il m'a fait attendre une dizaine de minutes pendant qu'il achevait de recopier certains passages.

— Vous avez ses coordonnées? m'enquis-je, pouvant à peine croire que je devrais mener une véritable enquête pour un livre, même satanique.

Mignot me tendit un registre différent, et je transcrivis l'adresse dans mon calepin. J'allais sortir quand mon attention fut attirée par quelques petites taches sombres sur le coin de la table. Elles étaient si petites que je les avais presque manquées. Je me penchai pour mieux les observer, jusqu'à avoir le nez pratiquement collé dessus.

— Qu'y a-t-il? s'enquit-il.

— Avez-vous une loupe?

Le jeune assistant sortit de l'Enfer et y revint presque aussitôt en brandissant l'instrument en question, qu'il me tendit. J'observai à nouveau les taches. Elles étaient brunâtres. Avec l'ongle de mon index, j'en grattai une pour produire une fine poussière à laquelle je mêlai un peu de salive sur la surface de la table. Le résultat fut un mince film rougeâtre.

— C'est du sang, répondis-je.

Tout à coup, j'avais beaucoup moins l'impression de perdre mon temps et, en chemin vers la sortie, les couloirs du Grand Séminaire me parurent plus sombres. Je songeai à quel point je détestais ce genre d'endroit.

::

Il ne fallut pas très longtemps pour descendre Sherbrooke vers l'est, puis un bout de Saint-Denis jusqu'au coin de Sainte-Catherine. Ma destination était l'université. L'édifice était un étrange « U » de cinq étages en pierre beige dont l'entrée était enfoncée entre les deux ailes, sous un portique surmonté de six arches à l'allure vaguement orientale. On disait que la chose pouvait accueillir près de mille étudiants. Les rues s'étaient animées depuis mon départ de la station. Les boutiques sur Sainte-Catherine avaient

ouvert leurs portes et, comme je gravissais les marches, un tramway électrique déposa plusieurs passagers.

Je trouvai le bureau du professeur Legendre au troisième
étage. L'homme était le prototype même de l'historien : la
cinquantaine chauve, la barbe poivre et sel, les lunettes sur le
bout du nez, la peau blême, l'œil cerné, le vêtement fripé et
l'apparence aussi poussiéreuse que les documents qu'il dépouil-
lait. Mais, contraste étonnant, il s'avéra souriant et enjoué.
Il m'accueillit avec amabilité et, s'il fut surpris en découvrant
mon identité, rien chez lui ne trahit la moindre inquiétude. Il
me désigna une chaise droite tandis que lui-même prenait place
derrière son bureau. Il croisa les mains et m'écouta en plissant
de plus en plus le front tandis que je lui relatais les événements
qui expliquaient ma présence.

— C'est une tragédie, déplora-t-il en secouant la tête quand
j'eus terminé. Ce livre est inestimable. Il faut absolument le
retrouver.

— Expliquez-moi pourquoi il est si précieux ? le priai-je. Je sais
qu'il est vieux, mais encore ?

— Il est surtout très rare, répondit-il. Il n'en existe que quelques
copies connues. Il est aussi entouré d'une légende troublante.

J'étirai le cou, soudain intéressé, l'invitant à poursuivre par un
haussement des sourcils.

— On raconte que quiconque désire posséder ce livre doit y
répandre du sang, expliqua le professeur avec un sourire en coin.
Le sien ou celui d'autrui ; Satan n'est pas regardant.

Je repensai aussitôt aux taches sur la table de l'Enfer et un
frisson me parcourut l'échine.

— En revanche, continua Legendre, celui qui a répandu le
sang est réputé appartenir lui-même au livre.

— Bref, tel Faust, il vend son âme au diable, rétorquai-je pour
montrer que j'avais quand même un peu de culture.

— Exactement. Au fond, c'est une banale légende de livre maudit, comme on en connaît plusieurs. Il ne faut pas y prêter foi. Mais je dois admettre que les taches sombres que j'ai trouvées sur plusieurs des pages m'ont causé un bref tremblement superstitieux.

— Des taches récentes ? demandai-je.

— C'est difficile à dire, répondit-il sans s'attarder davantage, emporté qu'il était par son récit. Les plus fervents amateurs de surnaturel prétendent que même l'année de sa publication renferme un message satanique.

Je dus lui faire un drôle d'air, car il m'expliqua sans que je le lui demande.

— Si l'on additionne le 1 et le 5 de 1566, on obtient 6 — donc 666. *Qui habet intellectum, computet numerum bestiae ; numerus enim hominis est : et numerus eius est sescenti sexaginta sex*[1]. Apocalypse de Jean, chapitre 13, verset 18.

— Eh bien, dites donc…, fis-je, sincèrement impressionné malgré mon latin sommaire. Il y en a qui voient plus loin que d'autres.

— Ils voient surtout ce qu'ils veulent bien voir. Certains dérangés seraient prêts à tuer pour posséder un ouvrage comme le *Veni Satanas,* même s'il s'agit d'un fatras de clichés blasphématoires sans grand intérêt.

Il ouvrit un tiroir de son bureau et en sortit un dossier qu'il consulta. Je notai soudain que son index, couvert jusque-là par son autre main, était enveloppé d'un pansement. Il remonta ses lunettes sur son nez et trouva ce qu'il cherchait.

— J'ai recopié les passages les plus significatifs, expliqua-t-il. Ça vous donnera une idée de la teneur de l'ouvrage. « *Gloria Satanas ! In nomine dei nostri satanas luciferi excelsi !*[2] Au nom

---

1. Celui qui a l'intelligence, qu'il se mette à calculer le chiffre de la Bête, car c'est un chiffre d'homme, et ce chiffre est six cent soixante-six.

2. Gloire à Satan ! Au nom de notre dieu tout-puissant Satan Lucifer !

de Satan, roi du monde terrestre, vrai dieu, ennemi du faux dieu, tout-puissant et insaisissable, j'invite les forces du mal à s'incarner! *Veni Satanas! Veni Belial! Veni Leviathan! Veni Lucifer!*[3] »

Il m'en lut d'autres pendant une bonne minute, puis referma le dossier et me dévisagea.

— Ça continue comme ça sur des pages et des pages, conclut-il. L'ouvrage est un recueil d'invocations et de rituels sataniques trop théâtraux pour être crédibles.

— Pourtant, vous vous y intéressez.

— Pour son côté dualiste. Il place sur un pied d'égalité un dieu du bien et un dieu du mal, dans la plus pure lignée de nombreuses hérésies médiévales. Il est aussi la preuve que le satanisme est apparu bien avant les années 1680, comme on le croit généralement. J'ai dû montrer patte blanche à l'évêché pour obtenir le droit de l'étudier.

Il m'adressa un regard intense.

— Vous devez le retrouver.

— Il vaut cher, d'après vous?

— Je n'avais jamais envisagé cette question, répondit-il après avoir pris le temps de réfléchir. Mais il est très rare, et je suppose que des collectionneurs paieraient une fortune pour le posséder.

Spontanément, je désignai son index enrubanné.

— Vous vous êtes blessé? m'enquis-je d'un ton innocent.

— Oui, répondit-il, pris de court. Un bête accident. J'aime sculpter à mes heures et je me suis donné un coup de ciseau à bois.

— Je peux voir?

— Je vous demande pardon?

— Votre blessure. J'aimerais la voir.

— Vous n'imaginez quand même pas que…, fit le professeur, outré.

---

3. Viens Satan! Viens Bélial! Vien Léviathan! Viens Lucifer!

— Je n'imagine rien : j'élimine les suspects.

Legendre défit maladroitement le pansement à une seule main et exhiba une vilaine coupure irrégulière sur l'extérieur de son index — le genre de blessure que l'on se fait accidentellement avec un instrument conçu pour autre chose, pas avec un couteau tranchant pour répandre quelques gouttes sur un grimoire.

Je le remerciai et sortis, laissant derrière un homme passablement irrité, convaincu qu'il disait vrai. L'homme était un intellectuel inoffensif, pas un sataniste exalté.

::

Ne disposant d'aucune autre piste, je passai les journées suivantes à interroger l'épouse du professeur Legendre et certains de ses collègues. Tous me confirmèrent son emploi du temps et son intérêt pour les questions religieuses. Par acquit de conscience, j'épluchai aussi la liste des séminaristes, mais sans rien y trouver d'autre que des futurs prêtres. J'étais prêt à abdiquer et à classer le livre dans les affaires non résolues quand, tôt le matin du vendredi 13 septembre — simple coïncidence, je suppose —, le constable Beausoleil fit irruption dans la station pour annoncer que l'on venait de trouver un homme mort à l'université. Je sautai dans la voiture, et il me conduisit en trombe sur les lieux.

Je gravis les escaliers quatre à quatre et fonçai vers le bureau d'Honoré Legendre, où se trouvaient déjà deux constables. Ils s'écartèrent en m'apercevant et mon pressentiment fut confirmé dès que j'ouvris.

L'historien gisait par terre dans une mare de sang. Jamais je n'en avais vu autant de toute ma carrière. Je m'approchai en faisant attention de ne pas y mettre les pieds et m'accroupis en combattant les haut-le-cœur qui menaçaient d'avoir raison de mon déjeuner. Un examen sommaire me révéla une blessure béante qui lui traversait la gorge d'une oreille à l'autre. Sa tête était pratiquement détachée de ses épaules. Ses paroles me revinrent à l'esprit : « Certains dérangés seraient prêts à tuer pour posséder un ouvrage comme le *Veni Satanas* ». Un frisson d'appréhension me saisit. Avais-je fait erreur ? Legendre avait-il été assassiné parce qu'il avait eu le livre en sa possession ?

Après avoir constaté et noté tout ce qui me semblait utile, je retournai à la station. Là, je me trouvai face à face avec un jeune sulpicien à l'air effaré qui, cette fois, ne fit aucun mystère : il y avait eu un mort au Grand Séminaire. Secouant ma surprise, je repartis aussi vite et me retrouvai rue Sherbrooke. On me conduisit dans l'aile réservée aux prêtres, où un attroupement s'était formé devant une chambre. J'y découvris une scène similaire à celle de l'université. Cette fois, c'était le jeune Bolduc qui gisait face contre terre. Un examen sommaire me confirma ce que je savais déjà : il avait été égorgé avec la même sauvagerie que Legendre.

Je me relevai, partagé entre la stupéfaction et la colère. Tout de même, nous étions à Montréal, pas à Londres chez Jack l'Éventreur. Deux meurtres sadiques pour un simple livre. C'était inconcevable.

— Où est Mignot ? m'enquis-je à celui qui m'avait accompagné.

— Dans la bibliothèque. Il est très secoué.

— Il va l'être encore plus bientôt, répliquai-je en songeant au professeur Legendre. Conduisez-moi à lui.

Le constable Beausoleil et moi atteignîmes vite notre destination. J'entrai et appelai, en vain. La bibliothèque était déserte. Je me retournai vers notre guide en quête d'une explication, mais il n'en avait visiblement aucune. J'appelai de nouveau, sans plus de résultat. Extrêmement contrarié, j'allais faire demi-tour en blasphémant comme un bûcheron quand je crus entendre des bruits étouffés. Un regard au constable Beausoleil me confirma que je n'avais pas rêvé.

Nous fonçâmes vers le fond de la bibliothèque et freinâmes devant l'épaisse porte de l'Enfer. Quelqu'un appelait de l'autre côté. Beausoleil n'attendit même pas que je le lui ordonne pour abattre son pied sur la serrure. Après quelques coups, la porte s'ouvrit dans une volée d'éclats de bois. Allongé sur la table, Mignot résistait de son mieux à un jeune homme en soutane qui essayait de toutes ses forces de lui enfoncer un long couteau dans la gorge. Il tenait le poignet de son assaillant à deux mains en grognant sous l'effort. Par terre, près d'eux, je vis ce que je présumai être le *Veni Satanas*.

Beausoleil dégaina sa matraque avec l'habitude propre à tous ses collègues, entra et l'abattit sans hésitation sur la nuque de l'agresseur. Le choc fut brutal et l'autre s'affaissa lourdement sur le sol. Pendant que le constable menottait l'inconnu inconscient, je me précipitai vers Mignot en compagnie du sulpicien.

— Ça va? demandai-je.

— Oui, toussota-t-il, essoufflé et en sueur. Il… Il voulait me tuer… Je…

Il chercha son souffle, et je patientai jusqu'à ce qu'il respire plus librement.

— Qui est-ce? demandai-je, en désignant son agresseur maintenant menotté.

— Simon Magnan, répondit-il. Un de nos séminaristes.

J'avisai les deux petites coupures sur le côté gauche du cou du sulpicien.

— Vous êtes blessé. Rien de grave, mais il vous faudra un pansement.

Il tâta sa gorge et examina ses doigts rougis. Encore sous le choc, il acquiesça mécaniquement de la tête et replaça sa main sur ses blessures pour en étancher le flot. Je ramassai le livre et constatai qu'il s'agissait bien du *Veni Satanas*.

— Magnan ne cessait de répéter «il est à moi», poursuivit-il. Il avait l'air d'un possédé. Il m'aurait égorgé.

— Mais qu'est-ce que le livre fait ici? Vous l'avez retrouvé? demandai-je, de plus en plus confus.

Toujours assis sur la table, Mignot eut un air embarrassé.

— Il n'est jamais sorti de l'Enfer. Bolduc l'avait mal classé, tout bêtement, avoua-t-il. Il était nouveau. Il a fait erreur. J'aurais dû mieux vérifier.

— Bon Dieu…, soupirai-je, découragé.

Les mains sur les hanches, je baissai la tête et la secouai lentement, essayant de donner un sens à tout cela. J'avais sur les bras deux meurtres liés à un crime qui n'avait pas eu lieu. Je me penchai sur le séminariste inconscient et inspectai ses mains. La paume gauche portait une longue coupure fine et encore fraîche. De toute évidence, le pauvre garçon avait convoité le livre et y avait secrètement répandu son sang. En apprenant sa disparition, il avait perdu la tête et tenté de le récupérer en assassinant ceux qu'il soupçonnait de l'avoir volé. Deux innocents étaient morts pour rien.

Je remarquai les gouttes fraîches qui souillaient la couverture du *Veni Satanas*. Je constatai que le sang coulait entre les doigts de Mignot, toujours posés sur ses blessures, et descendait le long de son bras pour s'écouler du coude.

— Vous saignez encore, lui fis-je remarquer.

Le sulpicien baissa les yeux et constata où son sang avait atterri. Il devint aussitôt livide.

— Heureusement que vous ne croyez pas aux superstitions, ironisai-je.

C'était plus fort que moi. Mais j'admets volontiers que je n'aurais pas voulu être à sa place. Je savais, désormais, qu'il suffit de croire au Mal pour que le Mal existe.

HERVÉ GAGNON

Hervé Gagnon serait-il la preuve que l'obéissance mène au succès? À l'orée du vingt et unième siècle, convaincu par son fils que sa thèse de doctorat est très ennuyante, il écrit un roman style «chair de poule» avec sa collaboration. L'historien «commet» ensuite une série pour les adultes, *Damné* mettant en scène les Cathares et les Templiers. Puis pour les jeunes, une série historique, *Le talisman du Nergal* et des romans pour adolescents. Quelques années plus tard, la directrice de collection de sa maison d'édition lui demande d'écrire un polar et voilà que ce natif de Chicoutimi, spécialiste en histoire et en muséologie, perce rapidement avec des romans qui s'adressent maintenant aux adultes.

Amorcée avec une série fascinante (*Malefica*, où une magnifique rousse accusée de sorcellerie doit se défendre contre une église «extrémiste» avec l'aide d'un compagnon sans peur et sans reproche), la carrière d'écrivain d'Hervé Gagnon prend ensuite son envol grâce à ses deux premiers thrillers policiers mettant en scène le journaliste d'enquête Joseph Laflamme. *Jack* et *Jeremiah* mettent en scène ce véritable précurseur d'Alain Gravel de la fin du XIXᵉ siècle. Pour nous présenter ce jeune journaliste ambitieux et tenace, Hervé Gagnon a tenté le pari d'écrire un énième livre sur Jack l'Éventreur et c'est tout à fait réussi!

Chez Gagnon, comme chez à peu près tous les auteurs, le roman publié n'est que la pointe de l'iceberg; en tant que lecteur, nous ne voyons pas tout le travail accompli avant que, chanceux, nous nous installions confortablement dans notre lieu de lecture préféré et que nous savourions notre petit plaisir non coupable! Hervé Gagnon lit toujours une cinquantaine de bouquins avant de coucher sur papier la première ligne d'un de ses romans. Il cherche et recherche tout ce qui rendra crédible son histoire, les lieux, ses personnages et leurs actions. Et ce sont tous ces préparatifs qui donnent un portrait réaliste de l'époque dans laquelle il nous plonge, sans que nous ayons l'impression de lire une liste de ses trouvailles ou que nous percevions un quelconque didactisme. Tout s'enchaîne, tout se tient.

Pour parvenir à cela, l'écrivain adopte une discipline de moine copiste: il s'assoit tous les jours à sa table de travail, de neuf heures à dix-sept heures avec comme objectif d'écrire huit à dix pages. Moins que ça, il sort le fouet, se met un cilice et prolonge sa journée de travail!

Hervé Gagnon a des ambitions littéraires élevées: écrire un livre qui le rendra millionnaire, assez connu en Europe pour s'y payer un pied-à-terre et être invité à l'émission radiophonique de Marie-Louise Arsenault (!). En attendant la réalisation de ses fantasmes littéraires, il travaille à la suite des enquêtes de Joseph Laflamme et songe sérieusement à un projet de thriller avec en toile de fond l'obsession des nazis pour l'occulte, l'ésotérique et le Saint-Graal, avec une incursion au Québec. Voici de quoi nous mettre l'eau à la bouche.

Et quand on lui demande comment s'établit l'équilibre entre son métier d'écrivain et sa formation d'historien, il répond que l'historien se préoccupe des faits, alors que le romancier s'occupe à combler les vides. Et le lecteur apprécie!

 hervegagnon.auteur

Photo de l'auteur: Jocelyn Riendeau/*La Tribune*

MAXIME HOUDE

Massacre à Little Whiskey

1

La jeune femme était étendue dans la poussière en bordure du sentier, parmi les vagues de chaleur qui ondulaient à l'horizon. De loin, William Murphy crut d'abord qu'il s'agissait de la carcasse d'une bête quelconque, un coyote ou bien un veau qui s'était éloigné d'un troupeau. Mais en approchant, il s'aperçut qu'il s'agissait d'une forme humaine. Arrivé à la hauteur de celle-ci, Murphy sauta en bas de son cheval pour examiner l'inconnue, tout empêtrée dans sa longue jupe et sa blouse. Elle était jeune, vingt, vingt et un ans. Ses cheveux blonds collaient à sa tête comme un casque. On l'avait battue : ecchymose à la joue, arcade sourcilière explosée, lèvres tuméfiées. William Murphy parcourut du regard les environs quasi désertiques. Comment avait-elle abouti là ? Qui l'avait cognée ? D'où venait-elle ? Il glissa un bras dans le dos de la jeune femme, l'autre derrière ses genoux, et la souleva de terre. Elle était molle comme une marionnette dont on aurait coupé les fils. Il la drapa en travers de sa monture, se mit en selle et reprit sa route.

::

Le ruisseau serpentait parmi des herbes hautes, non loin de quelques arbres squelettiques. Des collines, derrière lesquelles le soleil illuminait le ciel de ses derniers rayons, bloquaient le vent frisquet. « Voilà l'endroit idéal pour passer la nuit », songea Murphy. Il n'était pas le premier cow-boy à s'arrêter là. Il y avait un cercle de terre noirci au milieu duquel s'empilaient des bouts de bois calcinés et, tout près du ruisseau, on avait planté un poteau pour attacher les chevaux. Murphy y fixa le sien, puis alla étendre la fille, toujours inconsciente, au pied de l'arbre, sous une couverture en laine. Il ramassa ensuite le nécessaire pour un feu, qu'il alluma à l'aide d'une des longues allumettes qu'il gardait dans un sac fixé à sa selle. Du même sac, il sortit une conserve qu'il entreprit de réchauffer. La fille geignit. Grogna. William Murphy s'approcha. Une grimace déformait le visage de l'inconnue, comme si elle faisait un cauchemar. Puis petit à petit, ses traits s'adoucirent. Murphy retourna près du feu, s'assit par terre et surveilla son repas d'un œil et la jeune femme de l'autre.

::

« Où... où suis-je ? Qui êtes-vous ? » Murphy tourna la tête. La fille, relevée sur un coude, le dévisageait d'un air effrayé. « Un ami, j'espère. T'as faim ? Ou soif ? — Soif. — Approche. » La jeune femme hésita. « Comme il te plaira », reprit Murphy avant de lui lancer sa gourde. Elle défit le bouchon, porta le goulot à ses lèvres. Une quinte de toux lui secoua tout le corps. « Je... je croyais que c'é... c'était de l'eau... » Murphy sourit. « Du whiskey. L'eau, c'est par là », ajouta-t-il en indiquant le ruisseau. L'inconnue ne bougea pas. Ils s'observèrent un instant. Elle ne semblait pas rassurée, peut-être à cause de la profonde balafre à la mâchoire piquetée de noir et de blanc de William Murphy. « Qu'est-ce que tu faisais sur le bord du sentier ? — Je me suis évadée. — De prison ? — Pire encore... » La fille s'assit et s'enroula dans la couverture. « Avant qu'on aille plus loin... tu t'appelles comment ? — Catie Riley. » Murphy acquiesça. Il trouvait que c'était un joli nom. Il se présenta à son tour, puis dit : « Vas-y, je t'écoute. — Little Whiskey, vous connaissez ? C'est à environ une journée de marche d'ici. Ce n'était qu'un campement du temps où on bâtissait le chemin de fer, mais quand on a poursuivi la construction de celui-ci vers l'ouest, des gens sont restés derrière dans l'espoir de découvrir du minerai. Or, il se trouve que les collines sont pleines de cuivre, et le campement a pris de l'expansion... C'est maintenant une étape importante pour les voyageurs. Mon père avait une maison dans les collines. Ce n'était pas grand-chose, mais c'était chez lui. Il ne dérangeait personne. Il chassait pour se nourrir et, une fois par mois, se rendait à Little Whiskey pour vendre les peaux. Ce qu'il ignorait, c'est qu'il y avait un important gisement de cuivre sous sa propriété qui excitait la convoitise de Jim Dagger... » William Murphy avait écouté la jeune femme en se préparant une cigarette. Il avait déposé du tabac dans un papier à rouler et refermé soigneusement celui-ci après en avoir léché le rebord. Il craqua une allumette, tira une longue bouffée du tube blanc. « Jim Dagger ? — Le shérif de Little Whiskey, répondit Catie. Dans les faits, il en est le roi et maître. Il ne se passe rien sans qu'il soit au courant. Et gare à celui qui tentera de lui cacher quelque chose : il a une bande de matamores à son service prête à estropier, amputer ou tuer au moindre claquement de doigts. Dagger est l'actionnaire majoritaire de la Westplain Drilling & Co. Selon les rumeurs, les autres actionnaires ont accepté de lui vendre leurs parts après avoir reçu la visite des hommes de Dagger. Quoi qu'il en soit, quand il a su pour la veine de cuivre, Dagger a rencontré mon père pour négocier l'achat de son terrain. Mon père a refusé la première offre, puis la deuxième, puis la troisième. Ce n'était pas une question d'argent. Papa n'en avait cure. Son seul souhait, c'était qu'on le laisse en paix. Les menaces ont ensuite commencé. Des coups de feu dans la nuit, un incendie suspect, son mulet abattu... J'ai suggéré à mon père d'accepter l'offre de Dagger et d'emménager avec moi, mais papa pouvait se montrer très têtu. »

À cette pensée, Catie Riley esquissa un sourire en observant les flammes danser. Un coyote hurla dans le lointain. Puis le visage de la fille s'assombrit, tandis qu'elle poursuivait : « Un jour, ils l'ont arrêté pour avoir volé un cheval. En tant que juge, jury et bourreau de Little Whiskey, Dagger l'a condamné à mort. Même s'il était innocent, papa n'a pas protesté. Il a toujours été porté sur la bouteille ; Dagger l'a soûlé et a réussi à lui faire signer de faux aveux. En apprenant la nouvelle, j'ai couru chez Dagger avec toutes mes économies, je l'ai supplié de gracier mon père. « Tout l'or du monde ne rendra pas sa liberté à ton père, a-t-il déclaré. C'est ton corps que tu dois offrir. » J'ai rendu visite à papa. Quand je lui ai répété la proposition du shérif, il a pleuré, le front contre les barreaux de sa cellule. « S'il te touche, je préfère mourir », a-t-il dit. Mais c'était la seule solution. À la tombée de la nuit, je me suis rendue chez Dagger. C'était un piège. Il a glissé un médicament dans mon verre. Les jours suivants ont été un véritable enfer. Dagger m'a battue, fouettée, ses hommes m'ont fait subir les pires outrages… » Les yeux de Catie Riley se remplirent de terreur et de colère. « Regardez. » Elle tira sur l'encolure de sa blouse. On l'avait mordue au-dessus du sein droit ; le sang coagulé se détachait contre la chair pâle et tendre. Les mâchoires serrées, William Murphy garda le silence. « J'étais incapable de me défendre, continua la jeune femme. Dagger m'avait droguée. Après que je l'eus griffé au visage, il a augmenté les doses. La nuit dernière, un violent orage m'a réveillée. Dans mon état de semi-conscience, j'ai titubé jusqu'à la fenêtre et j'ai tiré les rideaux. Un éclair a alors déchiré le ciel, et j'ai vu la silhouette d'un homme se balancer au bout d'une corde, à un arbre. Mon père. Je l'ai tout de suite su. Dagger avait relâché sa surveillance, croyant sans doute que j'étais trop faible pour m'enfuir. J'ai réuni mes dernières forces pour m'échapper en me promettant de… de rev… » Une quinte de toux interrompit Catie. Murphy alla puiser de l'eau du ruisseau dans une tasse. La fille but. « Vaut mieux te reposer, maintenant », lui dit Murphy. Il l'aida à s'allonger et, le temps qu'il remonte la couverture sous son menton, elle avait sombré dans le sommeil. William Murphy retourna s'asseoir près du feu. À la lueur des flammes, ses yeux gris brillaient d'un éclat quasi surnaturel dans son visage dur comme du marbre.

2

Little Whiskey était restée la même depuis l'époque de la construction du chemin de fer, avec son hôtel, son magasin général, sa prison et son bordel. Au loin, de l'autre côté du quartier chinois qui avait poussé par la suite et où se trouvait une fumerie d'opium, le clocher d'une chapelle s'élançait vers le ciel étoilé. William Murphy avait laissé des vivres à Catie et avait cheminé toute la journée, en grande partie sous un soleil de plomb. Rompu de fatigue, il s'arrêta et poussa la porte à deux battants du saloon. Sous un épais nuage de fumée de cigares, des parties de poker battaient leur plein aux tables, tandis qu'on buvait sec au bar. Ça criaillait avec des rires brutaux ou hystériques. Dans un coin, un homme assis à un piano droit jouait dans l'indifférence totale. Murphy posa un coude au zinc et demanda au barman à la moustache en guidon, dont le gros ventre était corseté dans un tablier blanc, un double bourbon. Le cow-boy sirotait son verre quand une femme l'aborda. Le visage de cette dernière disparaissait sous une épaisse couche de maquillage et sa poitrine laiteuse débordait de son décolleté. « Je ne vous ai jamais vu ici. C'est votre première visite ? — Oui. — Vous êtes de passage ? — On peut dire ça. » La femme posa la main sur l'avant-bras de William Murphy et sourit. « Le seul bon souvenir que vous garderez de cette ville pourrie, c'est une visite en ma compagnie dans une des chambres en haut. » Le barman intervint tout en frottant un verre à l'aide d'un linge à peine propre : « Stella… Je t'ai déjà prévenue de ne pas déranger les clients. — Je ne le dérange pas, Dutch, se défendit-elle d'un ton enjoué. Pas vrai, m'sieur ? » Murphy avala une gorgée de bourbon. « À vrai dire, je suis ici pour affaires. — Ah ouais ? fit le barman. — Je dois rencontrer Jim Dagger. » En entendant le nom du shérif, Stella retira sa main de l'avant-bras du cow-boy et Dutch cessa de frotter le verre. « Où je peux le trouver ? » Murphy regarda tour à tour la femme et le barman. Pas de réponse. Une main aux grosses jointures cassées, couverte de poils drus, se posa alors sur l'épaule de Murphy. Il pivota pour se retrouver nez à nez avec un gorille coiffé d'un melon enfoncé jusqu'aux oreilles. Il était si large que les coutures de son veston avaient lâché aux épaules. « Je peux t'aider, mon vieux ? — Je cherche le shérif Dagger. — Qu'est-ce que tu lui veux, à Big Jim ? Si t'as un message à lui transmettre, je peux m'en occuper. — Je préférerais le voir en personne. — Tu ne saisis pas, mon vieux. On ne débarque pas à l'improviste chez Big Jim. C'est lui qui décide qui il reçoit et à quel moment. — Il va faire une exception ce coup-ci. — C'est ce que tu crois ? » Chapeau-Melon n'avait pas terminé sa phrase que William Murphy avait dégainé son Colt et lui enfonçait le canon dans le ventre. Chapeau-Melon baissa les yeux sur le revolver avant de les river sur ceux du cow-boy. Il ricana. « Je te conseille de rengainer ton arme, mon vieux, de terminer ton bourbon et de continuer ta route, comme si de rien n'était. — Je ne quitterai pas Little Whiskey avant d'avoir vu Dagger. — Je crois que tu n'as pas bien compris. Regarde autour de toi. » Murphy parcourut du regard le saloon. Les joueurs avaient abandonné leurs cartes et le pianiste, son instrument. Il ne restait que des ivrognes, trop ivres pour quitter le bar derrière lequel s'était réfugié Dutch, et deux hommes, la main sur la crosse du six-coups à leur taille — l'un vêtu d'un long manteau noir, l'autre coiffé d'un haut-de-forme.

Un lourd silence, comme avant un orage, plombait la salle.
William Murphy sut qu'il devait risquer le tout pour le tout s'il
ne voulait pas quitter l'établissement les pieds devant. D'un geste
rapide, il fit pivoter Chapeau-Melon pour l'immobiliser contre
lui en lui relevant brutalement le menton au creux de son bras
et brandit son Colt en direction de l'homme au manteau noir.
Ce dernier fit mine de dégainer. Le Colt sauta dans la main de
Murphy comme un chien enragé au bout de sa laisse. La moitié
droite du visage de l'homme disparut dans une gerbe de sang et de
cervelle éclaboussant le papier peint derrière lui alors qu'il rendait
l'âme avant de s'écraser au sol. Au même instant, son comparse
au haut-de-forme ouvrit le feu. Chapeau-Melon, derrière lequel
se protégeait Murphy, hurla, alors que les balles lui labourèrent
l'abdomen. Murphy braqua son arme sur Haut-de-Forme,
écrasa la détente. Les genoux de ce dernier cédèrent sous lui, et
il s'écroula au sol. Murphy repoussa son bouclier humain et rengaina son Colt. La fusillade n'avait duré que quelques secondes.
Le cow-boy se pencha par-dessus le comptoir et agrippa Dutch
par le col de chemise pour le relever sur ses pieds. Il approcha son
visage de celui apeuré du barman. «Où est Dagger?» demanda-
t-il entre ses dents. En balbutiant, Dutch lui donna la direction
pour atteindre la demeure du shérif. William Murphy enjamba
le cadavre de Chapeau-Melon et fendit le nuage de poudre qui
emplissait la pièce en direction de la sortie. Une main lui agrippa
la cheville. En baissant les yeux, il aperçut Haut-de-Forme. Ce
dernier gisait sur le dos, la mâchoire inférieure arrachée, et émet-
tait toutes sortes de gémissements et de gargouillis. Murphy posa
le talon élimé de sa botte en travers de la gorge du malheureux,
appuya de tout son poids. Le sang ruissela à gros bouillons du
trou qui servait maintenant de bouche à Haut-de-Forme. Après
un bref instant, il cessa de tressaillir. Murphy reprit sa route.

::

La demeure du shérif s'étalait au pied des collines, tout juste à l'extérieur de Little Whiskey. Comme elle était avalée par les ténèbres, Murphy ne pouvait qu'en distinguer la vaste silhouette. Une lueur brillait à une fenêtre. Après avoir inséré, d'une main assurée, six balles dans le barillet de son Colt, il se dirigea vers le carré de lumière. Bientôt, des notes de musique et la voix d'une soprano parvinrent aux oreilles du cow-boy. De l'opéra. Arrivé à la fenêtre, Murphy s'accroupit sous le cadre et tendit le cou pour jeter un œil dans la pièce. Un fauteuil était tourné face à un foyer dans lequel crépitait un feu. Murphy ne pouvait voir l'occupant du fauteuil, seulement ses longues jambes maigres, dans un pantalon noir. Murphy contourna la maison et s'avança sur la galerie en franchissant une des arches qui rythmaient la façade. La porte n'était pas verrouillée. Murphy entra sans bruit, le Colt au bout de son bras tendu. Il s'attendait à ce qu'on vienne à sa rencontre à tout moment, mais rien ne se produisit. Il se dirigea vers la pièce munie d'un foyer. Le feu dans l'âtre découpait des ombres bizarres sur des étagères remplies de livres aux reliures ornées de dorure. Il y avait aussi des volumes sur un bureau et des tables, ainsi qu'à même le sol. Le gramophone se trouvait à la gauche de la porte. À l'aide du canon du Colt, Murphy souleva la tête de lecture, mettant abruptement fin au concert. Le shérif Dagger décroisa ses jambes et quitta le fauteuil sans précipitation. Il mesurait deux mètres. Des cheveux neigeux flottaient de chaque côté de son visage émacié ; sur sa joue droite, trois balafres laissées par les ongles de Catie Riley. L'agrafe de la fine tresse en cuir nouée à son cou montrait un crâne de vache en or, tout comme la chaîne de sa montre de gousset qui pendait contre son gilet noir. « Les mains en l'air, Dagger », lui ordonna Murphy en rivant le Colt sur l'abdomen du shérif. Ce dernier obéit. Ses ongles très longs faisaient ressembler ses doigts noueux aux serres d'un rapace. Les deux hommes se dévisagèrent un instant. « Vous connaissez mon nom, dit Dagger, mais j'ignore le vôtre, étranger. — Ce n'est pas important comment je m'appelle. » Le shérif s'humecta les lèvres d'un coup de langue. Dans sa main droite, il tenait une bible. Il s'aperçut que Murphy l'avait remarquée et expliqua : « Je retourne toujours aux Saintes Écritures quand j'ai besoin de réconfort. Je suis un homme malade, vous savez. Il ne s'agit pas de la tuberculose ou de l'épilepsie. Rien de tel. Il m'arrive d'être… *mauvais.* Je suis submergé par des idées sombres et je perds la carte… C'est Catie Riley qui vous envoie, n'est-ce pas ? » Murphy ajusta sa poigne autour de la crosse du Colt. Il y avait quelque chose d'hypnotisant dans le regard de Dagger. « Je ne suis pas étonné, continua le shérif d'une voix posée. Quand elle a réussi à s'échapper, j'ai su qu'elle aurait la force pour survivre et qu'elle enverrait un assassin pour se venger et venger son père. Mais elle a tort. N'est-il pas écrit : « Celui qui se venge éprouvera la vengeance du Seigneur ? » C'est en pardonnant à son prochain que ses fautes lui seront remises. — Et vous, Dagger, vous croyez que le Seigneur vous a pardonné le traitement que vous avez réservé aux Riley ? — Le Tout-Puissant sait que je suis malade et que je lutte pour ma guérison. Après tout, c'est Lui qui m'a affligé de ce mal pour éprouver ma foi en Lui. Dites-moi, étranger, combien vous a-t-elle remis pour m'abattre ? — Vous allez m'offrir le double, je parie. — Simple curiosité. Je suis prêt à subir ma sentence, ajouta Dagger d'un ton résigné, si telle est sa Volonté. — Rien. » Le shérif fronça les sourcils. « Pourquoi allez-vous me tuer, si ce n'est pas pour l'argent ? Vous croyez que les morts ont besoin qu'on les venge ? — Non, pas plus que je crois aux Saintes Écritures. — Pourquoi dans ce cas ? — Parce que je crois que c'est la chose à faire, répondit Murphy en armant le chien du Colt. Et je vais procéder à ma façon. » Le revolver rugit. Dagger s'écroula sur le plancher et agrippa à deux mains son genou droit, transformé en compote sanguinolente. Le visage grave, sérieux, Murphy rengaina son arme et se rendit à un buffet bien garni dans un coin de la pièce. Il choisit une carafe en cristal qui contenait du brandy et s'en versa un verre. Après avoir tisonné les bûches dans l'âtre, il s'assit dans un fauteuil, posa le Colt sur une petite table à son coude et but à lentes gorgées, tandis que Big Jim Dagger, son visage verdâtre comme une feuille de laitue flétrie et gluant de sueur, se tortillait de douleur dans une flaque de son propre sang. Murphy l'écouta tantôt gémir, tantôt jurer, tantôt sangloter ; quand il en eut assez, il tendit la main vers le Colt.

3

À son retour au campement, le feu s'était éteint. Des vautours tournaient autour de Catie Riley, qui semblait n'avoir pas bougé depuis le départ de Murphy. Ce dernier dégaina son Colt et tira en l'air. Les charognards se dispersèrent tous, sauf un qui s'attarda pour picosser de son bec crochu l'index gauche de la jeune femme. Murphy l'envoya valser d'un coup de pied et posa un genou dans l'herbe sèche. Il appuya le revers de sa main contre la joue de Catie. Cette dernière avait rendu l'âme depuis peu, sa peau était tiède. Murphy retira son chapeau, roula ses manches et entreprit de creuser une fosse à l'ombre de l'arbre. Il creusa assez profondément pour que les coyotes ne puissent flairer la chair en décomposition, puis enroula Catie Riley dans la couverture et déposa le corps de celle-ci au fond du trou, aussi délicatement qu'il le pouvait. Après avoir remblayé la fosse, Murphy se rendit au ruisseau pour se rafraîchir et contempla son travail un instant. Une croix aurait joliment complété le tableau, mais sans personne pour l'entretenir, elle n'aurait pas tenu longtemps. Murphy ramassa ses choses et remonta en selle. Un croissant de lune s'était accroché dans le ciel gris, pâle et à peine visible.

MAXIME HOUDE

Imaginez Humphrey Bogart, imperméable beige et Borsalino sur la tête, embrassant langoureusement la superbe Lauren Bacall dans un classique du cinéma noir américain, *The Big Sleep*. Maintenant, détournez-vous de l'écran et regardez, assis sur le divan du salon familial, le jeune Maxime Houde, complètement accroché à l'histoire et surtout au personnage de Philip Marlowe. Cette première rencontre avec le mythique détective privé poussera le futur auteur de polars à lire toute la série des romans de Raymond Chandler. Il ne restait plus qu'un pas à franchir à Maxime Houde pour se mettre à écrire, à écrire et à écrire encore. Et à passer le témoin (ou le chapeau de feutre...) de Philip Marlowe à Stan Coveleski. Maxime Houde a donc créé un personnage à l'image de son héros de jeunesse et l'a placé au cœur de Montréal dans les années 1940. Quand vous lisez les enquêtes de ce privé bien spécial, oubliez la télévision, le métro et P.K. Subban ; Stan vit plutôt au rythme de la musique de CKAC, prend le tramway et est ravi par les buts de Maurice Richard. Autres temps, presque mêmes mœurs !

Laissons Stan Coveleski nous présenter son créateur : « Maxime Houde, il passe son temps derrière son ordinateur à s'imaginer plaire aux blondes plantureuses, à aimer la bagarre et à se prendre pour moi. Il n'y a qu'une chose que nous partageons, mais à un degré nettement différent : notre sens de l'humour, notre petit côté pince-sans-rire. Et d'ailleurs, le Borsalino ne lui va pas du tout ; je l'imagine plus avec un sombrero dansant au milieu d'un groupe de mariachis. »

Permettez-moi de reprendre le contrôle de cette présentation, la suite du commentaire de Coveleski risquant de ne pas être très édifiante !

Maxime Houde croit aux vertus du travail. Pour lui, le métier d'écrivain s'apprend et on devient meilleur à force d'écrire. Plus jeune, il s'exerçait vraiment à inventer des dialogues et à décrire des endroits, des édifices. Alors, on ne se surprend pas quand il mentionne le fait que sa vie tourne autour de son ordinateur portable ! À proximité de sa machine trônent des objets hétéroclites comme un vieux revolver, des journaux jaunis, un œuf roumain, du papier et un chat noir paresseux. Lorsque son cerveau se met en ébullition, il part d'une vague idée, sans plan précis, se laissant guider par son imagination et les motivations de ses personnages. Son instrument de travail préféré : ses tripes de romancier et de nouvelliste.

La série de Stan Coveleski est au cœur de sa bibliographie ; cependant, l'année dernière, il a mis son détective sur la touche, le temps d'un roman, *Dernier pas vers l'enfer*, où on retrouve la verve, l'humour et l'imaginaire de l'auteur. Dialogues percutants, actions continues, images frappantes et comparaisons déconcertantes, on ne s'ennuie jamais pendant les enquêtes racontées par Maxime Houde. Et découvrir avec Coveleski le Montréal des années 1940 à travers des scènes riches en nuances historiques apporte au lecteur une agréable impression d'exotisme... et de déjà-vu. Le septième roman de la série est paru au printemps 2015, *La misère des laissés-pour-compte*. Rappelons que *L'infortune des biens nantis*, publié en 2011 avait gagné le Prix du meilleur roman policier québécois de l'année de Saint-Pacôme.

Que nous réserve Maxime Houde ? Parviendra-t-il un jour à terminer un roman militaire sur la participation des soldats du Royal

22ᵉ Régiment en Sicile et en Italie qui décrirait le quotidien de ces hommes de manière réaliste? On ne peut que le souhaiter. Mais en attendant, les amateurs de polars se feront plaisir en continuant de suivre les aventures de Stan Coveleski[1].

https://sites.google.com/site/mhoudeconfidential/home

Photo de l'auteur: Véronique Rateaud

---

1. Pour les lecteurs curieux: mais pourquoi donc ce nom de Stan Coveleski plutôt que Victor Gamache ou Antoine Lessard? Maxime Houde est un amateur de baseball et il a décidé de donner à son héros un nom de joueur de baseball décédé. Il a donc trouvé le nom d'un lanceur des années 1910 qui aurait accumulé 215 victoires. Voilà pourquoi chaque roman de Coveleski est un coup de circuit!

FRANCINE RUEL

Un omicidio in la Serenissima
(Un meurtre dans la Sérénissime)

Ils étaient tous assis dans le petit salon et la Comtesse venait de servir la grappa et quelques biscuits fins à ses invités. Le repas avait été délicieux comme toujours et Santini ferma un instant les yeux savourant le liquide clair qui brûlait sa gorge. Il fut interrompu par son voisin.

— Vous dormez, commissaire ?

— Il y a bien longtemps que j'ai quitté la profession. Non, je ne dors pas. Je déguste, dit-il à son interlocuteur en montrant son verre.

Maurizio Santini révéla à son voisin de fauteuil qu'il avait laissé la police depuis des années déjà.

— Vous avez accumulé bien des souvenirs, je suppose ?

— Oui, bien sûr. Mais je me rappelle surtout les histoires non résolues. Elles viennent me hanter certains soirs.

Une femme appuyée contre le piano à queue demanda à l'hôtesse si elle avait assisté à la réouverture de la biblioteca della Scuola San Marco. Cette dernière n'avait pu s'y rendre ayant d'autres obligations. Santini non plus n'avait pu assister à l'événement. Chacun y alla de son enthousiasme. On avait fait un travail formidable, le lieu était à nouveau disponible pour les visiteurs, c'était magnifique. Il se devait de s'y rendre pour admirer la restauration. Santini mentionna que sa dernière visite à la Scuola datait déjà de quelques années et qu'elle avait un but professionnel.

— Quoi ? Il y a déjà eu un meurtre à la Scuola ? s'étonna son ami le *dottore* Albani.

Santini ajouta que ce qu'il y avait trouvé avait occupé son esprit pendant des années. Bien calé dans son fauteuil en cuir, sa liqueur à la main, l'homme aux tempes grises et au sourire énigmatique s'apprêtait à raconter. Le silence se fit autour de lui presque aussitôt et les gens présents devinrent attentifs. Certains délaissèrent la vue imprenable sur le Canal Grande ou leur conversation en cours. Lorsque l'ancien inspecteur, grand ami de la Comtesse, s'évadait dans ses souvenirs, la soirée prenait des couleurs particulières et étonnantes. Chacun s'installa confortablement et il put commencer son récit.

::

À l'époque où Santini venait d'être nommé commissaire, il avait été réveillé en pleine nuit. « Mais, précisa-t-il aux Vénitiens présents chez la Comtesse, je ne dormais pas. » La sirène de l'*acqua alta* l'avait tiré du sommeil bien avant l'appel de la questure. Encore une journée les pieds dans l'eau !

Il fallait s'équiper de longues bottes en caoutchouc et de beaucoup de patience, tant que les hautes eaux ne se seraient pas retirées dans la lagune. On signalait une mort suspecte. Mais des morts, il y en avait tous les jours dans cet *ospedale* municipal, l'hôpital construit par la confraternité des notables vénitiens au cours du XVe siècle dans cette Scuola Grande di San Marco qui se devaient de pratiquer la charité envers les plus démunis.

Santini s'installa à bord de la vedette de la police qui était venue le prendre à Ca'Rezzonico. Comme le bateau n'avait pu passer sous le pont du rio San Barnaba, il s'était rendu, chaussé de ses grandes bottes, jusqu'au Canal Grande. Venise dormait encore, et tandis que la lumière et les eaux montaient à l'unisson, il espérait arriver sur place avant que l'*acqua alta* ne rende leur passage sous les ponts impossible. Une brume épaisse enrobait chaque pont, chaque *bricola* — ces robustes pieux de bois qui servent de repères aux navigateurs —, chaque rive de ses nuages diaphanes. Malgré cela, le bateau-police atteignit rapidement la lagune et emprunta facilement le rio dei Mendicanti, dépassa la station des bateaux-ambulances et se rangea près du campo dei Santi Giovanni e Paolo où se trouvait l'église qui juxtaposait l'hôpital et où attendaient déjà quelques policiers dépêchés par la questure. L'imposante statue équestre du *condottierro* Bartolomeo Colleoni se dressait dans le jour qui pointait à l'horizon. L'inspecteur Santini montra son insigne à l'homme qui avait facilité l'accès du bateau aux marches déjà envahies par l'eau et ce dernier le conduisit à l'intérieur du magnifique bâtiment habillé de marbre en trompe-l'œil. Toujours aussi majestueux avec ses deux rangées de colonnes blanches, l'ancien hall d'entrée de la Scuola Grande di San Marco, actuelle entrée de l'hôpital, était maintenant éclairé par des lampes installées pour aider l'équipe des policiers dans leur travail.

— C'est où ? demanda l'inspecteur en chef.

Le jeune policier en faction lui désigna du menton la porte de droite où se trouvait la bibliothèque médicale et historique de la Scuola. Ils gravirent ensemble l'escalier de marbre et se retrouvèrent dans la splendeur de la salle principale, la *sala capitolare* avec son magnifique plafond doré et sculpté — expression de la puissance de la Scuola. Santini avait de la difficulté à croire qu'on venait de trouver un mort dans ce monument si imposant. Il avait l'habitude des cadavres émergeant à la surface de l'eau, enfouis dans des bennes à ordures, sur le plancher d'appartements sombres, ou dans des arrière-cours. L'ornement des portes, les manuscrits protégés du temps dans des armoires de verre, les tableaux gigantesques qui paraient les murs et qui étaient l'œuvre du Tintoretto, tout ça conférait au lieu une somptuosité qui écartait la mort, même si au demeurant, tout le lieu la rappelait. Au passage, il jeta un coup d'œil aux différents outils de chirurgie, étalés en vitrine et qui avaient servi dans l'autre siècle à sauver, il l'espérait, quelques vies, malgré leur aspect d'instruments de torture. Certains donnaient froid dans le dos. Beaucoup d'armes, à portée de main, se dit-il.

— C'est là, lui indiqua le jeune policier, en lui désignant à gauche la porte monumentale de la Sala dell'Albergo.

Santini entra et fut rejoint aussitôt par un autre policier qui lui donna les dernières informations.

— La victime est un homme dans la cinquantaine. Pas encore identifié.

— Ah! Balducci! Ça fait longtemps que vous êtes là?

L'inspecteur bafouilla que s'il était le premier sur place, c'est qu'il demeurait dans le quartier. Il s'excusait presque d'être arrivé plus tôt que son supérieur.

— Dorsoduro, c'est plus loin et avec l'*acqua alta*...

— Qu'est-ce qu'on a? demanda Santini, pour mettre fin aux commentaires de Balducci.

Le jeune homme consulta son carnet de notes et lui fit un portrait le plus fidèle possible de la situation. Il était question d'importantes blessures à la tête occasionnées par un objet contondant. L'arme n'avait pas encore été retrouvée. Personne n'avait touché le corps, puisque le légiste procédait aux premières constatations.

— Il a été trouvé par l'équipe de ménage à quatre heures du matin. Aucune serrure ne semble avoir été forcée.

Santini s'approcha et observa pour se faire une idée. L'homme, en habit de qualité, gisait face contre terre. Une paire de lunettes cerclée d'or se trouvait près de lui. Un des verres avait été cassé. Une mare importante de sang entourait sa tête. Il jeta un bref coup d'œil autour du cadavre. Rien ne semblait avoir été bougé. Il sortit de sa poche un petit opinel, l'ouvrit et s'en servit pour récolter une motte de terre qui se trouvait incrustée dans la semelle du mort. Il agita la main en direction de Balducci qui lui tendit aussitôt un sachet afin qu'il puisse y déposer l'échantillon et le tendit à son assistant. En relevant la tête, il remarqua, sur le coin d'une étagère, une tache rouge sur laquelle quelques cheveux semblaient collés.

Le légiste qui était penché sur le corps prit la relève.

— Bonjour commissaire. Ce n'est pas le coup à la tête qui l'a tué. Avant de tomber au sol, la victime s'est fracturé le crâne sur l'étagère qu'il désigna d'un coup de menton.

Il demanda à Santini s'il pouvait retourner le corps. Ce dernier acquiesça.

L'assistant du légiste et ce dernier changèrent la position du cadavre avec tous les soins requis pour ne pas altérer les preuves. À l'aide de son appareil, le photographe mitrailla l'homme dans la jeune cinquantaine.

Santini le reconnut aussitôt, malgré la blancheur de la peau et les yeux ouverts et sans vie. Il savait déjà que l'affaire ne serait pas simple.

— *Il professore* Alessandro Vitali. Directeur de l'hôpital. Sommité dans cette ville, énonça-t-il en soupirant.

« Depuis quand est-ce qu'on tue les directeurs d'hôpitaux ? pensa-t-il. Et à Venise en plus ! » S'adressant au légiste, il lui demanda à quand remontait la mort.

— À vue de nez comme ça, je dirais entre vingt et vingt-deux heures, mais je pourrai vous en dire davantage après l'autopsie. Ne vous attendez pas à des résultats rapides, on est débordés. Les accidentés de l'autobus de Mestre. On peut l'emmener ?

Santini ne répondit pas, mais son silence fut interprété comme un acquiescement. Il se releva et se mit à scruter en détail le lieu. Plancher de terrazzo ; la chute avait dû être brutale. Mur sans aucune éclaboussure. Il regarda les somptueux tableaux du Tintoret qui étaient intacts. En fait, les copies, puisque les originaux étaient exposés à la Galleria dell' Accademia. « De toute façon, se dit Santini, le vol de ces œuvres n'est absolument pas la cause du meurtre. Et je ne vois pas quelqu'un sortir de l'hôpital avec un tableau de cette dimension sous le bras. » Tous les livres des étagères reposaient sur leurs tablettes derrière des portes vitrées ou protégées par un entrelacement de fils à la manière de la broche à poule. Après avoir passé en revue l'ensemble, il ne semblait en manquer aucun. Une porte au fond de la pièce était fermée. Il s'y rendit. Quelqu'un lui dit qu'on s'apprêtait à en faire l'inventaire. À leur arrivée, cet espace bureau était fermé à clé. C'est le concierge qui était venu l'ouvrir avec son passe-partout. Il s'agissait des archives. Là non plus, rien qui ne clochait vraiment. Les fenêtres étaient trop hautes pour qu'on ait accès au lieu. De toute façon, elles étaient verrouillées de l'intérieur. Il demanda au vigile de lui amener le concierge s'il était toujours sur les lieux.

— J'aurai deux ou trois questions à lui poser.

Il retourna dans la Sala dell' Albergo où on avait trouvé le *professore*. Plus de trace du cadavre. Une immense mare de sang. On avait enlevé les lunettes. Il fit signe à un des hommes de prélever un spécimen des cheveux laissés sur la tache de sang sur le coin de la bibliothèque. Et lui demanda de prendre des empreintes de pas et de doigt s'il y en avait et de ne pas oublier l'analyse de la terre qu'il venait de prélever sur les semelles. Il lui fallait maintenant se rendre auprès de la famille. Il reviendrait dans la matinée pour les premiers interrogatoires.

::

Santini se rappela les questions qui lui étaient venues à l'esprit dès la découverte de l'identité du cadavre. Les invités de la Comtesse en firent autant en se transformant en inspecteurs. Personne ne l'avait connu personnellement, mais tous savaient de qui il s'agissait.

— Vous parlez bien du célèbre *professore* Vitali?

Santini acquiesça. Ensemble, ils s'interrogèrent.

— Qu'est-ce qu'il pouvait bien faire dans la bibliothèque? demanda quelqu'un.

— D'après le concierge, que j'ai longuement interrogé, il venait souvent consulter des ouvrages ; il avait sa propre clé.

— Est-ce qu'il aurait pu y donner rendez-vous à quelqu'un ? Un rendez-vous intime ?

Santini reprit son récit. Il connaissait suffisamment la réputation de l'homme pour savoir que la chose était assez étrange ; il en fit part à son auditoire. Époux fidèle, père de famille aimant, éminent médecin respecté par ses collègues, nouvellement élu directeur de l'hôpital.

— Les semaines qui suivirent n'ont pas été de tout repos, continua Santini. On avait la presse sur le dos et le directeur de la questure ne nous lâchait pas d'une semelle.

— Qui a fait le coup ? demanda un curieux entourant Santini.

— Ça a pris du temps avant qu'on ait le moindre soupçon. D'abord, la veuve et la famille. Je me suis rendu auprès d'eux et j'ai trouvé, au petit matin, une famille inquiète et à la fois rassurée que la police vienne leur apporter enfin des nouvelles. C'était la première fois que le *professore* n'avait pas dormi chez lui. Madame Vitali n'avait découvert la chose qu'à l'aube, puisqu'ils faisaient chambre à part. Elle ne comprenait pas ce qui avait pu se passer. Le lit n'était même pas défait. Son mari l'avait appelée vers dix-neuf heures vingt-cinq pour lui dire qu'il avait mangé une bouchée et qu'il retournait à ses dossiers, qu'il travaillerait tard. Santini nota l'information. Elle précisa qu'il arrivait souvent à son mari de travailler le soir. « On n'est pas directeur pour rien », lui avait-elle dit. Elle s'était couchée tôt et ne s'était pas inquiétée. Santini avait procédé, à froid, à un léger interrogatoire. Qu'avait été la journée du *professore* ? Et celle de la veille ? Avait-il des ennemis ? Se sentait-il menacé de quoi que ce soit ?

Toutes les réponses n'amenèrent rien de satisfaisant. Il en fut de même avec les collègues, les collaborateurs, le personnel infirmier.

On avait passé des heures et des heures à interroger tout ce beau monde. Il semblait que Vitali était un homme sans reproches. Tout le monde l'aimait, ou du moins le respectait. Ceci dit, selon certains collègues, il n'était pas facile, tenant souvent mordicus à son point de vue. « C'est justement parce qu'il avait du caractère qu'il avait été engagé », avait suggéré quelqu'un. Un autre avait répliqué à Santini que personne ne jalousait le poste de Vitali. Qui veut travailler sans relâche, le jour, le soir, les week-ends ? Des vacances toujours interrompues par des complications ? Qui veut régler des problèmes sans arrêt ? Il n'y avait que lui pour faire ce job de fou. Et il le faisait impeccablement. Ce ne serait pas facile de le remplacer. On avait quand même été voir de ce côté et rencontré les candidats en lice pour l'obtention du poste. Un des médecins était resté sans travail une longue période, mais il se trouvait maintenant à la tête d'un hôpital à Milan. Après vérification, son alibi pour le soir du meurtre tenait la route.

L'assistante de Vitali était souvent témoin de ses colères. « Toutes justifiées », avait-elle précisé. Il y avait parfois des éclats de voix émanant du bureau du directeur, mais les personnes qui ressortaient de la rencontre semblaient satisfaites d'avoir été entendues et souvent comprises. Rien de maladif chez lui. Plutôt quelque chose d'assuré et d'assumé ; aux dires de chacun, cet homme irréprochable était droit, juste, et menait cet hôpital d'une poigne de fer.

Une idylle ? « Vous n'y pensez pas ! s'était insurgé l'adjointe. Jamais, jamais il n'a eu un comportement irrespectueux avec personne. Il adorait sa femme. » Santini la crut.

— Quelqu'un qui lui en voulait ? suggéra l'un des convives.

De ce côté aussi, on avait fouillé. Aucune erreur médicale, aucune famille qui aurait pu le poursuivre en justice. On avait posé la question à l'adjointe. La femme ne voyait pas. Elle avait bien eu vent d'altercations assez musclées avec cette infirmière qui… Mais non.

— Mais encore ? avait insisté Santini, le crayon et le carnet prêt à recevoir les informations.

L'adjointe majordome avait résumé les altercations de cette façon. Elle ne connaissait pas le litige qui les opposait ; quelque chose de professionnel, avait-elle précisé aussitôt pour effacer toute ambiguïté. L'adjointe n'était pas engagée aux moments des faits, mais avait entendu parler de cette femme qui s'opposait à Vitali sur tous les sujets. Pourtant douce de caractère, cette infirmière avait changé subitement et... Tout en cherchant ses mots, elle tenta d'expliquer à Santini comment cette femme, qui allait de toute façon prendre sa retraite dans les semaines à venir, subissait les difficultés de la ménopause. C'était tout. « Son nom ? » C'était loin dans la mémoire de la femme. « Anna... Anna quelque chose. » Elle allait faire enquête auprès de ses collègues et lui donner l'information.

On finit par convoquer cette Anna Vecchiato qui effectivement semblait perturbée et d'humeur inégale. L'interrogatoire ne donna rien. Elle ne s'entendait pas avec cet homme qu'elle jugeait trop rigide sur tous les sujets. Elle ne l'aimait pas, c'est tout. Pas de quoi fouetter un chat !

Donc, on ne lui connaissait aucune idylle, il n'était pas joueur et personne ne semblait le faire chanter pour quoi que ce soit. Sa veuve, au départ assez fortunée, et ses enfants héritaient de tout. Aucune bisbille de ce côté non plus. Tout le monde l'aimait ou le craignait, mais le respectait. Un homme avec un passé sans tache. Un saint, quoi !

On n'avait rien. Rien du tout. L'autopsie n'avait révélé que les causes de la mort. Frappé à la tête. Avec une pierre ronde qu'on avait finalement retrouvée au pied d'une colonne près de l'escalier. Des traces de sang y concordaient avec celui de la victime. Aucune empreinte, il va sans dire. Ni sur l'arme du crime ni ailleurs. Ce n'était pas ce coup violent, certes, qui l'avait tué ; il lui avait seulement fait perdre l'équilibre et se fracasser le crâne sur le coin de l'étagère. Quant à la terre prélevée sous les semelles de la victime, elle provenait d'un des jardins qu'on découvrait dans l'enceinte de l'hôpital parmi un vaste labyrinthe de corridors, d'escaliers, de trottoirs couverts et de bureaux. Le laboratoire y avait décelé des excréments de chats. Chose tout à fait normale, puisque quelques félins avaient pris l'habitude de circuler dans ces espaces de verdure et de détente. À l'époque du meurtre, Venise regorgeait de chats. Et l'un de ces jardins — il y en avait quatre en tout — se trouvait sur le parcours qu'avait l'habitude d'emprunter tous les jours le professeur pour se rendre à son bureau.

Ce meurtre était-il l'œuvre d'un fou qui avait suivi l'innocente victime jusqu'à la bibliothèque? Ou encore, celui d'une femme au caractère irascible? Et pourquoi une roche pour l'assommer alors que le lieu regorgeait d'instruments pointus ou tranchants? Aucun témoin, aucun indice valable, aucun mobile, que des alibis solides.

Santini vida son verre d'un coup sec.

— On est allé jusqu'à analyser les souliers de tout le personnel hospitalier sans avoir aucun suspect sous la main. Et même si elle avait déjà quitté son travail d'infirmière, on a procédé à cette vérification chez Anna Vecchiato. Là aussi, on a fait chou blanc. On a passé un temps fou à tout éplucher, tout regarder, tout vérifier. Et des heures et des heures à interroger le personnel, les finances, la famille du défunt, ses relations. On n'avait rien, on ne tenait rien. L'homme a été enterré, remplacé à la direction de l'hôpital, et l'affaire oubliée.

L'auditoire était déçu. L'histoire n'arrivait à aucune conclusion. Certains convives tentèrent quelques hypothèses, toutes réfutées par l'ancien inspecteur. La soirée tirait à sa fin. On se salua, se remercia pour cet agréable moment et chacun rentra chez lui. Qui avec son bateau personnel, qui en vaporetto, qui à pied. Ce que fit Santini puisque la nuit était encore chaude. Il allait emprunter le ponte dell'Accademia et déambuler doucement en compagnie des fêtards de ce samedi. Tout en marchant en direction du Dorsoduro, il s'en voulait d'avoir raconté cette histoire. Non pas parce que les invités de la Comtesse étaient restés sur leur faim, mais bien parce qu'il n'allait pas dormir de la nuit et jongler, une fois de plus, avec le peu d'éléments qu'il avait en sa possession à l'époque.

::

Au petit matin, n'y tenant plus, Santini alla se promener du côté de Castello. Il prit le vaporetto jusqu'à San Zaccaria. L'air du grand canal lui fit le plus grand bien. Arrivé sur place, il se faufila à travers les touristes venus admirer le pont des Soupirs, arriva rapidement sur la place Zanipolo.

Il entra rapidement dans la Scuola Grande di San Marco, splendide avec sa devanture asymétrique aux incrustations de marbre blanc et son large portail en saillie. Il arriva pile à l'heure où le préposé aux visites de la bibliothèque déverrouillait la grille qui monte à l'étage. Les invités de la Comtesse n'avaient pas exagéré leur enthousiasme à propos de la réfection des lieux : les améliorations apportées à l'espace conféraient à l'ensemble une nouvelle magnificence, même si tout restait à peu près semblable à son souvenir.

Il traversa la pièce principale et entra dans la Sala dell'Albergo. Il jeta aussitôt un coup d'œil à l'emplacement où il avait jadis découvert le cadavre du directeur de l'*ospedale*. Puis il vit que la porte du fond était entrouverte. Il s'approcha au moment où une jeune fille s'apprêtait à en sortir. Elle portait un imperméable et un foulard noué autour du cou. Ils s'excusèrent mutuellement d'avoir effrayé l'autre. Puis la jeune fille se présenta. Elle s'appelait Nadia et travaillait comme archiviste à la bibliothèque. Pouvait-elle faire quelque chose pour lui ? Santini faillit décliner son aide, mais après un moment d'hésitation lui dit qu'il aimerait bien revoir les jardins, mais qu'il n'était pas certain de retrouver son chemin. Elle lui proposa de l'emmener sur les lieux. L'ancien inspecteur dut courir pour suivre la jeune fille qui marchait d'un pas militaire à travers les corridors. Il comprit plus tard que c'était sa pause et que c'était une façon de prendre un peu d'air. Elle lui montra les deux premiers jardins presque conjoints. Puis ils arrivèrent au jardin qui l'intéressait. Celui qui se trouvait sur le parcours de l'ancien directeur assassiné dans la bibliothèque. L'espace était vaste et cerné d'un côté par le mur mitoyen de l'église San Giovanni et Paolo. Au pied de ce mur se trouvaient des blocs de pierres qui avaient dû s'effondrer et qu'on n'avait ni enlevés de là ni relevés. Vestiges d'une ancienne arche ou d'une construction quelconque. Mais ce qui était surtout étonnant, c'était la présence de dizaines et de dizaines de chats, de toutes grosseurs et toutes couleurs et qui semblaient prendre leurs aises, alors que la majorité des félins ne circulaient plus dans Venise depuis quelques années. Une association prenait dorénavant en charge les chats errants et ils logeaient maintenant au Lido. Santini remarqua qu'une planchette se trouvait en appui sur le bord de la fenêtre d'un vieux bâtiment. Ce devait être le refuge des félins les jours de pluie, pour la nuit ou pour prendre leur nourriture.

L'archiviste s'était assise sur un banc adjacent et en profitait pour griller une cigarette qu'elle fumait à la même vitesse avec laquelle elle avait guidé Santini à travers le dédale des corridors qui menaient à ce jardin. Et c'est au moment où elle écrasa son mégot avec le bout de son pied sur la terre desséchée, avant de le glisser dans la poche de son imperméable, qu'il sut que c'était son jour de chance. Son œil venait de tomber sur une sorte de monticule fait de pierres rondes et lisses. D'autres pierres semblables étaient alignées sur un muret de gros pavés formant un étrange dessin. À l'époque du meurtre, ces pierres ne se trouvaient dans aucun des jardins. Il s'en souvenait très bien ; son équipe et lui avaient ratissé tous les coins. Et celles-ci ressemblaient de façon troublante à l'arme du crime. La jeune fille croisa le regard curieux de Santini.

— Bizarre, non ? lui dit-elle. C'est une dame qui apporte toutes ces pierres. Jadis elle travaillait à l'hôpital et depuis qu'elle a pris sa retraite, elle vient chaque jour s'occuper des chats. C'est la *mamma gatti* de ce jardin. Je n'ai jamais vu quelqu'un aimer autant ces bêtes. Elle est un peu…, elle chercha ses mots, « dérangée », je dirais.

Puis elle regarda sa montre.

— Elle ne devrait pas tarder, lui dit-elle. C'est son heure. Moi, je dois vous quitter. C'est la mienne.

Elle repartit du même pas cadencé.

Maurizio Santini n'eut pas à attendre longtemps. Il avait toujours pensé que dans la vie, il n'y avait pas de hasards, que des rendez-vous. Et dans quelques instants, il allait en avoir la confirmation. Avec cette rencontre, il allait enfin savoir ce qui s'était réellement passé dans la bibliothèque. La présence des pierres rondes attestait les soupçons qu'il avait eus à l'époque, mais comme il n'avait aucune preuve pour appuyer sa thèse, il avait laissé tomber. Son équipe et lui avaient pourtant interrogé cette femme, mais sans succès.

Il la vit arriver, à petits pas serrés, tenant dans ses mains un sac de nourriture pour chats. Elle entra dans le petit bâtiment et ressortit presque aussitôt avec son sachet vide qu'elle plia soigneusement et déposa dans son cabas. Sans se préoccuper de la présence de l'ancien inspecteur, elle trottina jusqu'au muret ; elle sortit de ses poches trois grosses pierres lisses, qu'elle caressa avant de les placer au bout du tracé déjà fait. Puis elle vit Santini et lui sourit.

— C'est beau, non ?

Il se trouvait en présence d'une femme frêle, aux cheveux laineux, mélange de gris et de blanc, retenus dans un foulard noué sous le menton. Un teint pâle, des yeux éteints qui avaient dû être magnifiques. Une bouche encore pulpeuse malgré les années. Ses mains tremblaient légèrement. Elle s'assit sur le muret. Santini en profita pour en faire autant.

— Vous êtes Anna, n'est-ce pas ? demanda-t-il à la dame qui ne parut pas le moins du monde étonnée qu'il connaisse son nom.

— Anna Vecchiato. Vous savez, j'ai déjà travaillé ici.

— Vous étiez infirmière, non ?

— Oui, c'est ça. Je continue de m'occuper des chats errants. Ils sont chez eux ici. Et tant que je vivrai, ils resteront ici.

Santini nota une détermination certaine dans sa voix chevrotante.

— Il y a bien quelqu'un qui a essayé de les déloger. Mais… Il est mort. Il n'y a plus de danger.

— Non, il n'y a plus de danger, répéta Santini.

« Pour vous non plus ; il y a prescription », pensa-t-il.

Personne à l'époque n'avait porté attention à cette histoire de chats. Santini se rappela pourtant avoir eu vent du fait que le directeur avait une sainte horreur des chats et qu'il n'en voulait pas sur le territoire de son hôpital. Mais de là à le tuer pour ça !

— Vous aimez les chats ? demanda-t-elle comme si elle avait entendu la réflexion de Maurizio.

— Oui, répondit simplement Santini.

— Lui, il ne les aimait pas.

On aurait dit une petite fille qui voulait conserver ce qu'elle avait de plus précieux au monde.

Lorsqu'il se leva pour partir, Santini regarda une dernière fois la femme qui ne semblait plus avoir toute sa tête et qui conversait avec ses bêtes adorées. Elle était assise à même le sol et ils l'entouraient de toute part. Ils semblaient comprendre qu'elle leur avait sauvé la vie.

— Continuer de vous occuper des chats, lui avait-il dit avant de la quitter. Il n'y en a presque plus dans les rues de la Sérénissime.

— Vous savez, ils sont l'âme de Venise. Ils sont plus importants que les vivants, lui avait-elle répondu avec une petite étincelle dans les yeux.

Le soir venu, Maurizio Santini repensa à cette femme ; assis au salon, confortablement installé dans son fauteuil, sa main caressait les longs poils roux d'un gros matou lové sur ses genoux et qui ronronnait, ravi que l'histoire finisse ainsi.

FRANCINE RUEL

Qu'ont en commun *Le comte de Monte-Cristo*, Dieu et une tache sur une cravate? Ce sont ces trois éléments qui ont poussé Francine Ruel vers l'écriture. À la lecture des aventures d'Edmond Dantes, elle est tombée amoureuse du personnage. Puis plus le roman avançait, plus elle se rendait compte que l'auteur pouvait être Dieu, qu'il pouvait d'un seul coup de crayon changer le destin et la vie de son personnage. À douze ans, ça donne le goût d'essayer! Puis à vingt ans, assise dans un café de Paris, elle a observé un chic Parisien, impeccablement habillé, feuilletant avec élégance le sérieux journal *Le Monde*, mais arborant une énorme tache sur sa cravate. Laissant libre cours à son imagination, elle s'est mise à réfléchir aux origines de cette tache, puis à inventer de multiples scénarios, drôles et dramatiques. Ainsi est née la plume de cette auteure, capable tout autant de nous émouvoir en suivant l'insatiable recherche du bonheur d'Olivia Lamoureux et, du même souffle, nous faire rire dans certains sketches de *Broue*.

Adolescente, Francine Ruel a écumé toutes les lectures pour la jeunesse de l'époque : de la Comtesse de Ségur à Bob Morane en faisant quelques détours par la poésie et certains livres à l'index. Son rêve d'enfant était d'écrire un ouvrage sur sa mère. Cependant, pour elle, un écrivain, c'était un homme, qui habitait à Paris, qui vivait avec une femme qui le servait, le chouchoutait et faisait couler son bain pendant qu'il écrivait. Comme elle était une fille, vivant au Québec et ne connaissant pas d'homme désireux de lui faire couler un bain, elle a dû attendre quelques années avant de réaliser son rêve!

Comédienne, animatrice, écrivaine et scénariste, Francine Ruel n'a jamais écrit de véritables polars. Cependant, derrière chacune de ses œuvres, se cachent une trame psychologique, une quête personnelle. Compte tenu de ses talents multiples, elle qui a été avec Claude Laroche, la première à sauter sur la glace de la Ligue nationale d'improvisation, il est intéressant de voir comment une écrivaine de littérature blanche, la seule auteure féminine de la pièce de théâtre la plus jouée au Québec, nous tricote une intrigue policière avec une thématique imposée.

Quand elle écrit, quand ses autres occupations lui en laissent le temps, la romancière travaille très tôt, à l'aube. Habituellement, elle part d'une idée toute simple puis elle la complexifie. Elle crée ses personnages et, en véritable «déesse de la création littéraire» comme Alexandre Dumas, elle leur donne leur autonomie tout en décidant de leurs vies personnelles, professionnelles et privées.

En même temps que paraît ce recueil de nouvelles, Francine Ruel publie *Petite mort à Venise*, un roman faisant le parallèle entre la fragilité des femmes vieillissantes et celles de la cité du palais des Doges et du pont des Soupirs.

Espérons que son expérience dans *Crimes à la bibliothèque* lui servira d'inspiration pour nous concocter, un jour, un polar où le meurtrier aurait une tache à la cravate, lirait *Le Devoir* sur une terrasse du Vieux-Montréal et soudain...

Photo de l'auteure : Julien Faugère

JEAN LEMIEUX

Fin de partie

L'homme reposait sur le ventre, entre deux étagères coulissantes, dans la section réservée à la collection Saint-Sulpice. La balle était entrée par la nuque et ressortie par l'arcade sourcilière droite, déplaçant l'œil qui pendait sur une joue ridée, semée d'une courte barbe poivre et sel.

— Qui c'est? demanda Surprenant.

— Normand Vaillancourt, cinquante-neuf ans, préposé au prêt, répondit une agente qui avait sécurisé les lieux.

— L'appel au 911 a été passé à quelle heure?

— Dix heures seize, trente secondes après que le corps a été découvert par un usager.

Surprenant posa sa main sur le cou de la victime. Malgré ses gants de latex, il put sentir que le corps était encore chaud.

— Il y a vingt minutes, constata Brazeau. Quand avez-vous bloqué les sorties?

L'agente, une jolie brune aux traits volontaires, répondait au numéro de 625.

— À dix heures vingt-quatre. Considérant qu'il s'agit de la Grande Bibliothèque, je dirais que c'est un exploit.

— Pas de détonation? s'informa Surprenant en se remettant debout.

— Selon le personnel, aucun bruit suspect.

— Un silencieux, conclut Brazeau. Moi, la question que je me pose, c'est pourquoi ici?

Le sergent Louis-Philippe dit LP Brazeau, un quadragénaire massif dont les favoris rappelaient ceux du général Alcazar, désigna du bras les rayons chargés d'ouvrages anciens. La victime gisait entre les deux seules étagères de la collection dont les livres étaient accessibles. Toutes les autres étaient fermées par des panneaux noirs matelassés, dont l'ouverture était commandée par des mécanismes électroniques.

Surprenant promena son regard sur les vénérables reliures. Napoléon Legendre, Pamphile Le May, le bibliothécaire avait trépassé dans les L.

Brazeau répondit lui-même à sa question :

— Première hypothèse : le tueur s'est fait ouvrir la collection Saint-Sulpice, a tué le gars et est reparti avec un livre qui vaut une fortune.

— On verra, dit Surprenant. J'ai une autre hypothèse : le tueur, ou la tueuse, mesure à peu près cinq pieds.

D'un mouvement de la tête, il pointa le mur au bout de l'allée. À plus de deux mètres de hauteur, un trou d'un centimètre de diamètre, cerclé d'un liséré de matériel grisâtre, signalait le point d'impact du projectile. Avec précaution, le policier se positionna à un mètre des pieds du cadavre, dont la tête pointait vers le mur.

— Je dirais que le mort mesure cinq pieds dix. Si on met en ligne le point dans le mur, sa tête et le pistolet du tueur, il est clair que la trajectoire est ascendante, donc que le tueur est plus petit.

— Ou qu'il a tiré en ne tenant pas le pistolet à l'horizontale, proposa le matricule 625.

Un peu plus rapidement qu'une tourelle de tank, Brazeau pointa son menton en galoche vers l'agente, dont l'avis n'avait pas été sollicité.

— L'agent… ?

— Bourguignon.

— L'agent Bourguignon émet ici une opinion intéressante.

— Ça me paraît quand même moins probable, dit Surprenant. À en juger par les traces de poudre, ici, le gars a été tiré à bout portant.

— Un meurtre dans une bibliothèque publique! s'étonna Brazeau en caressant de son gros index une vieille édition d'*Evangeline* de Longfellow. Ça prend quand même un front de bœuf.

— Pas tant que ça, dit Surprenant. L'endroit où nous nous tenons est à l'abri des regards.

Après un examen des lieux, Brazeau dut convenir que son nouveau coéquipier au sein de l'escouade des crimes majeurs avait raison. Installée au troisième étage de l'immense structure ajourée qu'était la Grande Bibliothèque de Montréal, gardée du public par des cordons de sécurité, la section Saint-Sulpice, avec ses allées étroites, ses étagères fermées et sa situation en haut d'une mezzanine, constituait un lieu propice à une embuscade.

— D'autant plus que le tueur avait choisi son heure, ajouta Surprenant. Mardi matin, dix heures, la bibliothèque accueillait ses premiers visiteurs.

Surprenant s'agenouilla de nouveau à côté du cadavre. La paupière gauche était close, les joues et le front, blancs et paisibles. S'il faisait abstraction du trou de l'orbite et de l'œil qui pendait, le visage de Normand Vaillancourt exprimait presque la quiétude, certainement pas l'horreur d'être anéanti par une douleur fulgurante. Avait-il la berlue? Cette traînée blanchâtre, sur la joue droite, était-elle une larme séchée?

::

Le visage arborant un début de *brandy nose,* les yeux humides, les mains affligées d'un discret tremblement, Hubert T. Boucher, le directeur de la bibliothèque, avait tout du poivrot de haut vol, intello assis sur sa notoriété, parachuté dans une sinécure par les amis au pouvoir. Quand, en présence des policiers, son adjoint lui annonça la disparition de l'*Histoire de la Nouvelle-France* de Lescarbot, Boucher perdit sa couperose et s'appuya à son bureau de merisier.

— La 1617 ? articula-t-il d'une voix chargée d'espoir.

— L'originale de 1609, asséna l'adjoint. Ces messieurs de Saint-Sulpice vont être en beau joual vert. Ce livre, comme d'autres, aurait dû demeurer dans les archives du Séminaire.

Renonçant à sonder la profondeur du contentieux entre les deux hommes, Surprenant rappela que le SPVM était moins intéressé par le vol du livre, fût-il précieux, que par l'assassinat du bibliothécaire, Normand Vaillancourt.

— Évidemment, concéda Boucher d'un ton dédaigneux. En quoi puis-je vous être utile ?

— Nous avons besoin de savoir comment fonctionne la consultation des livres rares, dit Brazeau. En particulier, pourquoi n'y a-t-il aucune trace, informatique ou autre, d'une demande concernant ce traité de monsieur Lescargot ?

Hubert T. Boucher haussa les épaules et désigna l'adjoint.

— Monsieur Cadieux pourra vous éclairer à ce sujet. Par contre, j'aimerais être consulté sur la teneur des informations qui seront communiquées aux médias.

— Comptez pas là-dessus, maugréa Surprenant.

::

Una furtiva lacrima
Negli occhi suoi spunto

LP, dont la vénération pour Pavarotti lui valait régulièrement de se faire appeler *Luciano Brazzo*, avec le double Z, ne craignait pas de massacrer un air d'opéra au volant d'une voiture banalisée quand la circulation se faisait lourde, comme c'était le cas en cet après-midi d'octobre sur Notre-Dame.

— Qu'est-ce que c'est ? s'informa Surprenant pour le faire taire.

— Donizetti, *L'elisir d'amore*, deuxième acte. Ton histoire de larmes, je n'en parlerais même pas à Guité.

— On verra ce que les techniciens diront.

— Le gars était mort avant de s'écrouler sur le tapis. Un mort, ça peut roter, à la rigueur ça peut péter, mais je dirais que ça pleure pas.

Allongé sur le siège du passager incliné au maximum, yeux fermés, dans une position désormais familière, Surprenant tenait sur ses genoux un contenant marqué « POLICE ».

Une demi-heure plus tard, ils se présentèrent dans la salle de conférence de Versailles. Le nom ne référait pas au château des rois de France, mais à la Place Versailles, centre commercial situé à la jonction de la rue Sherbrooke et de l'autoroute 25, un assemblage de structures basses, quelconques, dans lequel le SPVM avait cru bon de regrouper ses escouades spécialisées.

— Voilà nos vedettes ! lança leur patron.

La rapide ascension du lieutenant Stéphane Guité au sein du SPVM était la source de plusieurs rumeurs. Certains prétendaient que son union avec la fille d'un ancien ministre de la Justice n'avait pas nui, d'autres qu'il était « l'homme de la direction », en d'autres mots qu'il avait le mandat de trouver l'origine des fuites qui ternissaient la réputation du service.

— Commençons, Messieurs, si nous voulons finir.

Surprenant inséra une clef USB dans un portable. Les photos de la scène de crime apparurent.

— Normand Vaillancourt, né en 1949 à Acton Vale, domicilié au 1260 Hôtel-de-Ville. Divorcé depuis quinze ans. Une fille de trente-sept ans vit à Montréal. Il était à l'emploi des Archives nationales depuis 1996. Scolarité : baccalauréat en histoire à l'Université de Montréal. Casier judiciaire vierge. Il est décrit comme un employé modèle, tranquille, passionné d'échecs, un grand lecteur qui vouait beaucoup de respect aux livres.

— Un baccalauréat en histoire…, souligna Guité. Le vol a bien eu lieu dans la collection Saint-Sulpice ?

— D'où tenez-vous ça ?

— Montréal compte d'excellents journalistes, au cas où vous ne le sauriez pas. D'après vos photos, je constate que la victime avait eu le temps d'ouvrir deux sections.

— À l'aide du code prévu à cet effet. La combinaison est changée chaque semaine. À part le directeur adjoint, seuls trois bibliothécaires, dont Vaillancourt, avaient ce code.

— Il y a eu vol ?

— Une édition originale d'un dénommé Lescarbot.

— Le compagnon de Champlain ? s'informa Guité en écarquillant les yeux.

Surprenant consulta ses notes.

— 1609. Les dates concordent.

Guité émit un sifflement.

— Ce truc-là vaut une petite fortune pour un collectionneur. Quelle est la procédure pour consulter ce genre d'ouvrages ?

Tout en songeant que son patron, avec sa moustache et son visage rondelet, offrait une certaine ressemblance avec le fondateur de Québec tel qu'il apparaissait sur les bouteilles de porter que buvait son grand-père Goyette, Surprenant répondit :

— Une demande formelle, sur papier ou sur Internet, accompagnée de preuves d'identité.

— Dans ce cas précis ?

— Que dalle, dit Brazeau qui avait un faible pour les films français des années cinquante.

D'un clic, Surprenant fit apparaître une photographie montrant un comptoir long d'une dizaine de mètres, supportant, à chacune de ses extrémités, un poste de travail.

— Le poste de Vaillancourt est celui de droite. Ce matin, l'autre était occupé par sa collègue habituelle, qui n'a rien remarqué de suspect. Selon elle, personne ne s'est présenté au poste de Vaillancourt.

— Autrement dit, la procédure de consultation n'a pas été suivie.

— Ça ressemble à ça, concéda Brazeau. Ce qui est sûr, c'est que nous n'avons pas de signalement.

— Combien de personnes se trouvaient dans la bibliothèque?

— Au moment où les accès ont été scellés, il y avait huit employés et quarante-trois usagers dans l'édifice. Les enquêteurs du 21 ont entrepris de les rencontrer un à un. Jusqu'ici, c'est aiguille et botte de foin.

Guité se lissa la moustache de ses doigts fins.

— Des caméras de surveillance?

— À l'entrée, près des détecteurs magnétiques, répondit Surprenant. Nous avons trouvé ceci dans une poubelle près de l'ascenseur.

De son contenant, il tira, scellé dans un sac transparent, un revolver muni d'un silencieux.

— Un vieux Beretta 92, dit Surprenant. Le silencieux a l'air neuf. Le numéro de série a été rayé. Les gars du labo pourront peut-être en tirer quelque chose. L'assassin devait avoir une certaine connaissance des lieux. Il a tué Vaillancourt, a pris le bouquin, a jeté le revolver, puis est calmement descendu au rez-de-chaussée, par l'escalier ou par l'ascenseur. De là, il avait trois sorties possibles: l'entrée principale, la porte latérale sur l'avenue Savoie et une porte de service verrouillée, réservée aux employés.

Surprenant fit une pause.

— Conclusion? demanda Guité.

— Nous avons visionné toutes les bandes de surveillance, de neuf heures et demie jusqu'à l'heure d'apposition des scellés. Le meurtre est survenu moins de quinze minutes après l'ouverture de la bibliothèque. Une dame dans la cinquantaine et un étudiant en arts graphiques à l'UQAM ont eu le temps d'entrer et de sortir. Nous les avons identifiés et interrogés: comme suspects, on a vu mieux.

— Le meurtrier serait donc resté dans la bibliothèque?

— Ou il est sorti par la porte de service, avança Brazeau.

— Un complice parmi les employés? demanda Guité.

— Ou un meurtrier, dit Surprenant. Ça nous donne envie d'en savoir davantage sur la victime. J'ai remarqué ceci.

Le poste de travail de Vaillancourt apparut, tel qu'il avait été abandonné. Sur la tablette, au-dessus de son clavier d'ordinateur était étalé un recueil illustré des chansons de Jacques Brel. Zoom: une île luxuriante, entourée d'une mer turquoise.

— Ben quoi? fit Brazeau.

— Ben ce sont les Marquises. *Veux-tu que je dise/Gémir n'est pas de mise/Aux Marquises.*

— Brel chantait comme un veau, dit Brazeau.

Le lieutenant Stéphane Guité avait, à part son travail, ses enfants, son setter et sa femme, deux passions: la mer et la culture anglaise. La première le poussa à admirer quelques secondes l'île au milieu du Pacifique, la deuxième, à se renverser dans sa chaise, à se lisser pensivement la moustache et à s'enquérir d'une voix neutre:

— Cet élément est-il pertinent à l'enquête?

— Je pars d'une théorie: il n'y a pas de hasard. Spécialement en ce qui concerne les joueurs d'échecs.

::

Pendant que Brazeau tentait de rallier Boucherville à temps pour assister à la partie de basketball de sa plus jeune, Surprenant, muni des clefs tirées du pantalon du macchabée, se rendit à son domicile. Vaillancourt habitait avenue de l'Hôtel-de-Ville, entre René-Lévesque et Sainte-Catherine, le haut d'un duplex de pierre d'aspect défraîchi, chétivement accolé à son jumeau plus pimpant. Dix-sept heures trente, des échos de téléviseur s'échappaient d'une fenêtre du rez-de-chaussée. Surprenant appuya sur le bouton d'une sonnette défectueuse, cogna. Après une bonne trentaine de secondes, la porte s'ouvrit sur une dame miniature, quasi centenaire, surmontée d'une toque de cheveux mauves.

— *My my!* Vous venez pour Normand?

— À quoi voyez-vous ça?

— Pardonnez-moi, Monsieur, mais vous avez l'air d'un flic.

Bien qu'il soit en civil et que son Walther soit dissimulé sous son aisselle, Surprenant fut une nouvelle fois confronté à ce mystère : il était aussi reconnaissable que s'il donnait un point de presse devant un drapeau du SPVM.

— Vous avez l'œil.

— C'est ce qui me reste. Aimez-vous le sucre à la crème?

Madame My My l'entraîna dans son salon, un antre sombre, surchargé de bibelots, sentant le chat, dans lequel un lazy-boy antédiluvien faisait face à un téléviseur dont la livraison avait dû mobiliser deux hommes robustes. Partout, sur les murs, sur les meubles, des affiches de théâtre, des photographies noir et blanc signées, mettant en vedette, sous différentes incarnations et avant le ratatinement dû à l'ostéoporose, la propriétaire des lieux.

— Je n'étais pas trop mal, n'est-ce pas? Que voulez-vous savoir à propos de ce pauvre Normand?

L'ingestion de quatre carrés de dessert, outrageusement chargés de cassonade, permit à Surprenant de se faire une idée du bibliothécaire et de faire la connaissance de Don Rodrigue, un persan noir névrosé, responsable de l'odeur. Normand Vaillancourt avait emménagé à l'étage à la suite de son divorce, en 1993. Au fil des années, il était devenu tout à la fois le locataire, le confident, le factotum et le soutien de sa logeuse.

— Je n'ai pas été chanceuse avec les hommes. À soixante-quinze ans, la vie m'a envoyé ce garçon. Si au moins j'étais morte avant lui! Je vais me remettre à boire, dans l'espoir de me fendre le crâne dans mon bain!

— Vous pourriez vous manquer.

— Tremblay aurait écrit : « Tu fais rire, toé, pour un bœuf ! »
(reprenant sa diction radio-canadienne) Sachez que je n'ai jamais
raté une sortie, Monsieur.

— Parlez-moi de sa fille.

— Ah, Isabelle et sa petite Léa ! Je ne sais pas ce qu'elles vont
devenir sans lui.

— Vous voulez dire ?

— Elle est pigiste dans le cinéma. Monoparentale avec un ex
toxico. Normand était là pour tenir le bateau à flot.

— Que pensez-vous du meurtre ?

— *Il n'est rien de si trompeur que la mine des gens.* Marivaux.

— Que voulez-vous dire ?

— Normand était l'être qui m'était le plus proche, et je sais
très peu de choses sur lui. Ce qui est sûr, c'est que quelqu'un s'est
donné la peine de l'expédier *ad patres*.

— Je peux jeter un œil à l'étage ?

— Il y a longtemps que mes genoux ne me permettent plus d'y
monter. N'oubliez pas de verrouiller la porte en sortant.

L'appartement de Vaillancourt, un quatre et demie éclairé
sur trois faces, était celui d'un célibataire. Le salon, donnant sur
la rue, était meublé de plusieurs bibliothèques croulant sous
des romans et des traités d'histoire, d'un canapé de cuir fatigué
surmonté d'une lampe Tiffany, d'une table ronde sur laquelle était
disposé un échiquier. Surprenant s'approcha. Parties de maîtres,
manuels de théorie, recueils de problèmes : plusieurs livres, la
plupart écornés, témoignaient de la passion de Vaillancourt pour
le Noble Jeu. La situation en cours, trois pions, deux rois, était
une fin de partie.

Un petit téléviseur agrémentait une cuisine spartiate. Une
tasse et une assiette étaient abandonnées dans l'évier. Dans la
chambre, le lit était fait à la hâte. Sur les murs, des photographies
d'une grande femme blonde, jolie mais massive, et d'une fillette
aux cheveux bruns frisés. D'autres clichés, regroupés sur un mur,

étaient consacrés au joueur. Vaillancourt, une main sur l'horloge, concentré, semblait participer à un tournoi. Petites tables de bois alignées, abat-jour démodés, des joueurs de tous âges, les yeux fixés sur l'échiquier, s'affrontaient en silence, menton dans la main, parfois entourés de spectateurs attentifs : un décor, une sorte de cave à en juger par les soupiraux, était reconnaissable sur plusieurs photographies.

Surprenant continua sa visite. Un ordinateur plus très jeune était protégé par un mot de passe. Dans la salle de bains, quelques crèmes, des analgésiques courants, mais aussi un flacon d'oxycodone que Surprenant enfouit dans un sac d'échantillons. Dans les tiroirs, les garde-robes, des vêtements fonctionnels, des jeans, des t-shirts, aucun signe d'occupation féminine. Surprenant éprouvait une certaine anxiété, presque de l'oppression. Le bibliothécaire qui était mort quelques heures plus tôt à la Grande Bibliothèque était, à première vue, un homme seul, souffrant, animé par des passions intellectuelles, les livres, les échecs. Cet homme discret, cet employé fiable, ce bon diable qui veillait sur sa fille, sa petite-fille et sa logeuse, ce joueur d'échecs s'était-il trouvé au mauvais endroit au mauvais moment ? Au contraire, sa mort s'inscrivait-elle dans un faisceau d'intérêts complexes ? L'appartement exhibait le désordre d'un homme que la mort avait surpris. Il y avait bien cette fin de partie, ces trois pions, ces deux rois, ces *Marquises* de Brel, la dernière plage de son dernier disque.

Au rez-de-chaussée, il retrouva madame My My et Don Rodrigue captivés par le bulletin de dix-huit heures. L'assassinat de la Grande Bibliothèque venait de succéder à un engagement électoral d'Obama.

— Est-ce qu'il fréquentait un club d'échecs ? demanda Surprenant.

— Les Quatre Fous, sur Stanley. Il était là plusieurs fois par semaine.

— Sa santé ?

— Il ne se plaignait de rien. Il m'avait l'air éternel.

— Pas d'ami proche? Pas de vieux copain de collège?

— S'il en avait, je ne les ai jamais vus. Mais nous, on était là, n'est-ce pas mon p'tit Rod?

::

Le lendemain matin, à onze heures dix-huit, le cellulaire de Surprenant afficha le numéro de l'édifice Parthenais. Il reconnut la voix inimitable de la docteure Elena Prucha, ces R discrètement allongés qui rappelaient l'époque lointaine où elle étudiait la pathologie à Prague, avant l'invasion russe de 68.

— Sergent Surprenant? Votre monsieur Vaillancourt, là, il en avait pour deux mois.

— Vraiment?

— Cancer du poumon. Il était farci de métastases, cérébrales, hépatiques, vertébrales. Ce type qui lui a mis une balle dans la tête, il lui a rendu un fier service.

D'où l'oxycodone, pensa Surprenant. Il mobilisa Brazeau, lui-même au téléphone avec un technicien en balistique, et lui exposa les découvertes de l'autopsie.

Brazeau se massa la mandibule.

— Tu t'en vas où, là? Un meurtre par compassion?

— *Una furtiva lacrima!* Il savait qu'il allait se faire tirer.

— La fille? demanda Brazeau.

— Ça m'étonnerait. Toujours pas de nouvelles du livre de Lescarbot?

— La Grande Bibliothèque, c'est grand, mais ce n'est pas infini. Jusqu'ici, les recherches n'ont rien donné. Mon hypothèse, c'est que le tueur l'a sorti.

— Ça détourne les soupçons.

::

Quand Surprenant mit pied sur le balcon qui donnait accès à l'appartement d'Isabelle Vaillancourt, avenue Valois, dans Hochelaga-Maisonneuve, il songea que la pigiste, malgré son statut professionnel précaire, jouissait d'un environnement plus agréable que celui de son père. Le triplex, récemment rénové, recevait de l'ouest une belle lumière. En face, dans le parc Saint-Aloysius, les balançoires et les aires de jeux dépouillées de leurs accessoires annonçaient l'hiver.

La fille de Vaillancourt lui ouvrit, les yeux rougis, les cheveux plus courts que sur les photos entrevues chez son père.

— Ne regardez pas le ménage, s'il vous plaît. Léa vit son deuil à sa façon.

Le salon de l'appartement avait été transformé, à l'aide de coussins, de draps, de couvertures, de chaises pliantes, en une sorte de campement berbère, au-dessus duquel pendait, fixé par trois punaises sur un manche de vadrouille, un rectangle de tissu noir.

— J'ai vu pire, prétendit Surprenant.

— Léa a beaucoup d'imagination. Je ne tenais pas à ce qu'elle assiste à notre entretien.

— Quel âge a-t-elle?

— Sept ans. Elle adorait son papi.

À l'arrière, la cuisine, décorée d'affiches de cinéma, avait échappé à l'hégémonie de l'enfant. La table était encombrée de listes et de croquis.

— En plus, je suis en plein tournage! Je ne peux pas me faire remplacer au pied levé, c'est un cauchemar!

Les larmes se mirent à ruisseler sur les joues rebondies de la jeune femme. Blonde, les épaules larges, accusant quelques bourrelets, elle évoquait une ex-athlète olympique du bloc de l'Est déprimée après quinze ans d'abus psychologique. Elle s'écrasa plus qu'elle ne s'assit sur une chaise, puis lui offrit un café.

— Merci. Je n'en ai que pour quelques minutes.

Il la fit parler pendant près d'une demi-heure, moitié pour la réconforter, moitié pour se faire une idée de sa relation avec son père. Normand Vaillancourt s'incarna de nouveau sous les traits du bon gars réservé, intello, asexué, serviable, un papa et un papi modèles.

— Quelle était sa situation financière ? demanda Surprenant sur un ton plus incisif.

Le visage de la femme se figea.

— Où voulez-vous en venir ?

— Sa voisine, ou sa propriétaire, m'a dit qu'il vous aidait, vous et votre enfant.

— C'est un peu normal, vous ne trouvez pas ?

Surprenant, considérant le campement berbère, la frugalité dans laquelle semblait vivre le bibliothécaire depuis son divorce et ce qu'il percevait chez son interlocutrice — un mélange de vulnérabilité et de revendication idéaliste d'un *droit* au bonheur — convint, après un silence, que le soutien que lui avait apporté son père était « tout à fait normal », ce qui ne l'empêcha pas de s'informer du testament.

— Vous vous prenez pour qui ? Vous osez me demander, vingt-quatre heures après son assassinat, si papa m'avait couchée sur son testament ?

— Calmez-vous. C'est une question de routine.

Le rouge aux joues, Isabelle Vaillancourt était de nouveau en larmes.

— Il me léguait tout. Il n'avait que moi et ma fille au monde. Il me l'a répété récemment.

— Vous saviez qu'il était malade ?

— Malade ? Sérieusement, vous voulez dire ?

Le danger avec les gens expressifs, c'est qu'on croit qu'ils ne peuvent rien dissimuler, songea Surprenant.

::

— Les fous, ça recule? demanda Brazeau.

— Toutes les pièces reculent, sauf les pions, expliqua Surprenant.

— Pas mal comme dans la police. Pourquoi tu n'es pas venu avec Guzman? Il sait jouer et en plus il parle espagnol.

— Tu as le physique.

Les Quatre Fous occupaient, rue Stanley, le sous-sol d'une boutique d'articles de fourrure. En ce mercredi soir, la clientèle consistait en une vingtaine d'aficionados de toutes nationalités et de tous âges qui avaient à peine eu à lever les yeux de leur échiquier pour savoir que les deux taupins qui jouaient comme des débutants, en buvant de l'eau minérale, dans le coin, étaient des policiers venus fouiner au club après l'assassinat de leur copain Vaillancourt dont la photographie, tirée du *Journal de Montréal*, trônait à côté de l'horloge Molson Ex.

— Alors, le Guillermo? reprit Brazeau en encaissant stoïquement la perte d'une tour.

Quelques heures plus tôt, le propriétaire du club, un Belge à barbiche qui sacrait presque sans accent, ne s'était pas fait prier pour identifier et pour décrire physiquement les amis du disparu. Parmi ceux-ci, l'un avait attiré l'attention de Surprenant : Guillermo Navas, un réfugié guatémaltèque, la cinquantaine, dont Vaillancourt avait parrainé la naturalisation. « Revenez ce soir. Habituellement, il se pointe vers dix-neuf heures. La mort de Normand, ça l'a touché, vraiment. »

— C'est comme toi. Il a le physique.

— Moi, si un chum m'avait donné vingt mille piastres pour l'euthanasier, j'irais passer une couple de mois dans le Sud.

Brazeau n'avait pas mis longtemps à découvrir cette étonnante transaction dans les comptes de Vaillancourt : le retrait, deux semaines plus tôt, en liquide, de vingt mille dollars d'un REER soigneusement épargné depuis quinze ans. Les dispositions d'une assurance-vie personnelle, chiffrées à deux cent mille dollars, étaient par ailleurs claires : l'indemnité était doublée si l'assuré était victime d'un accident ou d'un acte criminel. Il était difficile de savoir si la CSST considérerait que le meurtre de Vaillancourt constituait un accident de travail et entraînerait une compensation pour ses héritiers. Chose certaine, comme l'avait résumé LP avec son sens de l'humour habituel, le bibliothécaire avait « fait d'une bière deux coups ».

— Le Sud ? C'est la saison des ouragans. Et disparaître, ça éveille aussi les soupçons.

Assis dos au mur, Surprenant avait vue sur toute la salle. À sa gauche, à l'avant-dernière table, Navas, un petit homme frêle, au teint cuivré, se distinguait par ce qu'il qualifia en pensée de *calme suspect*. Contrairement aux autres habitués, il ne jetait jamais un œil en direction des intrus. Le visage, figé, n'exprimait aucune émotion.

— Ça bouge, annonça Surprenant.

Sa partie terminée, Navas se levait et récupérait ses pièces.

— Cinq pieds un, max, dit Surprenant en vidant son verre.

— Ça nous prendrait autre chose.

Navas se dirigeait vers la caisse, derrière laquelle le Belge feignait maladroitement de ne rien remarquer.

— *Go*, murmura Surprenant.

Les deux policiers se dressèrent et allèrent encadrer le petit homme devant le comptoir. Le joueur d'échecs, ramassant sa monnaie, ne leur allait pas aux épaules.

— Guillermo Navas ? demanda Surprenant.

L'homme leva les yeux. Le policier y lut ce qu'il cherchait : la peur.

JEAN LEMIEUX

———

Juste à évoquer le nom de Jean Lemieux, il me vient le goût de me promener sur les plages des Îles de la Madeleine, de marcher sur les traces qu'a laissées son sergent-enquêteur André Surprenant, en regardant la mer caresser inlassablement le sable de la berge et terminer mon périple en dégustant un homard fraîchement pêché.

Né à Saint-Jean-sur-Richelieu, le jeune Lemieux est épris de lecture : Tintin, qu'il relit des centaines de fois, les classiques de Conan Doyle, d'Agatha Christie et de Maurice Leblanc peuplent son imaginaire. S'ajoutent à ces romans policiers les aventures extraordinaires du nyctalope héros de Henri Vernes.

Sa première expérience d'écriture, il l'a vécue à quinze ans, mais, comme beaucoup d'auteurs, il a été refusé par les éditeurs. Ça ne l'a pas empêché d'avoir la piqûre de l'écriture et plus tard, celle de la médecine. Après ses études, il pratique la médecine générale aux Îles de la Madeleine, voyage beaucoup et continue d'écrire. En 1991, sa carrière d'auteur se concrétise avec son premier roman, *La lune rouge*.

Il écrira ensuite quelques romans pour la jeunesse, dont un roman pour adolescent, *Le trésor de Brion*, dont il est très fier.

Puis en 2003, Jean Lemieux publie une première enquête mettant en scène André Surprenant, *On finit toujours par payer*, qui obtiendra beaucoup de succès ; le roman sera finaliste au Prix du meilleur roman policier de Saint-Pacôme et méritera les prix France-Québec et Arthur-Ellis. Le personnage faisait son entrée dans l'imaginaire des lecteurs de polars québécois. Très rapidement, on se rendra compte qu'il ressemble quelque peu à son auteur : né à Iberville, un intérêt marqué pour la musique, des études à Montréal et un passage aux Îles. Le reste relève de la fiction... ou presque !

Au printemps 2015 est parue la première enquête de Surprenant au SPVM, *Le mauvais côté des choses*, qui met en vedette un nouveau personnage, la ville de Montréal.

Jean Lemieux possède une jolie formule pour commenter son choix de se consacrer au polar. Si comme médecin, il se doit de connaître parfaitement le corps du patient qu'il traite, pour l'auteur de polar qu'il est, « le crime est un raccourci vers la connaissance de l'âme. » Et malgré la dimension dramatique des sujets qu'il aborde, la tension qui en découle et la souffrance de ses personnages, l'humour reste quand même important dans le déroulement de l'histoire. Docteur Lemieux soigne donc le corps et l'âme de ses lecteurs et ses romans se prennent sans aucune modération.

Un lieu, une idée, une atmosphère, tout peut servir de points de départ à un récit de Jean Lemieux. Et, cela me paraît quand même assez hallucinant, il a déjà commencé un roman sans savoir qui avait été tué et même, une fois, il a changé de coupable pendant l'écriture. Des méthodes à ne pas conseiller aux auteurs en herbe !

Jean Lemieux laisse beaucoup de temps à ses idées pour mûrir avant de les coucher sur le papier, le processus de maturation peut durer des années. Vous apprendrez d'ailleurs avec plaisir qu'un retour aux Îles de Surprenant trotte dans l'imagination du médecin-romancier. Peut-être pour un été, dans un court récit.

Les projets de Jean Lemieux sont multiples : un prochain livre qui ne sera probablement pas un roman et du temps pour lui, pour voyager, pour écrire. Bref, être maître de son temps pour qu'il puisse enfin prendre soin de lui… tout en soignant notre âme de lecteur.

www.jeanlemieux.com
jeanlemieux2000@gmail.com

Photo de l'auteur : Tjerk Bartlema

DAVID BÉLANGER

Notre maître le passé

MONTGOMERY (Richard) (1737-1775), né en Irlande,
combattit les Anglais lors de la guerre d'Indépendance
des États-Unis et fut tué au siège de Québec.

Dictionnaire encyclopédique Quillet, Vol. VI, Paris, 1990.

À Montréal, sise rue Viger, une bibliothèque d'archives se repose, indifférente à la ville, aux sifflements souterrains du métro comme au vrombissement inquiétant des gros bus. Sur le parvis, le regard vague, l'enquêteur Herbert Ancon attise sa pipe une dernière fois, alors qu'Agatha, brave dame qui ne connaît que les livres, essaie de lui expliquer *pourquoi il est là* :

— Alexis, c'était la mémoire vivante de nos archives. On ne peut pas le… C'est cruel, mais il doit y avoir une raison. Il faut démêler tout ça. Vous comprenez ?

— Pas du tout, grogne l'enquêteur. Je ne peux dire qu'une chose : il avait bien envie de faire suer tout le monde, votre archiviste, pour passer à l'acte un 4 juillet. Vous pouvez l'expliquer ?

Agatha se regarde les pieds, confuse, ne sait que répondre. Après tout, c'est lui l'enquêteur : qu'il remplisse de lui-même toutes les cases du puzzle.

— Tant pis, poursuit-il. Pourvu qu'on soit ressorti à quinze heures.

D'un geste impatient, il vide le four de sa pipe, le vent éparpille aussitôt la braise et la cendre sur les longues dalles bien propres de ce temple du savoir.

Les pièces de la bibliothèque se succèdent, dépouillées de leurs usagers. Les hautes vitres du hall aux voûtes muséales laissent voir les passants qui convergent vers St. Catherine où les réjouissances devraient battre leur plein. Herbert Ancon laisse échapper un soupir et jette un œil subreptice à sa montre.

— On arrive ?

— C'est la salle derrière celle-ci.

— Il travaillait dans un coffre-fort, votre Alexis ?

Agatha esquisse un geste vague avant de s'immobiliser, au bout d'une large pièce où ne trône qu'une immense table en chêne, devant une porte munie d'un clavier numéral et d'une serrure à lecteur optique ; la procédure pour déverrouiller tout cela semble complexe, le rouge pointe aux joues de la bibliothécaire.

— Vous gardez quoi, là-dedans ? Les petites culottes de Marylin Monroe ? fait Herbert Ancon, avec une moue impatiente.

Quand la porte s'ouvre, une odeur de merde et de vieux livres leur souhaite la bienvenue.

Au centre du cabinet, se balance, aux côtés d'un lustre modeste, le calme cadavre d'Alexis Colin. Le nœud coulant, constate l'enquêteur d'un seul coup d'œil, a été conçu posément, avec la rigueur d'un jeune scout. Sans doute le défunt est-il monté sur l'une de ces imposantes échelles à roulettes pour fixer la corde aux vieilles poutres du plafond — vestiges d'une salle qui devait avoir des allures de chapelle au temps de l'École des Hautes études commerciales —, songe encore Herbert Ancon. Il s'avance.

Comme cela arrive, le cadavre a souillé son pantalon ; une flaque, qui ressemble à de la boue, se forme sous lui, et des gouttes nauséabondes viennent rebondir sur un pupitre encombré. L'enquêteur voit là un gage de fraîcheur. Le geste a été commis le matin même.

À la pointe des chaussures d'Alexis Colin, mêlés à ses fluides, des feuillets jonchent le bureau de façon désordonnée. Herbert Ancon déchiffre les titres sibyllins de trois ouvrages

empilés tout près : *Vers une république française du Québec* ;
L'invasion, la libération ; *Les héros du xviiie siècle*. Il fronce les
sourcils.

— Il travaillait sur quoi, votre archiviste ?

Agatha se racle la gorge, comme si elle préparait un long laïus,
puis explique, l'œil rivé au sol pour éviter la grimace moqueuse
du cadavre :

— Il s'occupait d'un nouvel arrivage de correspondances,
achetées à un collectionneur de Londres — c'est qu'Alexis
était spécialiste, un spécialiste mondial même, de l'histoire des
archives de l'Amérique prémoderne. Il prenait son travail à cœur.
Vraiment à cœur.

Herbert Ancon hoche la tête, essaie de saisir le sens des lettres
en grands traits gothiques sur les feuillets, il comprend, suivant
un *post-it* égaré plus loin, qu'il s'agit de fragments de missives
signées « R. Montgomery ».

— Et ça traitait de quoi, tout ça ? murmure l'enquêteur, comme
pour lui-même.

— De la fondation de notre nation, émet une voix sortie de
l'ombre.

Herbert Ancon sursaute. Apparaît la silhouette rachitique d'un
garçon, lunettes épaisses et trop ample chemise. Les os de son
visage saillent de manière inquiétante et son crâne, blême, désert,
d'autant plus ovoïde, confère à son front une place démesurée au
sein de sa physionomie. Il poursuit :

— Alexis contestait le récit national, ni plus ni moins. Il était
devenu complètement fou.

Agatha interrompt aussitôt l'impromptu personnage :

— Monsieur Ancon, je vous présente l'archiviste Robert
Lescarbot. Il était un collègue d'Alexis.

Elle marque un temps, dévisage le jeune homme qui paraît
fluorescent ainsi découpé par l'ombre de la pièce, et elle ajoute :

— Plus précisément, Alexis et Robert étaient des rivaux. D'une rivalité qui aidait beaucoup la progression des recherches historiques de notre établissement. Pas vrai, Robert?

Herbert Ancon observe l'interpellé qui se contente, pour toute réaction, de battre des paupières. La rancœur de Robert Lescarbot est palpable.

— Vous avez quoi à lui reprocher, à notre ami le cadavre? fait l'enquêteur d'un ton badin.

Un rire fluet emplit la pièce. Quand Robert Lescarbot s'esclaffe, on dirait ses os qui s'entrechoquent. Il répond:

— Son voyage à Uppsala. Son voyage à Philadelphie. Tous ses voyages à Washington. À la recherche de quoi? Alexis était fou. Il suçait le budget de la bibliothèque, pour des chimères.

Herbert Ancon opine. Donnant du curé à sa voix, il demande:

— Et si on reprenait tout depuis le début?

::

Alexis est immobile ou presque, de la sueur sur le visage, des tics nerveux qui secouent de spasmes sa main gauche. Il se sent observé. Les rayons à perte de vue de la grande bibliothèque du Congrès de Washington le rassurent pourtant: il ne peut rien lui arriver. Un homme le dépasse, s'arrête une dizaine de livres plus loin.

— Monsieur Colin.

— Vous êtes Greg? fait Alexis en se tournant vers le nouveau venu.

L'homme ressemble à un pasteur; Alexis en est tout secoué. Il s'attendait à autre chose.

— Je vous en prie, parlez-moi en français. C'est rare pour moi de tâter la langue de Rabelais, répond-il, un lourd accent du Midwest berçant ses mots.

– J'insiste : on est à Washington. À Rome, on fait comme chez les Romains.

Glissée sous la porte de sa chambre d'hôtel, une simple note avait convié Alexis à ce rendez-vous. *Greg va vous rencontrer*, était-il inscrit, suivi d'une heure et d'une cote L.C. Une entourloupe d'espionnage qui commençait à agacer Alexis : depuis un mois, Greg Arnold — un pseudonyme, sans nul doute — l'entretenait par courriels de mystérieuses questions, assurant qu'il expliciterait leur *précieuse collaboration* lors du congrès des archivistes de la grande Amérique, à Washington. Ils y sont : ils se rencontrent enfin.

— Comment trouvez-vous Washington, Monsieur Colin ? demande, la voix chantante, le flegmatique Greg Arnold.

— C'est très bien, Washington. Et vous, que pensez-vous du lot 78 ? La vente est prévue pour le 10 de ce mois-ci. Quatre jours. Allons droit au but, Greg.

L'homme ricane, tire un livre de la bibliothèque et le feuillette nonchalamment.

— Droit au but. Bien. Le lot 78, vous avez raison, Alexis — je vais vous appeler Alexis —, il est intéressant, pas vrai ? Vous avez lu sa description comme je vous le demandais ?

Alexis Colin hoche la tête, laconique, mais se garde d'émettre un son.

— Alors ? Je veux votre expertise.

L'archiviste de Montréal enfouit sa main gauche dans sa poche, comme pour endormir ses spasmes nerveux, puis souffle :

— Les quinze lettres de Richard Montgomery à son cousin de Liverpool ont un intérêt historique limité, j'en ai bien peur. Je veux dire par là : il n'est pas un personnage historique de premier plan. Ouvrez les encyclopédies et vous peinerez à le trouver. La description du lot est d'ailleurs fort concise : on ignore ce dont il traite ; à mon avis, il est peu probable que le général Montgomery parle, dans des lettres à un lointain cousin, de la stratégie qu'il entend suivre lors de son assaut de Québec le 31 décembre 1775 ; et c'est là tout le prestige historique de Montgomery, vous savez. En fait, je ne vois rien là-dedans qui justifie le coût prohibitif du lot 78. Si c'est ce que vous voulez entendre de moi : je ne vous conseillerais pas de vous le procurer, Greg.

L'Américain glousse en tournant les pages de son livre. Il lance un regard à la ronde, et assure, posé :

— Mais je n'ai aucune intention d'acheter cela, Alexis : vous allez l'acheter. Et je vous prie, ne faites pas cette tête-là. Vous attirez l'attention.

L'archiviste ne répond rien, il regarde fixement son interlocuteur, et alors qu'il s'apprête à ouvrir la bouche pour poser une question qu'il n'avait osée jusque-là — *pour qui travaillez-vous ?* — Greg Arnold reprend :

— Voici comment nous allons procéder. En date d'aujourd'hui, la Société historique américaine de Montréal a fait un don très important à votre bibliothèque d'archives : des milliers de dollars. Les conditions du don sont on ne peut plus claires : il faut que la bibliothèque se serve de ce montant pour la conservation et la promotion de l'histoire commune du Québec et des États-Unis. Demain, vous soumettrez la proposition du lot 78 à votre supérieur. Vous allez le convaincre. Et là s'arrêtera notre collaboration, Alexis.

L'archiviste sue encore, son front est huileux, son visage peine à rester neutre. Il bégaie :

— Mais d'où vient l'argent ?

— Il vient, c'est tout. L'argent n'a pas d'odeur.

— Et j'y gagne quoi ?

— Que gagne un archiviste à avoir davantage d'archives ?

— Qui vous êtes, merde ? s'énerve Alexis Colin, avec un mouvement de violence que Greg Arnold apaise d'une poigne ferme sur l'épaule de l'archiviste.

— Vous et moi, Alexis, travaillons au rétablissement de notre passé ; que vous importe qui je suis ?

Et Greg Arnold s'éloigne, un signe de main évasif pour toute salutation. Avant de disparaître, avalé par des étagères de livres, il laisse tomber, mi-ironique :

– En passant, pour une petite grenouille, votre anglais est remarquable.

::

Le cadavre d'Alexis Colin.

Agatha l'observe ; ses yeux vides, sa grimace. La voix un peu tremblante, elle précise, à l'adresse d'Herbert Ancon :

— Après ce voyage à Washington, il a insisté pour acheter des lettres, un prix exorbitant avec ça, et puis, à ce que j'en savais, ça n'avait pas tellement d'importance historique.

— Aucune importance ! C'était une lubie d'enfant gâté, crache Robert Lescarbot.

— Oui, mais je lui ai fait confiance : on nageait dans l'argent, les dons pleuvaient, vraiment, et Alexis savait bien dépenser, explique Agatha.

L'enquêteur soulève un ouvrage de la taille d'une encyclopédie, en déchiffre le contenu à mi-voix. En dessous, des feuillets jaunis.

— C'étaient ces lettres ? demande-t-il.

— Précisément. Les lettres qui ont fait sombrer Alexis dans la folie, opine le rival.

::

La boîte scellée repose sur sa table de travail. Alexis la regarde ; la lumière franche de la salle des archives spéciales donne à l'atmosphère une texture de papier, comme si on pouvait se trancher les doigts à bouger trop vite. Agatha avait insisté pour être présente à l'ouverture et au recensement du lot ; avec les sommes investies, elle se sentait un devoir moral. Alexis avait assuré qu'il l'attendrait jusqu'au lendemain matin. Il n'avait jamais été très bon avec les promesses.

Il éventre précautionneusement les battants de carton. Il avance dans sa découverte des lettres avec calme, à peine effleuré par cette curiosité nerveuse qu'il formule en une question : ces lettres justifiaient-elles toutes ces manigances ?

Une fois le carton repoussé, ne reste qu'une pellicule plastique derrière laquelle se reconnaît la forme des lettres. Il tranche et laisse s'élever l'odeur du vieux papier exposé trop cruellement à l'oxygène ; pour peu, on entendrait la matière geindre et se recroqueviller. Alexis attrape le premier feuillet et se jette dans la lecture. Il fronce les sourcils à quelques reprises, passe d'un feuillet à l'autre, peine à réprimer des bâillements en même temps que l'envahit une angoisse mêlée de déception : *tout cet argent pour ça.* Arrivé à la dernière lettre, l'archiviste doit bien conclure : ce ne sont que des correspondances de cousins qui se connaissent à peine, qui échangent sur les oncles qui se meurent, sur les cultures qui divergent et un peu sur la guerre qui les sépare. L'intérêt historique n'est pas limité : il est nul.

Alexis repense à la rencontre dans la bibliothèque du Congrès de Washington et se demande à quelle comédie d'espionnage il a participé. Il veut rire, mais craint d'ouvrir la soupape de ses émotions. Les larmes pourraient venir à leur tour. Le général Richard Montgomery, collègue malheureux de Benedict Arnold dans le siège manqué de Québec de 1775, ne gagnerait pas de grade historique avec ces lettres-là — ni Alexis en tant qu'archiviste, avec cette acquisition, se dit-il, non sans dépit.

Il prend quelques notes, pour recenser le lot : quinze lettres entre deux et quatre feuillets chacune, de 1774 à 1779. Il se lève, retire ses gants sous lesquels ses mains, comme d'habitude, sont rougies d'humidité, puis s'éloigne de la table. Fige. Se retourne.

Lentement. Alexis revient vers les lettres, s'approche avec prudence, saisit une loupe, tourne les feuillets jusqu'à la dernière réplique de Richard Montgomery à son lointain cousin de Liverpool, et lit, en toutes lettres, l'en-tête étonnant :
Le 4 avril 1779, King Bridge

Sa main tremble, la texture crayeuse du feuillet glisse entre ses doigts, il recule de quelques pas. *Mais c'est impossible*, souffle-t-il. Il sait bien que c'est impossible, mais il active l'échelle le long des hautes bibliothèques puis grimpe jusqu'à l'encyclopédie Quillet dans laquelle, sans même descendre, il trouve la notice de Richard Montgomery : *(1737-1775)… fut tué au siège de Québec.* Il crie pour lui-même, peinant à retourner au sol :

— Quelle connerie, quelle fraude, quel idiot tu fais, Alexis.

— À qui le dis-tu, résonne la voix de Robert Lescarbot.

Ce dernier est assis sagement sur un tabouret, à la manière d'un buste, dans sa placide attente face à l'éternité.

— Qu'est-ce que tu fous là ? rage Alexis, surpris.

Il range les lettres promptement, guettant d'un œil son collègue rachitique.

— Oh moi, je passais. Et toi, grand archiviste, tu découvrais l'origine du monde ?

Le bruit clinquant des os de Robert Lescarbot secoués de rire fait vibrer la pièce. Alexis le dépasse sans le considérer, nerveux ; il sort, aucun *au revoir,* qu'une gorge nouée et un regard soucieux.

::

— Et il déraillait déjà, ce soir-là ? demande Herbert Ancon, agenouillé devant le pupitre de l'archiviste qu'il ausculte de la paume de sa main.

Agatha paraît gênée, elle ne dit mot. Robert Lescarbot n'hésite pas :

— Ça commençait, vous savez, une étincelle dans le regard, la raison qui chancelle. Mais à son retour de Philadelphie… Les jeux étaient faits, si vous voulez que je vous dise.

L'enquêteur lève la tête de sous le pupitre, jauge le cadavre un moment, puis le jeune homme un peu plus bas, et demande :

— Ne me faites pas vous supplier : il allait faire quoi à Philadelphie, votre drôle de moineau ?

::

Alexis connaît bien le fonds d'archives de Philadelphie, centré surtout sur le mémorial de l'Indépendance américaine. À cet égard, c'est sans doute le seul lieu muséal où Richard Montgomery conserve quelque importance : premier grand martyr de la Révolution américaine, il représente, malgré l'échec de son entreprise de conquête du Québec en 1775, la force belligérante d'un peuple dans sa marche vers l'autonomie. Un truc du genre est gravé sur une plaque commémorative, le tout fleuri d'adjectifs patriotiques.

Peter Brien, le conservateur des lieux, est un vieux bonze du monde archivistique ; Alexis l'a souvent côtoyé dans des congrès spécialisés. Ils se dirigent ensemble vers la salle de consultation.

— Vous travaillez maintenant sur le général Montgomery ? Vous m'étonnerez toujours, Alexis.

L'archiviste de Montréal acquiesce en silence, mais précise, au bout de la traversée d'un interminable corridor :

— Il s'agit simplement de vérifier l'authenticité de certaines correspondances.

— Ah bon ?

— Oui, un lot qu'on a acheté, à Montréal. Je crois que quelqu'un a voulu nous faire croire qu'il y avait là des lettres de Montgomery.

Peter Brien joue une mine dépitée :

— Les faussaires s'attaquent à tous les symboles. Qu'ils osent s'en prendre à un héros de la taille de Montgomery, de celui qui a uni nos deux nations, de celui qui a assuré la liberté du continent, ça me pue au nez.

Alexis toise son interlocuteur. Ce dernier s'est exprimé avec verve, de grands gestes de professeur d'histoire pour mimer son indignation.

— Je vous laisse à votre consultation, cher collègue, conclut Peter Brien, en s'éclipsant.

Il faut cinq minutes à Alexis Colin pour constater que l'écriture des lettres du lot 78 correspond à celle de toutes les correspondances de Montgomery conservées à Philadelphie. Il lui faut six heures pour contre-vérifier, mesurer jusqu'aux jambes des j, essayer de se convaincre qu'il fait erreur, que la réalité fait erreur. En vain.

::

— Il doutait de l'authenticité des lettres ? s'étonne Herbert Ancon.

Robert Lescarbot hausse les épaules, rechigne à s'approcher du pupitre souillé pour attraper un feuillet des correspondances. Il grommelle :

— C'est ce que Peter Brien m'a révélé, en congrès, la semaine dernière. Vous savez, j'ai lu les lettres de Richard Montgomery.

L'enquêteur émet un bruit grave, mâtiné de curiosité. *Mmh ?*

— Et, complète l'archiviste, elles ne sont d'aucun intérêt. J'ai essayé de convaincre Agatha de tirer la laisse au pauvre Alexis. Mais mon avis ne comptait pas : il s'envolait pour Washington dès son retour de Philadelphie.

::

Alexis Colin entasse sur sa petite table de la bibliothèque du Congrès de Washington les ouvrages d'histoire dans leurs premières éditions ; il cherche la virgule qui, quelque part, pourrait faire survivre Richard Montgomery au siège de Québec. Les recensions les plus connues de l'événement passent rapidement sur le destin de Montgomery, les descriptions y restent toujours évasives, sauf à un endroit. Le livre date de 2004, la typographie est agaçante, mais Alexis lit, clairement, ne sachant s'il s'agit d'un lapsus historique, d'une mésinterprétation ou d'une simple faute de syntaxe :

La victoire de Montgomery sur Québec lui mérite les honneurs que l'on sait.

L'archiviste reste songeur. Il pense à contacter l'auteur de l'ouvrage, un obscur historien de l'Université de Miami, quand le bibliothécaire, apparu de nulle part, toussote pour attirer son attention.

— Désolé de vous déranger, Monsieur Colin. Simplement, vu la nature de vos recherches, j'ai pensé que cet ouvrage pourrait vous intéresser ; il n'est pas encore intégré au catalogue, mais comme vous venez de loin…

Alexis remercie le bibliothécaire d'un chuchotement agacé puis jette un œil au nouveau livre, le titre est ironique : *Notre maître le passé : dix événements qui ont fait l'histoire de notre pays.* Il le feuillette avec négligence. L'auteur ne lui dit rien, mais le nom capte néanmoins son attention : Arthur J. Montgomery. Puis, soudain, il renverse sa chaise : le titre du second chapitre le laisse ahuri. Entre « Le Tea Party » et « La victoire de Saragota », se lit en effet, horrible mais vrai : « La prise de Québec ».

Le récit qu'y découvre Alexis n'est rien de moins qu'uchronique : on y raconte, avec le ton objectif d'un historien, la victoire de Montgomery sur les troupes de Carleton, le discours de Benedict Arnold aux Canadiens et la levée de milices proaméricaines dans

ce qui fut la Nouvelle-France, jusqu'au contrôle total de l'embou-
chure du Saint-Laurent. Entre les lignes se devine la naissance de
la quatorzième colonie.

Alexis a envie de vomir. Il laisse échapper le livre. Il peine à
être étonné lorsqu'il aperçoit, sur la quatrième de couverture, la
photo de l'auteur, Arthur J. Montgomery. C'est bien celui qui se
laissait connaître sous le nom de Greg Arnold.

::

— Il m'a parlé d'Arthur J. Montgomery, murmure Agatha,
après un léger silence.

Herbert Ancon semble à peine l'écouter. Il travaille à déchiffrer
les lettres du général ; Robert Lescarbot est concentré à se récurer
les ongles.

— Eh bien oui, dites-m'en plus, fait l'enquêteur, impatient.

— C'est un historien. De grande réputation. Alexis voulait que
je vérifie ses antécédents, s'il avait fait des travaux avant *Notre
maître le passé* ; « évidemment », lui ai-je répondu. Tout le monde
sait ça. Mais Alexis avait l'air de ne jamais avoir entendu parler
d'Arthur J. Montgomery. J'ai su alors qu'il n'avait plus toute sa
tête.

Agatha ose un long regard en direction du cadavre ; ses yeux
semblent revêtus d'un voile blanchâtre, sa mâchoire est figée dans
un rire rigide.

— Vous l'entendez, siffle Robert Lescarbot. Elle savait qu'il
sombrait et elle a quand même accepté son voyage à Uppsala.

Herbert Ancon fait taire l'archiviste d'un geste.

— Ne me faites plus languir : Uppsala, c'est quoi ? La capitale
du Congo ? demande-t-il, railleur.

::

L'Université d'Uppsala, à une demi-heure de Stockholm, plus vieille université d'Europe, contient un fonds d'archives impressionnant, surtout porté sur l'histoire du Vieux Continent. Étrangement, avait constaté Alexis lors de sa lecture, Arthur J. Montgomery avait appuyé une grande part de ses exemples sur des archives issues de cette bibliothèque. Pour contredire les thèses du bouquin, il fallait aller à la source.

L'immensité de la bibliothèque le contraint à s'adjoindre un guide ; un jeune homme, un pied à peine dans la vingtaine, l'accueille aux portes de l'établissement. Ils se saluent aimablement, Alexis ne capte pas trop le nom aux consonnes roulantes du Suédois. Son anglais est chantant :

— Nous sommes contents de pouvoir accueillir un nouveau chercheur américain à l'Université d'Uppsala, nous…

— De Montréal. Je suis de Montréal, rectifie Alexis.

— Oui, bien sûr, fait le guide. C'est ce que j'ai dit.

L'archiviste se garde de le reprendre — les méandres de la géographie sont infranchissables —, ils poursuivent leur plongée au cœur de la bibliothèque.

Une petite salle, tout au centre, contient l'essentiel des archives américaines de l'université, indique le guide. Il porte aussitôt l'attention d'Alexis sur leur pièce maîtresse, le journal de campagne de Benedict Arnold, appelé pompeusement, pour pasticher Jules César, *Commentaires sur la guerre de la Gaule américaine*. Alexis n'avait jamais entendu parler de l'ouvrage avant qu'il ne soit cité par Arthur J. Montgomery. Il doutait de l'existence de cette archive, mais la voilà : il en touche le cuir, observe le tranchant du papier jauni. Le guide explique :

— D'ailleurs, c'est à Montréal que le général Arnold a dicté son journal, au château de Ramezay, comme vous pouvez le constater à la dernière ligne de l'opuscule. Mais vous devez savoir tout cela. Un administrateur de cette importance, qui a œuvré jusqu'en 1783 à la pacification de l'État du Québec, ça laisse des traces.

Alexis est blême, il s'éloigne de la table où le journal indique effectivement la date et le lieu de rédaction, contredisant la plus élémentaire réalité historique. Le guide observe l'archiviste, son visage livide, et propose, hésitant :

— Si vous voulez, nous avons également une reproduction, effectuée en février 1784, de la carte géographique du territoire des Amériques après la signature du Traité de Paris.

Il ne faut à Alexis qu'un regard vers la large carte qui couvre le pan ouest de la salle pour bien voir jusqu'où s'étend la supercherie. Le Québec, dans un trait sans équivoque, est relié aux treize colonies américaines et forme une nation neuve chichement nommée États-Unis d'Amérique.

— Mais qu'est-ce qu'ils ont fait au passé, qu'est-ce qu'ils ont fait aux archives ?

::

— Il est revenu avant-hier d'Uppsala, mentionne Agatha, sombrement.

— Et vous avez remarqué des comportements déficients ? Erratiques ? interroge Herbert Ancon en ouvrant l'encyclopédie Quillet là où un signet avait été glissé.

Robert Lescarbot ricane, encore le même bruit d'os sinistres qui tremblent : il opine de larges hochements de tête.

— Imaginez-vous qu'en arrivant d'Uppsala, il s'est mis à parler le français. Il parlait à tout le monde en français, comme ça. Comme si on allait lui répondre. Mais Agatha a tardé à lui donner son congé — voilà où nous en sommes.

Herbert Ancon émet un petit gloussement. Dans l'encyclopédie, à la notice de Richard Montgomery, d'un trait de crayon rouge, Alexis a corrigé les dates de décès, rayant 1737-1789 pour inscrire 1737-1775. En grandes lettres majuscules, dans un français que ne sait déchiffrer l'enquêteur, il a ajouté : *Mort au combat de l'histoire.* L'enquêteur glisse un regard sur le cadavre et acquiesce, un peu rieur.

— Je ne peux rien faire pour vous, conclut Herbert Ancon. Ce type s'est suicidé. Il était délirant, et les gens délirants font des choses comme ça. Ils se suicident, ou bien ils courent nus dans les parcs. Ça arrive.

Sorti de la bibliothèque des archives, sur les dalles de St.Catherine juste au bout de Berri, Herbert Ancon est bercé par les badauds qui tapent des mains au rythme de la parade. Les drapeaux étoilés, bleu, blanc, rouge, battent au vent. L'enquêteur allume sa pipe avec une moue déçue. Quinze heures trente-deux. Il a manqué la parade du 4 juillet. *De nos jours, les gens oublient de mourir au bon moment,* se dit-il, avec philosophie.

DAVID BÉLANGER

Imaginez un jeune homme sérieux, terminant son doctorat en littérature, citant Alain Robbe-Grillet et Michel Butor tout en causant métadiscours et constitution philosophique de l'écrit. Puis, fermez les yeux et pensez à un jeune auteur chez qui, pendant l'écriture d'un roman, naît une idée alors que son personnage est en pleine chute. L'auteur arrête tout, laisse en suspens son personnage, entre le quatrième et le troisième étage, lui intime de patienter un peu avant de s'écraser sur le bitume, le temps qu'il imagine les deux personnages d'une autre histoire. Ce jeune homme sérieux et cet auteur aux récits déjantés sont une seule et même personne : David Bélanger.

Son premier ouvrage, *Métastases*, révèle une folie littéraire jouissive, celle d'un auteur plein de talents avec une imagination débordante, un sens de l'ironie bien aiguisé et une facilité déconcertante à jouer avec la langue. Une première œuvre pleine de promesses où il se plaît à déconstruire tous les codes du roman policier, à déstabiliser même ses personnages et à surprendre le lecteur qui en ressort étonné, mais ravi.

De la génération des premiers lecteurs de Harry Potter, David Bélanger a vite découvert la littérature classique. D'Alexandre Dumas à Balzac jusqu'à Zola et Maupassant, il a acquis une riche culture littéraire. Passant de la lecture à l'écriture, il s'est aussi découvert un côté cabotin, une petite folie passagère... qui dure! *Métastases* est né de cette douce folie. Alors, ne soyez pas surpris d'y rencontrer des personnages saugrenus à souhait, dont son policier qui répond au nom de Guy Descars, tout en y dégustant un buffet de clichés, agrémenté de quelques ironies. Et ce, en toute vraisemblance, bien sûr!

Pour David, écrire du polar allait de soi. Il aime sa modernité et les contraintes que le genre lui impose. Ce qui lui plaît le plus, cependant, c'est l'occasion que cela lui donne de déroger à ses règles et d'en faire une lecture ludique ; le récit devient alors le lieu de tous les possibles. Pour ce faire, David Bélanger a développé une méthode de travail très particulière et je dirais même assez singulière. Pour lui, écrire c'est se contraindre! L'écriture de la première phrase contraint la deuxième, cette seconde contraint évidemment la troisième et ainsi de suite, phrase après phrase, chapitre après chapitre. Ses personnages, souvent, il ne les «voit» pas physiquement et leur personnalité se forge au fil du récit, des intrigues et des événements.

Il est important de mentionner que le fantasme littéraire de David est d'écrire un roman complexe qui touchera son lecteur. Et qui ne pourrait être qu'un roman policier...

Son prochain livre sera un thriller où un linguiste hypocondriaque doit trouver une médication particulière à une «maladie linguistique». Et cette quête sera au centre d'un triangle amoureux entre ce docteur des mots, sa femme et un psychanalyste. Le roman s'intitulera *Le syndrome Faulkner* et mettra en scène un policier d'un mètre cinquante-deux. Seriez-vous étonné d'apprendre que le personnage principal y meurt au premier chapitre?

David Bélanger possède le talent et l'imagination pour se faire une place au soleil, lui qui se réclame de Daniel Pennac, de Jean-Patrick Manchette et de Pierre Bayard. Comme les romanciers humoristiques ne sont pas légion au Québec, son intention de lier le polar et l'humour est la bienvenue. D'ailleurs, vous vous demandez sûrement ce qui est arrivé à ce personnage en route vers le béton du trottoir? Eh bien, il vous faudra attendre un prochain roman de David Bélanger pour le savoir!

Photo de l'auteur: Céline Chapdelaine

MARYSE ROUY

Le secret du tome trois

Mademoiselle Frigon survola le cabinet de lecture d'un regard dominateur. Situé dans un édifice appartenant à la fabrique, il occupait une grande pièce qu'une cloison à mi-hauteur partageait en deux, empêchant les usagers de l'un et l'autre espace de se mélanger. Le curé, qui savait que l'occasion fait le larron, l'avait exigé avant de donner son aval à sa création, car il craignait qu'il ne favorise les contacts entre les deux sexes. Or, cela avait été maintes fois vérifié en ces temps où la dépravation des mœurs ne cessait de faire des progrès : accompagnées de lectures aux effets imprévus, les rencontres provoquent des rapprochements, les rapprochements des promiscuités, les promiscuités des tentations, les tentations des entorses à la morale, et le Diable sait quoi d'autre... Comme les hommes lisaient plutôt les journaux et que les femmes empruntaient des livres, ils évoluaient ainsi dans des lieux différents. Précaution supplémentaire, mademoiselle Frigon, en qui le prêtre avait toute confiance, veillait au grain, trônant à son pupitre juché sur une estrade. De ce perchoir idéal, quoique malcommode à cause de son étroitesse et de la raideur du siège, elle pouvait surveiller à la fois la salle de consultation et la bibliothèque. Il n'y avait encore personne du côté des dames et seulement du beau monde de l'autre côté : messieurs Jodoin, Bergeron et Lacombe, les habitués du matin. Ils auraient pu s'abonner aux journaux et les lire dans l'intimité de leur foyer, mais il leur plaisait de se retrouver en ce lieu paisible, loin des criailleries domestiques, pour parler des vraies affaires et échanger des points de vue éclairés sur les plus récentes nouvelles. Ils étaient éduqués et pondérés. Aucun rapport avec les exaltés qui venaient débattre des sujets politiques que mademoiselle Frigon réprouvait et à qui elle aurait volontiers interdit la fréquentation du cabinet de lecture. Mais le curé s'y opposait, car il souhaitait qu'elle écoute leurs conversations et les lui répète. Les messieurs ayant sa faveur ne juraient que par *L'Événement,* les autres préféraient *Le Canadien,* ce qui était tout dire. Ces derniers arrivaient plus tard dans la matinée, les deux groupes, par accord tacite, évitant de se croiser.

Soudain, mademoiselle Frigon se leva comme un ressort et se propulsa aussi vite que son embonpoint le lui permettait vers les rayonnages du fond. Ce chat, qui venait de passer comme un éclair fauve, qui avait bien pu le laisser entrer ? Les personnes susceptibles d'en être responsables n'étaient pas là. Le garçon de courses du relais chargé d'apporter les journaux était reparti depuis longtemps. Ce sournois en aurait été bien capable. Pire : il l'aurait fait exprès pour la contrarier, mais si cela avait été lui, le chat se serait manifesté plus tôt. La servante du chapelier, à qui elle avait fait une remontrance pour son décolleté immodeste, et qui, depuis, la considérait avec hostilité, n'était pas là non plus. Il n'y avait que les trois messieurs, des hommes au-dessus de tout soupçon ; sachant, comme tout un chacun, qu'elle ne tolérait pas les chats, ils étaient très attentifs à ne pas le laisser entrer. Il avait dû profiter de la porte ouverte pour se faufiler sans être vu : son intrusion n'était pas due à la malveillance.

Décidée à débusquer le félin, elle s'arma de la tête-de-loup qui lui servait à épousseter les rayonnages supérieurs. Pour se hisser tout en haut de la dernière rangée, la bête honnie avait grimpé d'étagère en étagère en faisant tomber trois volumes au passage. Sa colère augmenta en découvrant que c'étaient les trois tomes des *Relations des Jésuites* qui avaient été profanés par la créature. Peu après leur publication par Augustin Côté quelques années auparavant, des paroissiens s'étaient cotisés pour les acquérir à la demande insistante du curé. Il en avait tellement parlé en chaire qu'ils avaient imaginé Dieu sait quoi et s'étaient empressés de les emprunter dès leur apparition au cabinet de lecture. Mais leur austérité avait rebuté, et plus personne ne les consultait. Cela n'empêchait pas mademoiselle Frigon de leur vouer un grand respect, même si elle non plus n'en faisait pas sa lecture de chevet.

Avant de traquer l'indésirable, elle alla ouvrir la porte du fond : il fallait une issue, sinon il se mettrait à courir partout, sauterait sur son pupitre, renverserait l'encrier, se précipiterait sur les lecteurs. Elle imaginait la bête planter ses dents dans les joues un peu molles du pharmacien ou lancer un jet d'urine sur les souliers vernis du notaire ou, et elle en frémit, labourer de ses griffes les belles mains du docteur Jodoin, ces mains qui posaient d'un geste précis le stéthoscope sur sa poitrine tandis qu'il s'interrogeait sur l'accélération de ses battements de cœur, et qui, pour l'heure, tenaient benoîtement le journal comme si nul péril ne les menaçait. Elle s'empêcha d'y penser davantage, car l'évocation de tant de catastrophes potentielles lui donnait la chair de poule. Se glissant entre les rangées de livres, elle s'approcha du refuge de l'animal. Aussi immobile qu'une statue, installé comme pour l'éternité, il dardait sur elle des yeux de topaze durs et inexpressifs. Cette provocation décupla sa rage. Oubliant toute prudence, elle glapit : « Dehors, sale bête ! » en lui assenant un coup de sa tête-de-loup. Si les plumes de perdrix de l'arme improvisée ne le blessèrent pas, la surprise de l'attaque et le cri qui l'accompagnait suffirent à mettre le chat en fuite. Il disparut par la porte de la ruelle qu'elle claqua derrière lui.

L'accès de colère de la gardienne des lieux, qui veillait d'habitude au maintien d'un silence feutré, fit sursauter les lecteurs.

— Que diable… ? grommela le médecin.

— Le chat, sans doute, supposa le notaire. Vous devriez lui prescrire des calmants, cher ami.

— Laissez-lui ce plaisir, elle n'a pas tant d'occasions de s'émouvoir, glissa le pharmacien avec un petit sourire en coin.

— Toi, dit Jodoin en agitant un index faussement menaçant, tu ne t'amenderas jamais.

Bergeron prit un air de vertu offensée.

— Voyons, qu'imagines-tu ? Je ne ferais jamais une chose pareille.

Ses deux amis, qui n'étaient pas dupes, hochèrent la tête avec indulgence avant de replonger dans leur quotidien.

Mademoiselle Frigon, gênée de son éclat, les regarda avec circonspection. Devait-elle s'excuser ? Ou bien se comporter comme si rien ne s'était passé ? Vu qu'ils ne semblaient pas lui prêter attention, elle choisit de s'abstenir et retourna dans la rangée du fond ramasser les livres qui gisaient sur le sol. Incapable de fléchir les genoux en raison de l'humidité qui avait réveillé ses rhumatismes, elle se pencha, mais ce ne fut pas moins douloureux pour autant, car la sciatique ne la lâchait plus depuis qu'un mouvement malencontreux l'avait ravivée et que la raideur de sa chaise l'entretenait. Elle s'apprêtait à replacer les livres quand son regard fut attiré par un papier qui dépassait du tome trois. Intriguée, elle le tira. Il était plié. Elle l'ouvrit, le lut et en oublia chat, genoux et dos.

Il s'agissait de ce que certains romans — une littérature dont elle se gardait — appelaient un billet. Oui, c'était bien cela : un billet. Et pas un billet ordinaire, quoiqu'elle ne sût pas bien ce qu'était un billet ordinaire. Celui-ci fixait un rendez-vous en des termes qui la firent rougir. À qui ce rendez-vous était-il proposé ? Il n'y avait pas de nom de destinataire. Et par qui ? Le nom de l'expéditeur manquait. Elle tenait le papier entre le pouce et l'index, le plus loin possible de son corps, prête à le brûler sur-le-champ pour ne pas risquer d'en être contaminée. Mais elle fut arrêtée dans son élan à la pensée que le poêle étant situé au-delà des habitués, il aurait fallu passer devant eux avec ça. S'ils lui demandaient quel était ce papier qui lui inspirait un tel dégoût, que dirait-elle? Et s'ils voulaient le voir? Ils s'imagineraient peut-être qu'elle l'avait écrit elle-même. Cette perspective l'effraya. Elle ne devait surtout pas être surprise avec ce papier à la main. Qu'en faire? Le plus simple était de le remettre là où elle l'avait trouvé. Elle s'en débarrasserait à la fin de la journée, quand tout le monde serait parti. Le livre réintégra son rayon et la bibliothécaire, son perchoir.

Elle n'eut tout d'abord pas le temps d'y repenser, car il y eut du mouvement: leur lecture finie, ses messieurs favoris s'en allèrent à leurs affaires. Ils furent remplacés par leurs rivaux, qui arrivèrent à peu près en même temps que les épouses des premiers, venues rapporter leurs ouvrages terminés et s'en procurer de nouveaux. Elles apparaissaient après la messe de dix heures; pour sa part, mademoiselle Frigon assistait à celle de sept heures, celle des commerçantes, servantes et autres femmes laborieuses. Les bourgeoises ne se contentaient pas de choisir des livres: elles s'asseyaient autour du guéridon où quelques fauteuils les accueillaient pour leur permettre de partager des impressions de lecture. Leurs problèmes domestiques — et parfois conjugaux — n'étaient pas absents de ces échanges, mais ils étaient abordés avec discrétion et accompagnés d'un soupir. « Les servantes, toutes des souillons paresseuses… », « Les hommes, comme vous savez… », « Le goût se perd en tout… » Mademoiselle Frigon approuvait intérieurement. Elle ne s'en serait pas mêlée, car elle savait rester à sa place, mais elle les comprenait et se sentait des leurs. Ce n'était pas comme ces gourgandines de l'après-midi qui profitaient d'une pause dans leur journée laborieuse pour venir ragoter. Au nombre des matinales, il y avait les épouses des notables du lieu, la plus éminente d'entre elles étant la seigneuresse. Cette femme encore jeune que ses vêtements sévères vieillissaient était la concurrente en dévotion de mademoiselle Frigon. Bien qu'elles affichassent une bonne entente, elles étaient en compétition à la chorale et pour les arrangements floraux de l'église, et chaque compliment reçu par l'une était vécu par l'autre comme un désaveu de ses propres contributions. Ce parangon de vertu jouissait de la considération de ses compagnes, qui l'admiraient et respectaient ses jugements, mais s'abstenaient toutefois de copier ses tenues.

Lorsqu'elles furent parties, il y eut une accalmie, et mademoiselle Frigon repensa au billet. Qui pouvaient bien être les protagonistes de cette relation adultère? Parce qu'il fallait qu'elle le fût, sinon les fourbes ne se cacheraient pas. L'image des rubans roses du chapeau de madame Lacombe — du rose, pour une femme mariée, je vous demande un peu! — l'effleura, mais elle la repoussa. Quoique frivole, l'épouse du notaire était vertueuse, comme l'étaient toutes celles qui fréquentaient le cabinet après la messe. La coupable, elle devait la chercher ailleurs. Madame Arsenault, du magasin de nouveautés, lui apparut comme la candidate idéale. Sans enfants et pourvue d'un vieux mari immobilisé toute la journée derrière son comptoir, elle avait tout le temps de courir la prétentaine. Il y avait aussi la couturière, mademoiselle Gérin, qui avait mauvaise réputation. Mais elle n'était pas mariée et n'avait donc pas besoin de transformer le cabinet de lecture en boîte aux lettres.

L'expéditrice, si c'était elle, n'en avait pas besoin, certes, mais peut-être le destinataire ne pouvait-il pas faire autrement? C'était à coup sûr un homme marié, ce qui excluait l'éditeur du journal local, un agitateur patenté dont elle pensait pis que pendre, mais qui était veuf, et son typographe, encore célibataire. Il restait cependant plus d'un suspect potentiel parmi les trublions, et elle renonça à émettre une hypothèse, car ils lui paraissaient à peu près tous capables de tout. Se passionnant pour les velléités séparatistes de la Nouvelle-Écosse, qui nourrissaient leur espoir que le Bas-Canada fût influencé par ces idées, ils vitupéraient le rédacteur en chef de *L'Événement,* Hector Fabre. Le journaliste avait provoqué leur ire en écrivant à propos de la croisade fédérale que le docteur Tupper était sur le point d'entreprendre :

« Puisse la voix de cet apôtre convaincu être écoutée et ne point se perdre dans le désert. » Une opinion que mademoiselle Frigon, qui aspirait à l'union, la paix et la stabilité, partageait sans réserve.

À midi, les lieux se vidèrent. La bibliothécaire, après avoir verrouillé les deux portes, regagna son domicile pour aller manger. Les habitués du cabinet de lecture auraient été fort étonnés d'apprendre que quelqu'un l'attendait : c'était Zébuth, qui salua son arrivée en se frottant à ses jambes et en ronronnant. Elle le repoussa, faisant mine d'être agacée. Ce chat de gouttière s'était immiscé dans sa vie à son corps défendant. Apparu à sa fenêtre un jour d'automne, il l'avait fixée sans ciller d'un regard démoniaque. Elle l'avait chassé à coups de balai en lui criant : « Va-t'en, Belzébuth ! » Mais il revenait sans cesse et, de guerre lasse, elle avait fini par lui donner à manger. L'hiver venu, comme il semblait avoir froid, elle l'avait laissé entrer. Il avait aussitôt pris ses quartiers dans la maison. Elle se défendait de ressentir un attachement pour cet être dépourvu d'âme, mais le tolérait parfois sur ses genoux. Surtout, elle s'était habituée à lui raconter tous les menus événements de son existence. Celui du jour n'était pas anodin.

— Imagines-tu, Zébuth, que des malotrus se servent de mon cabinet de lecture pour organiser leurs… leurs…

Les mots lui manquaient pour nommer la chose.

— Ce billet… C'est dégoûtant. Dépravé. Immoral. Ce billet dit…

L'évocation des termes du rendez-vous la fit rougir de nouveau. Elle était incapable de prononcer ces phrases obscènes, même pour Zébuth, même dans la solitude de son domicile. Elles s'étaient pourtant inscrites dans sa mémoire et tournaient en boucle dans sa tête.

Le chat, en attente de sa pâtée, observait le moindre de ses gestes, ce qu'elle interpréta comme un désir de recevoir la confidence.

— Tu voudrais que je te le dise, n'est-ce pas ? Mais comment ces mots pourraient-ils franchir mes lèvres ?

La nourriture tardant à lui être présentée, il la rappela à l'ordre d'un bref miaulement.

— Tu as gagné. Écoute.

Elle prit une profonde inspiration et débita d'une traite :

« À jeudi, dans notre nid d'amour habituel. Je brûle de vous consumer entre mes cuisses embrasées. »

Le chat miaula de nouveau. Elle lui donna machinalement son écuelle et continua de soliloquer pendant qu'il faisait un sort à sa pâtée.

— Qui peut bien écrire des saletés pareilles ?

C'était cela qui la taraudait, plus encore que la crudité du propos. Qui avait osé ? Elle se demanda si elle devait parler du billet à monsieur le curé, mais pensa que ce serait beaucoup mieux de découvrir la vérité toute seule : ainsi, elle pourrait triomphalement lui livrer leurs noms.

L'après-midi durant, elle scruta tous ceux qui se présentèrent. À l'exception du bedeau, du croque-mort et du garde-chasse de la seigneurie, qui se contentèrent de lire les journaux, ce ne furent que des femmes. Il y eut Adeline, la gouvernante du presbytère, aussi irréprochable qu'elle-même. Venue emprunter un livre pieux, elle ne s'attarda pas, car elle devait repasser le surplis pour la messe de dimanche. Arrivèrent ensuite quelques servantes qui papotèrent. Comme elles pouffaient bruyamment, elle les rappela à la décence d'un léger coup de règle sur son pupitre. Elles affichèrent une mine confuse à laquelle mademoiselle Frigon ne crut pas. Même si elles n'étaient pas forcément sottes, elles étaient communes et il était difficile d'imaginer qu'elles pussent rédiger un billet aussi passionné. Elle revenait toujours à celles qui s'étaient imposées en premier : la patronne du magasin de nouveautés et la couturière, madame Arsenault et mademoiselle Gérin, qui étaient venues le matin. Non qu'elles fussent moins communes, mais elles l'étaient autrement : la hardiesse de leurs manières pouvait faire supposer qu'elles soient capables de qualifier leurs cuisses d'« embrasées » et d'avoir le culot de l'écrire.

Malgré sa vigilance, elle ne surprit personne dans la rangée du fond. Pourtant, on était mercredi ; le billet disant « jeudi », il fallait que l'homme adultère visitât aujourd'hui sa boîte aux lettres.

Cet homme, qui pouvait-il bien être ? Jusqu'à maintenant, elle avait davantage pensé à la femme et son champ de soupçons était circonscrit. Mais en ce qui concernait les hommes, elle se sentait moins sûre de ses premières intuitions. En effet, pourquoi écarter d'emblée les notables sous prétexte qu'ils professaient des idées qu'elle estimait justes ? Tous les hommes sont libidineux, sa mère le lui avait répété à satiété. Et à y bien penser, le notaire Lacombe avait une façon peu honnête de laisser son regard s'attarder sur le corsage des femmes. Il ne le faisait pas avec elle, certes, elle ne l'aurait pas toléré, mais elle l'avait vu en présence de la couturière, et il y aurait eu à redire. Quant au pharmacien, il ne valait pas mieux : toujours des phrases à double sens qu'elle ne comprenait qu'après coup et qui la mettaient mal à l'aise. Le seul hors de soupçon était le médecin : jamais un geste ni un mot déplacé lorsqu'il l'examinait. Un homme digne et intègre.

À la fin de la journée, elle eut la surprise de découvrir que le billet avait mystérieusement disparu. Qui l'avait pris ? Et quand ? Les rares moments où son attention avait été détournée étaient lorsqu'elle encaissait le montant de la location des livres, ce qui s'était produit quatre ou cinq fois. De retour chez elle, elle fit part de son désappointement à Zébuth dans un long monologue qui condamnait les mœurs relâchées et la roublardise de ceux qui s'y adonnaient. En proie à une grande agitation, fâchée et déçue que le destinataire du billet lui eût échappé, elle parcourait d'un pas vif l'étroit salon encombré, évitant, avec l'aisance de l'habitude, le fauteuil crapaud, la bergère et le bonheur-du-jour hérités de ses parents.

Sa colère finalement s'épuisa, son corps aussi. Elle s'effondra dans la berceuse proche du poêle, et le chat, après avoir attendu un peu afin d'être bien sûr qu'il n'y avait plus à craindre de mouvements intempestifs, vint se lover sur ses genoux sans qu'elle songeât à le chasser. Son ronron finit de la calmer.

— Tu as raison, lui dit-elle, il n'y a pas à s'énerver. Ce n'est que partie remise. Le billet parlait de « nid d'amour habituel » — ses lèvres se tordirent avec une manière de plaisir en prononçant ces mots —, ce qui signifie qu'ils recommenceront.

Elle décida de redoubler d'attention. Désormais, dissimulée dans la rangée voisine, elle guetta la boîte aux lettres. Mais elle ne pouvait y rester très longtemps, et cela suffisait pour que les billets apparaissent et disparaissent. Elle eut alors l'idée d'installer une sorte de piège, un objet qui tomberait quand on saisirait le volume des *Relations*. Sans résultat : non seulement la pelle à tarte en argent de sa mère, qui était pourtant presque invisible, ne chuta pas, mais elle la retrouva soigneusement posée devant le livre qui avait été légèrement reculé pour lui faire place. On ne se contentait pas de la déjouer, on la moquait ! Elle réfléchissait sans cesse à l'affaire, sa curiosité et son dépit augmentant à chaque échec. Elle y pensa, y repensa, y pensa encore jusqu'à l'obsession. Elle en perdit le sommeil et l'appétit, maigrit, eut des étourdissements. Les habitués s'en inquiétèrent, le médecin la convoqua à son cabinet, l'examina, ne décela aucun problème de santé et lui prescrivit des fortifiants.

Chaque jour, elle confiait sa déception à Zébuth :

— J'ai beau guetter, les billets vont et viennent à mon insu.

Elle devait tout de même prendre du bois dans la remise, charger le poêle, consigner les emprunts de livres. Il y avait toujours un moment où elle s'absentait, et à son retour, soit le billet était apparu, soit il s'était envolé si elle l'avait précédemment repéré.

Après des semaines de surveillance assidue, ses efforts furent enfin récompensés. Pensant que tout le monde était parti, elle était allée quérir des bûches et, en revenant, elle entendit un bruissement d'étoffe provenant du lieu du délit. Elle s'approcha sur la pointe des pieds, barra l'issue de son corps et cria :

— Je vous y prends !

Surprise par cette attaque, la coupable, qui lui tournait le dos, lui fit face. Quand elle la reconnut, mademoiselle Frigon, de saisissement, laissa tomber ses bûches.

— C'était donc vous...

— Que dites-vous, vieille folle ?

— Les billets... Jamais je n'aurais cru...

— J'ignore de quoi vous parlez.

— Vous le savez très bien, au contraire. Mais je ne vous permettrai pas de continuer ! Je vais vous dénoncer !

La femme pointa son ombrelle vers la bibliothécaire à la façon d'une épée et la menaça :

— Ils ne sont pas signés. Je dirai que c'est vous. J'affirmerai que je vous ai prise sur le fait et que vous avez inventé cette fable pour vous défendre. C'est moi que l'on croira.

Ce disant, elle la poussait du bout de l'ombrelle pour lui faire dégager le passage. Mademoiselle Frigon, que l'indignation étranglait, reculait malgré elle. Elle eut soudain un de ces étourdissements qui la frappaient à des intervalles de plus en plus rapprochés, trébucha et tomba en arrière. Son crâne heurta le coin de l'estrade en produisant un horrible bruit d'os fracassé. Après un long moment d'attente stupéfiée, la femme se pencha au-dessus d'elle, lui parla, la secoua, finit par s'agenouiller pour écouter son cœur : il ne battait plus. Elle eut un instant d'affolement. Que faire ? Qui appeler ? Le médecin, sans doute. Mais avant, il fallait récupérer le billet incriminant. Ce faisant, elle se reprit et réfléchit posément : mademoiselle Frigon était morte, personne ne pouvait la ranimer. C'était un accident, elle-même n'en était pas responsable, elle ne l'avait pas vraiment poussée. Pourquoi se créer des ennuis, ou du moins des désagréments, alors que cela ne servirait en rien la défunte? Mieux valait quitter les lieux et feindre de ne rien savoir. Sa décision prise, elle sortit du cabinet de lecture de son habituel pas compassé.

Ce fut la couturière qui découvrit deux heures plus tard le corps sans vie de mademoiselle Frigon. Le spectacle de la femme gisant à terre le crâne éclaté la précipita dans la rue, hurlante. Les voisins jaillirent de chez eux, l'entourèrent, la questionnèrent, allèrent voir à leur tour. L'un d'eux s'en fut quérir le médecin. Celui-ci déclara la mort accidentelle: mademoiselle Frigon avait trébuché et, malheureusement, sa chute avait été fatale.

Adeline, qui se chargea des formalités d'inhumation, eut la surprise de découvrir Zébuth dans le logement de la défunte. Au sortir du service funèbre, elle chercha parmi les paroissiennes une volontaire pour l'adopter. Elle-même en était empêchée parce que les chats la faisaient éternuer. Après avoir rêveusement caressé le pommeau de son ombrelle, la seigneuresse se proposa. On loua sa générosité.

Monsieur le curé ne tarda pas à recruter une nouvelle bibliothécaire, car il ne voulait pas maintenir fermé un lieu aussi important pour la communauté. Il choisit une veuve de bonne moralité qui avait besoin d'augmenter ses ressources. Le jour de la réouverture, il passa en fin d'après-midi pour s'enquérir du déroulement de la journée. Elle lui fit un rapport qu'il jugea satisfaisant.

— Pendant que vous mettez à jour votre livre de comptes, lui dit-il, je vais vérifier un point dans les *Relations des Jésuites* pour mon sermon de dimanche.

Dans la rangée du fond, il saisit le tome trois et s'empara du billet. Son corps s'embrasa à l'évocation des délices promises. Il feignit de parcourir quelques pages le temps que l'excitation refluât. De retour dans la salle, il souleva le rond du poêle d'un

geste qui paraissait machinal, tisonna les braises et lâcha discrètement le billet qui disparut en produisant une petite flamme vive.
Puis il salua la bibliothécaire et sortit.

MARYSE ROUY

Attention, cœurs sensibles, lisez ceci et dites-moi que cette prochaine phrase ne vous surprend pas. L'auteure de romans policiers dont je vais vous parler ici a fait son mémoire de maîtrise sur le sujet suivant : la poésie des troubadours. Bienvenue dans le monde de Maryse Rouy, enseignante, médiéviste, auteure jeunesse et romancière de polars historiques.

Toute jeune, dans son village gascon, elle a été fascinée par D'Artagnan dans *Les Trois mousquetaires*. À dix ans, sachant que ce héros était né à quelques kilomètres d'où elle habitait, elle a cru que tout ce qui se racontait dans les livres était vrai. Il n'y avait alors qu'un pas, qu'elle a franchi allégrement, pour qu'elle-même invente des récits crédibles qui allient intrigue et faits historiques.

Ses deux premiers romans sont suivis d'un polar, *Les Bourgeois de Minerve* et d'un autre quatre ans plus tard, *Au nom de Compostelle,* qui lui a mérité le Prix du meilleur roman policier de Saint-Pacôme, en 2003. Après une importante production pour les jeunes, Maryse Rouy revient au polar historique avec la création d'un personnage fascinant,

Gervais d'Anceny, ancien commerçant parisien qui, à la retraite, se réfugie dans un monastère et devient oblat. Son statut de laïc lui permet une certaine liberté et, surtout, lui laisse la chance de résoudre certains crimes perpétrés dans le Paris du XIVe siècle.

Sans jamais être didactique, l'auteure nous dépeint cette époque avec des détails et des informations qui s'intègrent naturellement dans la construction de l'enquête. Elle nous guide avec style et savoir-faire dans les méandres glauques de la ville, dans les couloirs fastes du prieuré et dans l'humidité prégnante des prisons médiévales. L'utilisation des termes de l'époque ajoute une touche d'intérêt au récit qui plaira aux plus curieux des lecteurs.

Ces voyages dans le temps ne se font pas sans effort... pour l'auteure. Chaque roman commence par une idée glanée dans un ouvrage historique ou littéraire médiéval. Puis le travail débute : lectures générales, recherches plus ciblées sur les personnages, les lieux et les actions et ensuite vient la création. Surtout, il faut résister à la tentation d'utiliser tout ce qui a été trouvé, car tout cela doit demeurer de la fiction !

Après *Meurtre à l'hôtel Despréaux*, la première aventure de Gervais d'Anceny, et la sortie de la deuxième, *Voleurs d'enfants*, Maryse Rouy travaille actuellement à la troisième chronique de son enquêteur du Moyen-Âge. Ce dernier a, semble-t-il, su charmer sa créatrice avec quelques chants de ménestrels, s'accompagnant à la lyre pour son plus grand plaisir.

Photo de l'auteure : Maxyme G. Delisle

LAURENT CHABIN

La littérature est un plat qui se mange froid

À Dynah, qui saura pourquoi,
À Hervé, qui le saura aussi,
À Joyce, qui n'en saura rien…

Je n'ai jamais touché une petite fille. Je le jure!

Je n'ai jamais touché le sexe d'une petite fille, ni de celle-là ni d'une autre. Ce n'est pas ça qui m'a conduit ici, au Northern State Correctional Facility de Newport, au Vermont. Ce n'est ni une quelconque perversité ni une montée incontrôlée de testostérone. C'est la peur, au contraire. Ma peur et ma lâcheté. Ce que je croyais, naïvement, être de la prudence...

C'est cette prudence maladive qui m'a jeté dans cette prison où j'attends de subir mon procès. Si toutefois les autres détenus ne me massacrent pas avant...

Ils m'évitent comme la peste. Je les ai entendus discuter à voix basse pendant la promenade, tout en me lançant des regards torves. Je suis pour eux la bête nuisible, le puant, l'ordure qu'il faut éliminer. Ils sont prêts à m'étriper dans les douches quand les gardiens regarderont ailleurs, prêts à m'assassiner dans les chiottes au moindre signal. Ou dans la bibliothèque de la prison, où je ne suis même pas à l'abri. Je hais les bibliothèques!

Tout s'est passé très vite. Trop vite. Ç'a été comme un tourbillon, je n'ai rien pu faire. Le temps de comprendre ce qui m'arrivait et j'étais déjà saisi, maîtrisé, menotté, la joue écrasée contre le capot de la voiture. À quelques mètres seulement de la frontière.

Je n'aurais jamais dû mettre les pieds dans cette bibliothèque. Elle m'a piégé comme un blaireau... Je n'aurai pas assez de ce qui me reste de vie pour le regretter.

Je n'aime pas beaucoup les lancements littéraires, c'est entendu, étant davantage ours que chien de meute. Mais, cette fois, vu que j'y étais personnellement invité, je ne pouvais pas refuser. Solitaire, pas asocial. Et puis l'endroit est assez singulier, il faut l'avouer. La bibliothèque municipale de Stanstead est l'une des plus étranges qui soient.

Le bâtiment qui l'abrite — ainsi qu'une magnifique salle d'opéra — est construit sur la frontière. Pas près de la frontière, *sur* la frontière. L'entrée principale se trouve aux États-Unis, ainsi que le comptoir de prêt, mais les rayonnages et les livres sont situés au Canada. Dans la salle de lecture, une ligne noire tracée sur le sol matérialise la limite entre les deux États.

Sur le moment, je n'ai pas bien compris pourquoi l'auteure m'avait adressé cette invitation, son ouvrage n'étant pas un roman, genre dans lequel je me cantonne moi-même. Sans doute parce que je suis un écrivain local — je vis à Ayer's Cliff — et qu'elle-même est native de Newport, à une quinzaine de kilomètres au sud de Stanstead. Instinct grégaire régional et transfrontalier, avais-je pensé.

Lorsque j'ai reçu l'invitation, jamais je n'avais entendu parler de Joyce Crops. Je lis peu, et certainement pas ce genre de bouquin. J'ai fouillé un peu sur Internet pour en savoir plus. Son livre, qui venait de paraître aux États-Unis, connaissait un certain succès, comme en ont généralement ces récits de vie larmoyants et pitoyables dont sont friands les gens qui ont une existence trop plate. Rien que le titre me donnait la nausée : *The Burden of Death.*

Crops y évoquait en long et en large le viol et la mort atroce de sa jeune sœur Amy — crime dont elle avait partiellement été la spectatrice impuissante —, et elle détaillait le calvaire qu'avait par la suite été sa vie, écrasée par le souvenir du sinistre événement. Bien entendu, le meurtrier n'avait jamais été retrouvé, et le sentiment d'injustice aveugle et de culpabilité, et l'immense chagrin de la famille, et la vie brisée à jamais, tout le toutim…

La bibliothécaire de Stanstead, qui me connaissait vaguement, avait insisté pour que j'assiste au lancement canadien.

« Les écrivains doivent se montrer, Yves, m'avait-elle seriné, et puis vous devez vous serrer les coudes entre vous. La littérature, n'est-ce pas ? Joyce sera tellement heureuse. »

La mort dans l'âme, et pour n'être pas assailli de coups de téléphone à longueur de journée, j'avais donc accepté.

Le jour dit, je me suis rendu à Stanstead. J'ai garé ma voiture dans la rue Church, côté canadien, et j'ai continué à pied jusqu'à l'avenue Caswell, de l'autre côté de la frontière poétiquement marquée par une rangée de pots de fleurs en faux marbre. Comme d'habitude — en tout cas depuis le 11 septembre de je ne sais même plus quelle année —, un patrouilleur américain était garé de l'autre côté de la rue, moteur tournant au ralenti.

Le type m'a à peine regardé, ce que j'ai évité de faire moi-même. Ne jamais provoquer ces chiens enragés… J'ai obliqué vers la gauche et marché jusqu'à l'entrée, étonné une fois encore qu'il puisse exister quelque part — ici même ! — un endroit où il est possible de franchir cette foutue frontière sans avoir à montrer patte blanche ni à sortir de sa poche un papier estampillé.

La salle de lecture étant minuscule, le lancement avait été organisé dans la salle d'opéra, à l'étage. Une salle splendide, dotée d'une acoustique de premier ordre. La bibliothécaire papillonnait un peu partout, accueillant les visiteurs, s'exclamant, s'émerveillant, virevoltant. Je lui ai adressé un petit signe de tête et je suis allé m'asseoir sur un siège de côté, en bas à gauche. Elle a eu le bon goût de ne pas venir m'étourdir de paroles.

Le décor baroque représentant une Venise d'opérette était encore en place au fond de la scène, contrastant avec la sobriété de l'installation destinée à la romancière. Une table, une chaise. Le micro étant bien sûr inutile ici. J'ai attendu patiemment que cesse tout ce bruissement, essayant de ne pas trop afficher mon ennui.

Lorsque le silence s'est fait, Joyce Crops est enfin apparue sur la scène. Longue femme efflanquée au maquillage pâle, robe noire, les traits austères, aucun bijou. Vague sentiment de gêne dans l'assistance. L'heure était au minimalisme sombre. Elle m'a semblé assez jeune, la trentaine peut-être, mais elle inspirait davantage de pitié que d'envie ou de désir. Les applaudissements ont été discrets.

Ses yeux ont erré un moment sur l'assemblée, puis il m'a semblé qu'ils s'arrêtaient sur moi. Des yeux noirs, tristes, où brillait cependant une sorte de flamme maladive et malsaine. J'ai pensé qu'elle ne devait pas être marrante tous les jours. Comme j'ai du mal à regarder les gens dans les yeux, je me suis gratté le nez et j'ai feint de m'intéresser au bout de mes chaussures.

Joyce Crops a brièvement présenté son livre, son drame, plutôt, insistant sur l'épouvantable malheur qui avait détruit la vie de sa sœur et abîmé la sienne. Elle a bien sûr ajouté quelques mots sur les vertus thérapeutiques de l'écriture et sur la chaleureuse réception du public, qu'elle remerciait du fond du cœur, et elle a enfin commencé sa lecture. D'une voix morne, lente et profonde, grave, que je ne pouvais qualifier que de cadavérique…

Ce qui n'était pour moi qu'un simple malaise au début est vite devenu une torture, puis un véritable cauchemar. Plus la lecture avançait, plus mon trouble grandissait. Joyce Crops évoquait la nuit du crime avec une éloquence qui me paraissait exagérée, elle en rajoutait en couches épaisses sur la pluie diluvienne et glacée, la nuit d'encre, la peur atroce, le sang, les hurlements de terreur… Et le meurtrier entrevu qui s'enfuit dans les ténèbres…

L'angoisse m'a saisi brusquement. Tout m'est revenu d'un seul coup, tout ce passé que je croyais avoir refoulé à grand-peine et définitivement oublié. J'ai revu les lieux, j'ai revécu cette nuit, j'ai de nouveau entendu les cris, les pleurs, les appels au secours…

C'était une fin de journée d'automne, il y a quinze ans. La frontière était encore une passoire, à l'époque. J'étais allé faire de la randonnée dans la Willoughby State Forest, au sud de Newport, et le temps s'était gâté dès la fin de l'après-midi. Un orage d'une extrême violence s'était abattu sur la région et, comme je m'étais aventuré assez loin de ma voiture, j'étais trempé jusqu'aux os lorsque je l'avais retrouvée.

Il faisait très sombre et la pluie tombait avec une sorte de fureur acharnée. On n'y voyait rien à dix pas et je risquais à tout moment de m'embourber. Aussi, au bout de quelques centaines de mètres de ce chemin forestier, j'ai dû arrêter la voiture dans l'attente d'une accalmie.

Une bonne demi-heure a passé ainsi, moi immobile à l'intérieur de la voiture, parmi le fracas assourdissant du tonnerre et de la pluie. Puis, comme c'est souvent le cas avec ces orages de saison, le vent a faibli et le ciel s'est éclairci. La pluie continuait de tomber, mais moins forte, réduite à un simple crachin.

C'est au moment où j'ai redémarré que j'ai entendu les cris.

Ça provenait du sous-bois. Des cris d'enfant. Tout de suite j'ai pensé à des gamins qui jouaient à patauger dans la boue — ma naïveté, encore —, mais j'ai vite compris que je n'y étais pas du tout. Ces hurlements étaient des hurlements de terreur, de douleur. Des cris déchirants. J'ai baissé la vitre, tout en laissant le moteur tourner.

Ça venait de la gauche. La brume laissée par la pluie m'empêchait de voir au-delà des premiers taillis. Puis j'ai perçu des bruits de pas irréguliers et de brindilles brisées sous les arbres, et des halètements saccadés.

La petite fille est sortie du brouillard, à une dizaine de mètres de moi, titubante. Elle s'est arrêtée net en me voyant. Elle m'a semblé être pieds nus, ce qui m'a étonné. Elle tenait ses mains serrées sur son ventre, crispées sur sa robe chiffonnée, déchirée et maculée de rouge. Échevelée, le visage déformé par la peur, elle m'a dévisagé avec de grands yeux fous.

Spontanément, j'ai ouvert la portière de la voiture, prêt à descendre pour lui porter secours. Une ombre a soudain voilé son regard. J'ai pensé que, peut-être, je lui faisais peur, moi aussi.

Que, loin de me prendre pour son sauveur, elle croyait avoir affaire à un complice. Je lui ai souri, pour tenter de la rassurer. Sans succès. Elle a fait une sorte de grimace dont je n'ai pas compris le sens. Était-elle vraiment blessée, ou simplement fatiguée ? En tout cas, elle s'est écroulée sur l'herbe.

Je me suis alors demandé si elle n'était pas folle. Si, loin d'être la petite victime innocente d'un violeur, il ne s'agissait pas d'une de ces gamines venant d'une ferme des alentours, plus ou moins idiote, passant ses journées à courir les bois et à se rouler dans les flaques de boue. J'ai pensé tout à coup à ces scènes troublantes de *Délivrance*, de John Boorman. J'ai vu soudain sortir du bois ces figures hirsutes et inquiétantes d'arriérés consanguins, armées de fusils à pompe et de couteaux à dépecer.

J'ai vu ces dégénérés, bave aux lèvres, entourer ma voiture, m'en sortir comme un paquet de linge et me violer à tour de rôle. J'ai vu la petite fille se régaler du spectacle, hilare, pendant que ses frères et ses oncles me traînaient dans la boue…

Puis je suis revenu sur terre. Nous n'étions pas dans un film, mais dans un parc national, à quelques kilomètres seulement de Newport et de la frontière canadienne. Pourtant, le malaise s'était insinué en moi. Un doute affreux, angoissant. Je n'étais pas armé. Si l'agresseur — qui l'était sûrement, lui — surgissait soudain et me mettait en joue ?

Et même si l'homme, ayant entendu le bruit de mon moteur, s'était déjà enfui, même s'il était déjà loin, hors d'atteinte justement, si je sortais maintenant de ma voiture pour secourir la petite, si je m'approchais d'elle pour la rassurer, la prenais dans mes bras pour la consoler, si je retroussais sa robe pour constater l'étendue des dégâts, si elle se mettait à hurler, ou si, tout simplement, je me trouvais auprès d'elle, sans même l'avoir touchée, au moment où ses parents, ou de simples promeneurs attirés par ses cris, apparaissaient près de la route et me voyaient, étranger suspect, inconnu sur leur territoire, debout près de leur fille, la main tendue pour la toucher, qu'allaient-ils penser?

Je ne l'imaginais que trop bien. À leurs yeux ce serait moi le coupable, ce serait moi le monstre. Pas de doute possible! Ce pays a envoyé à la chaise électrique assez d'innocents dont le seul tort était de s'être trouvé au mauvais endroit au mauvais moment…

N'importe qui pouvait déboucher de ce bois et me voir près de l'enfant. Me prendre en photo. M'accuser. Appeler les flics. Les vigiles, les miliciens, tous ces bouseux armés jusqu'aux dents et prêts à faire justice. «Monsieur n'a rien à craindre de la justice», avait dit le majordome en voyant son maître anglais, dans *Le Pied-tendre,* emmené par le shérif et ses hommes. «Pendre d'abord, justice après», avait répondu Sam l'Indien.

Tout ça me rendait malade. Je n'étais pas de taille à affronter de tels problèmes. J'ai senti la panique me gagner. Et puis, après tout, le mal était déjà fait, je n'y pouvais plus rien…

J'ai passé la première et j'ai démarré en trombe. Au moment où je sortais de l'ornière, une autre fille a surgi de l'orée du bois, un peu plus loin. Elle s'est immobilisée en me voyant. Elle aussi était défigurée par la terreur. Elle m'a longuement dévisagé, la bouche ouverte, les joues ruisselantes de larmes. Bien sûr, qu'elle allait m'accuser! Affolé, je me suis arraché à la boue et j'ai conduit à tombeau ouvert jusqu'à l'Interstate 91.

Quelques minutes plus tard, j'ai repassé la frontière. Il faisait nuit. Le type m'a à peine regardé. J'ai filé sans demander mon reste, toujours dans un état second, jusqu'à Ayer's Cliff. Sans même me déshabiller, je me suis effondré dans mon lit et j'ai sombré dans un sommeil agité.

Au cours des jours suivants, j'ai vécu dans la peur. J'ai fait le mort. Pas osé sortir, pas répondu au téléphone — qui n'a d'ailleurs presque pas sonné. Pas lu les journaux — ce qui n'a rien changé puisque je ne les lis jamais. Pas même allumé une lampe le soir.

Je me suis nourri de mon stock de conserves et de pâtes. Je n'ai même pas ouvert mon ordi.

La semaine suivante, je suis sorti de nuit en voiture et j'ai fait une virée à Montréal. Pas de barrages policiers sur les routes. J'ai écouté la radio dans la voiture. Rien à propos d'une petite fille dans le Vermont. Bien sûr…

Petit à petit, j'ai repris une vie normale. J'ai vendu ma voiture pour en acheter une autre, d'une marque et d'une couleur différentes. Je m'étais fait du souci pour rien. La gamine avait été récupérée par ses parents, consolée, remise sur les rails. Les aléas de la vie à la campagne…

Et j'ai oublié. De toute façon, qu'avais-je fait? Rien, justement.

Joyce Crops a interrompu sa lecture. Le silence m'a fait sursauter et j'ai relevé la tête. Ses yeux étaient fixés sur moi. Durs. Noirs. Accusateurs. L'histoire qu'elle venait de raconter m'avait anéanti. Son regard me faisait l'effet d'une sorte de narcotique, celui que doit produire le poison de cette araignée tropicale qui injecte son venin anesthésiant dans le corps de la victime où elle va pondre ensuite ses œufs, et dont les larves auront besoin de cette chair vive pour se développer.

La période de questions a débuté. Questions convenues, comme souvent, empreintes de ce mélange de naïveté et de pitié qui me donne envie de pleurer. Puis, enfin, LA question. Celle que j'attendais et redoutais à la fois: « On n'a jamais retrouvé le coupable, n'est-ce pas ? »

« Pas encore », a répondu Joyce Crops. Elle a ajouté, après un silence lourd et sans me quitter des yeux: « Mais on l'a identifié. »

J'ai avalé péniblement ma salive. Je commençais à étouffer. Je me suis retourné. J'étais assis dans les premiers rangs, au bord de l'allée, à l'opposé de la sortie qui se trouvait en haut, et une foule compacte m'en séparait.

« Madame Crops, vous écrivez que vous avez vu l'assassin s'enfuir lorsque vous avez retrouvé votre jeune sœur au bord du sentier. Sauriez-vous le reconnaître aujourd'hui ? »

La réponse est tombée comme un couperet.

« Je *l'ai* reconnu. »

Mais non, voyons, ce n'était pas possible. Après quinze ans ? Je n'ai pas voulu me laisser gagner par l'affolement. Essayant « d'avoir l'air de rien », je me suis levé, j'ai dérangé les trois personnes qui me séparaient de l'allée conduisant à la sortie, tout en m'excusant platement, les yeux rivés sur le sol, l'esprit noyé dans un brouillard toxique.

Personne n'a fait un geste pour me retenir. Y a-t-il eu des remarques désobligeantes, des commérages malveillants, des murmures d'indignation ? Je n'en sais rien. J'étais sourd, aveugle… J'étais simplement possédé par cette idée fixe : sortir de là.

Parvenu dans l'allée supérieure, j'ai fixé mon regard sur la porte menant à l'escalier. Surtout ne pas courir, surtout ne pas avoir l'air coupable… Pourtant, même si je ne les voyais pas, je sentais nettement dans mon dos tous ces yeux assassins braqués sur moi, transperçant mes vêtements, ma peau, mes os.

Une fois dans l'escalier, je l'ai dévalé sans plus me retenir. J'ai cédé tout entier à la panique et je me suis rué à l'extérieur, me cognant à plusieurs reprises contre les murs tant j'avais perdu tout contrôle sur moi.

J'ai poussé la porte avec violence et me suis littéralement jeté dehors.

Ils étaient là. Ils m'attendaient. Quatre voitures de la police de l'État étaient garées de manière à empêcher toute fuite. Les agents étaient postés tout autour, armes dégainées, en position de tir.

Je ne me souviens pas bien. Je crois que je n'ai pas bougé, il n'y a même pas eu de bousculade. Je me suis laissé cueillir comme une mauvaise herbe. Un des agents, une sorte de sergent il me semble, me dévisageait salement. Il tenait un livre à la main. Sur le coup, ça m'a paru bizarre.

Puis j'ai reconnu le livre. Mon dernier roman. Ses yeux allaient et venaient de mon visage à la quatrième de couverture. Il hochait la tête comme un de ces bouledogues articulés qu'on voyait autrefois sur la plage arrière des voitures de colons.

Joyce Crops les a rejoints peu après. Je l'ai vue s'entretenir avec eux, tapoter la couverture de mon roman d'un index nerveux.

J'ai compris. C'est elle qui avait tout organisé, qui m'avait reconnu en tombant sur mon livre, probablement à la bibliothèque de Stanstead. Ce lancement n'avait été qu'une mise en scène destinée à confirmer ses soupçons. Et moi, incurable idiot, j'avais très exactement adopté la conduite qui me désignait comme le coupable attendu. Elle l'a eu facile, j'ai joué son jeu jusqu'au bout!

Maudite moustache... Cette moustache derrière laquelle je me dissimule depuis plus de trente ans et qui me fait reconnaître instantanément où que j'aille. Quel con! Quand on veut passer inaperçu, on se rase!

Hélas, le prochain rasoir qu'on me passera sur la gorge ne s'arrêtera pas aux poils...

LAURENT CHABIN

La seule chose qui s'abaisse chez Laurent Chabin, c'est sa moustache ; pour le reste, tout s'élève vers un idéal de justice, d'un monde de liberté et d'une société non conventionnelle. C'est aussi ce vers quoi tend l'écriture de cet auteur atypique de romans noirs pour adultes et pour la jeunesse.

Français d'origine, il profite pendant l'enfance du fait que sa mère est responsable du bibliobus du village pour s'immerger très librement dans la lecture, sans contrôle parental. Ce qui lui permet de découvrir et d'admirer Edgar Allan Poe à l'âge où les autres enfants lisent la Bibliothèque verte ou rose. Le jeune Laurent Chabin étudie le cinéma, le commerce international et l'arabe littéraire. Puis il commence à travailler dans le domaine de la métallurgie. Après des séjours dans les Antilles et en Espagne, il émigre à Calgary. Finalement, il se retrouve à Montréal pour y lancer sa carrière d'écrivain. Auteur prolifique, il a écrit plus de soixante livres pour la jeunesse et une vingtaine de romans pour les adultes. On ne recherche pas dans un titre de Laurent Chabin un conte de fées où tout se termine nécessairement bien. Dans ses écrits, les bons ne triomphent pas toujours des méchants. Même, parfois, la ligne entre les deux mondes est vraiment mince. Et soyez assurés que la police n'y tiendra pas le beau rôle !

Depuis ses trois derniers romans, l'auteur nous présente deux personnages fascinants : Lara Crevier et Serge Minski. Amorcé dans *Le corps des femmes est un champ de bataille* en 2012, le récit de la destinée de ces deux électrons libres étonne, surprend et passionne. Le troisième tome sorti au printemps 2015, *Quand j'avais cinq ans je l'ai tué !*, nous raconte principalement l'enfance tourmentée et bouleversante de Lara. Et comme nous a habitués Laurent Chabin, ce portrait ne fait pas dans la dentelle. Lara nous désarme, nous déconcerte, mais, et c'est là une des forces du romancier, elle réussit à nous attendrir. Et dans son prochain roman, il nous avertit : si vous pensez connaître Serge Minski, détrompez-vous. Vous verrez qu'il n'en est rien.

Laurent Chabin dit de lui qu'il est dépourvu d'imagination ! Cette modestie cache un talent et un style qui lui sont très particuliers. Ce romancier-poète, chantre des bas-fonds de la métropole québécoise, nous présente des histoires sans violence apparente, mais qui nous racontent une poésie urbaine teintée de la dureté de la vie et de la rudesse du sexe dans des corps et des âmes en souffrance. Lire du Laurent Chabin, c'est lire des émotions à fleur de page.

Tous ses romans sont nés de la conjonction de deux éléments : le thème qu'il veut traiter et la résolution de l'intrigue qu'il veut élaborer. Tout découle de cet « accouplement » (le mot est de lui !) entre plan, personnages secondaires et style narratif. L'écriture jaillit d'une seule traite et les protagonistes peuvent influencer les événements. Évidemment, quand on met au monde Lara et Serge, il serait très difficile de les faire taire ! Et pendant que ces deux héros sont les seuls à contrôler ce romancier dissident et à lui dicter leurs volontés, l'homme caresse sa moustache proéminente et songe à réécrire en moins de cent pages l'*Ulysse* de James Joyce. Ai-je dit atypique ?

http://laurentchabin.info/
http://laurentchabin.hautetfort.com

Photo de l'auteur : Martine Doyon

MICHEL JOBIN

Autour du parc Molson

Il se lève avec l'aube, comme tous les matins depuis un an. Il est parfaitement reposé. Ses pensées sont claires. Ordonnées. Ça l'étonne encore. Pendant longtemps, ses réveils furent pénibles. Il se levait passé midi avec la gueule de bois, encore intoxiqué par les brumes de la veille, avec des bouteilles vides partout dans son petit appartement. Mais ça, c'était avant. Avant qu'il ne mette de l'ordre dans sa vie. Qu'il ne reprenne le contrôle. Ou plutôt, qu'il le remette à son guide. Celui qui, depuis, est devenu sa raison de vivre.

Le plus grand. Le seul. Allah.

Comme tous les matins, il tire son tapis de prière de sous le lit, l'oriente vers La Mecque et s'agenouille. Le front sur le sol, il loue Sa grandeur. Se soumet. Lui demande pardon. Cinq fois par jour, il accomplit le même rituel. Cinq fois par jour, il sent Sa force et Sa présence le rassurer. Avec Lui, il n'est plus seul.

Après la prière, il se relève et glisse le tapis sous le lit. Comme tous les matins, c'est à ce moment que la faim le tenaille. Il sourit. Aujourd'hui est un bon jour. Il a reçu son chèque d'aide sociale hier. Il va aller se chercher un bon déjeuner à la boulangerie de la rue Beaubien. Un croissant à l'érable, une brioche aux fruits et pourquoi pas un caenner. La partie faste de son mois.

Tandis qu'il s'habille, son portable se met à vibrer sur la table de chevet. Deux courts bourdonnements rapprochés. Un message texte.

Il s'approche. Saisit l'appareil et consulte l'écran.

Il sent alors une vague immense le submerger. Une joie comme il en a peu connu dans sa vie. Il savait que le moment allait finir par arriver. Qu'il fallait simplement être patient. À la mosquée, on lui fait confiance. Depuis le début, on le traite avec tous les égards et on l'accompagne avec sollicitude sur le chemin de l'islam.

Il en croit à peine ses yeux. Il lit de nouveau le message texte codé.

Enfin, pense-t-il, ça y est, c'est pour aujourd'hui.

::

Déjeuner en tête à tête à la maison familiale. Père et fils font conciliabule au moins une fois par semaine. Une habitude qu'ils ont prise depuis que le fils travaille pour le père.

— Alors, tu as décidé? demande le fils.

— Décidé quoi?

Le fils s'impatiente.

— Tu le sais bien. Taux fixe ou variable?

Le père hausse les épaules et lève les yeux au ciel avant de prendre une nouvelle rôtie dans le panier posé devant lui sur la table de la cuisine.

— Ah, ça… dit-il.

Le fils a fini de manger depuis un moment. Il vient se rasseoir avec un deuxième espresso.

— Tu m'avais promis d'y réfléchir en fin de semaine. Tu avais trois jours, en plus!

Un sourire s'accroche aux lèvres du père tandis qu'il beurre sa tranche de pain.

— En fin de semaine, je me suis tapé les Six Gaps. Dimanche ET lundi. Quatre cent vingt kilomètres sur des routes extraordinaires. Mes premières grosses sorties de l'année. Ça m'a demandé tout mon petit change, alors tu imagines bien que mes hypothèques étaient assez loin dans mes pensées.

Le fils boit son café d'un trait, puis il s'essuie les lèvres avec sa serviette.

— Super, maman devait être ravie.

Le père hausse de nouveau les épaules.

— Ça l'emmerde le vélo, tu le sais bien. Et puis j'ai roulé tôt. J'ai passé le reste des journées avec elle, comme d'habitude. Je ne suis pas un monstre, quand même.

Pour le père, les week-ends au chalet du lac Carmi sont sacrés. De là, il peut rayonner à travers tout le Vermont, son territoire de chasse. Bon an mal an, il engrange à peu près dix mille kilomètres, à un rythme soutenu. Pas mal pour un gars de cinquante-quatre ans.

— Alors, penses-y maintenant, dit le fils. Ça fait deux semaines que tu retardes. Tu veux un taux fixe ou variable?

Le père dépose son couteau sur le rebord de son assiette.

— As-tu un vingt-cinq sous sur toi?

Il sait que la remarque va faire bondir son fils. Évidemment, ce dernier s'impatiente.

— Tu ne peux pas être sérieux deux minutes? On parle quand même de trois millions en hypothèque!

Le père connaît très bien le chiffre, mais de l'entendre prononcé à voix haute l'étonne quand même. Mine de rien, il en a fait du chemin depuis l'acquisition de son premier duplex. Celui qu'il habite encore, rue des Érables, dans la partie du quartier Rosemont-La Petite-Patrie située tout près du parc Molson. À l'époque, ils avaient dû se serrer la ceinture. Avec son maigre salaire d'agent patrouilleur recrue au Service de police de la Communauté urbaine de Montréal (SPCUM), il n'aurait jamais pu l'acquérir sans les revenus de l'appartement du deuxième. Mais peu à peu, les choses avaient changé. Il avait mis le doigt dans l'engrenage en achetant le duplex de ses voisins. Son épouse s'était révélée douée pour s'occuper des locataires et repérer les bonnes acquisitions. Alors ils avaient continué d'en acheter, finançant les nouveaux achats avec la plus-value des anciens. Ça s'était fait naturellement, sans qu'ils s'en rendent trop compte. De sorte que maintenant, les trois millions d'hypothèque qu'il avait à renouveler n'étaient rien comparativement à la valeur des propriétés. Aux prix actuels, ils en tireraient une dizaine de millions nets, à peu de choses près.

— Toi, qu'est-ce que tu ferais ?

— Je prendrais le taux variable. Il n'y a pas de menace d'inflation à l'horizon. Le *prime* va rester bas encore longtemps. À un pour cent de plus, le taux fixe est trop cher.

Le père absorbe l'information et hoche la tête en regardant son fils. Vingt-neuf ans. Diplômé de l'École des hautes études commerciales. Sérieux sans être coincé, une bonne tête sur les épaules. Depuis six mois, c'est lui qui s'occupe de tout et les choses tournent rondement.

— Je te promets d'y réfléchir aujourd'hui. On s'en reparle ce soir, d'accord ?

Tandis que le fils acquiesce, le portable du père se met à vibrer sur la table. Ce dernier jette un coup d'œil à l'écran. L'appel provient de son vis-à-vis au Service canadien du renseignement de sécurité (SCRS), Paul Gibson, qui travaille comme lui au sein d'une unité antiterrorisme. Il saisit l'appareil et se lève pour aller répondre dans son bureau.

— Paul, que me vaut l'honneur ?

— Désolé de te déranger, André, mais ça bouge beaucoup ce matin.

— Qu'est-ce qui se passe ?

— Depuis quelques heures, on observe un volume de communications anormalement élevé chez nos cibles islamistes. Comme si quelque chose était en train de se préparer.

— Seulement à Montréal ?

— Non, un peu partout au Canada. Mes contacts me disent que ça bouillonne aussi à Washington, Londres, Paris et dans plusieurs autres villes.

— Vous avez pu interpréter les messages ?

— Pas encore. Évidemment, ce sont tous des messages codés, mais les gars travaillent là-dessus. Je vais t'envoyer de l'information au fur et à mesure. En attendant, prépare-toi, ça pourrait être une dure journée.

Le père, André, met fin à la communication et soupire. Depuis qu'il est lieutenant-détective au sein de la Section antiterrorisme et mesures d'urgence du SPVM, ce genre d'alerte se produit trois ou quatre fois par année. Jusqu'à maintenant, ça a rarement débouché sur du concret, mais ça ne veut rien dire. Avec le nombre de cinglés de Dieu qui se terrent un peu partout, la prochaine catastrophe peut survenir à tout moment.

— Des emmerdes ? dit le fils en voyant son père revenir dans la cuisine avec un air songeur.

— Plutôt, oui, se contente de répondre ce dernier, qui ne peut évidemment pas entrer dans les détails.

Le fils secoue la tête.

— Je ne sais pas ce que tu fais encore au SPVM. Dieu sait que tu n'as pas besoin du salaire.

Le père sourit. Il entend souvent la remarque. Parmi ses vieux copains policiers, il est le seul encore en fonction. La grande majorité d'entre eux ont pris leur retraite dès qu'ils y ont eu droit, après vingt-cinq années de service. Quelques-uns ont prolongé pendant quelque temps, mais aucun ne s'est rendu à trente et un ans de service comme lui.

Le père hausse les épaules.

— Tu me vois passer mes hivers à ne rien faire en Floride ? C'est comme ça qu'on crève à petit feu, mon gars.

— Il n'y a pas juste la Floride. En Arizona, tu pourrais rouler tous les jours sur ton vélo. Il y a des super routes là-bas.

— Tu sais ce que ma mère disait ? Un homme a besoin de se lever le matin et d'aller quelque part. Elle avait bien des défauts, ta grand-mère, mais là-dessus elle avait vu juste. Alors je me lève, je vais au bureau et tout va bien. Même quand on a des emmerdes comme aujourd'hui.

En fait, il aime se rendre au bureau surtout quand il y a des ennuis comme aujourd'hui. C'est dans ces moments-là qu'il se sent vraiment utile. Qu'il apprécie le fait d'avoir pu garder le contact avec le terrain. Un autre des effets heureux de son indépendance financière. Alors que plusieurs de ses anciens collègues avaient délaissé le vrai travail d'enquête pour des postes de cadres mieux rémunérés, mais aux tâches assommantes, lui avait pu continuer de faire ce qu'il aimait. En plus, comme tout le monde savait qu'il n'avait pas besoin de son salaire pour vivre et qu'il pouvait quitter ses fonctions n'importe quand, on l'avait toujours plus ou moins laissé faire ce qu'il voulait. Durant sa carrière, il avait bénéficié d'une liberté d'action totale. Il entretenait des rapports de courtoisie avec ses patrons, mais certainement pas de soumission.

Le fils hoche la tête.

— Je ne comprendrai jamais ça, mais j'imagine que ça te regarde, dit-il.

Du corridor émane le bruit d'une paire d'oreilles molles secouées avec énergie, accompagné par le tintement d'une médaille. L'épouse rentre d'une promenade avec leur labrador. Le père va à sa rencontre.

— Ma journée risque d'être longue, dit-il. Veux-tu appeler les filles et leur demander d'éviter le métro aujourd'hui ?

Le visage de son épouse se rembrunit.

— Il y a eu des menaces ? dit-elle.

— Avec un peu de chance, ça ne sera rien du tout. Mais en attendant, dis aux filles que je leur paie le taxi aujourd'hui.

::

Après le déjeuner copieux qu'il a avalé à la boulangerie, avec deux grands bols de café au lait en prime, il se sent un peu lourd. Alors plutôt que de rentrer tout de suite à son appartement, il décide de marcher pour faire descendre le tout.

Sur la rue Beaubien, ça joue du coude, comme toujours à cette heure. Il y a une longue file devant l'arrêt d'autobus, et c'est le moment d'entrer en classe à l'école Saint-Marc, tout près. À l'avenue Louis-Hébert, il oblique dans le parc Molson, y trouve tout de suite un peu de calme et poursuit son chemin jusqu'à la rue Saint-Zotique qu'il emprunte vers l'est.

Rendu au parc Sainte-Bernadette, il se sent déjà plus léger. Il décide alors de rebrousser chemin et de retourner à son appartement de la rue d'Iberville.

C'est le temps de se préparer, maintenant.

Bizarrement, il avait redouté cet instant autant qu'il l'avait espéré. En secret, il avait craint qu'au moment où tout cela deviendrait réel et concret, il puisse avoir des hésitations. Être subitement envahi par l'incertitude.

Mais ce matin, il est rassuré. En paix avec lui-même. Comme il ne l'a jamais été auparavant, même depuis sa conversion à l'islam.

Dorénavant, il sait pourquoi Allah l'a mis sur terre. Il sait qu'Il l'a choisi pour accomplir son dessein. Que toutes les difficultés qu'Il a mises sur son chemin n'étaient qu'une forme de test. Sa famille dysfonctionnelle et mésadaptée. Son père violent et abusif. Sa mère à moitié folle. Sa sœur toujours défoncée qui passait ses nuits sur les trottoirs de la rue Ontario depuis son adolescence. Ses problèmes à l'école, où il ne comprenait jamais rien et où il ne s'était pas éternisé.

Mine de rien, il avait su passer à travers tout ça et, malgré tout, Le trouver. C'était bien la preuve qu'Il l'avait choisi. Son imam ne cessait de lui répéter qu'il était spécial. Qu'Il l'avait choisi entre mille.

Il avait bien raison.

Lui seul était digne de s'acquitter de cette mission sainte. De punir les Infidèles.

::

Le lieutenant-détective André Comtois est fébrile. Toute la matinée, les renseignements ont afflué. Avec ses collègues, il essaie de démêler tout ça. Il y a beaucoup à faire. En plus, il doit donner, dans une trentaine de minutes, un briefing sur la situation à la direction des enquêtes spécialisées.

Son portable se met à vibrer. C'est encore Paul Gibson du SCRS.

— Les gars de la GRC viennent d'arrêter un jeune à Ottawa. Il s'apprêtait à prendre le train pour Montréal. Il avait des explosifs dans son sac à dos.

— Merde. Les explosifs, ils étaient fonctionnels?

— Oui, du plastique. Relié à un système de détonation. Un miracle qu'ils aient pu l'arrêter sans qu'il se fasse sauter.

— Quel profil?

— Un crétin d'islamiste radical. Arrivé du Yémen il y a cinq ans. Il étudiait le droit à l'Université d'Ottawa. Le droit, tu imagines?

— Vous allez sortir l'information?

— Non, mais personne ne se fait d'illusions. Ça va se savoir avant longtemps. On vient de monter le niveau d'alerte d'un cran. Je vous suggère de faire la même chose.

André rompt la communication et partage l'information avec ses collègues de la Section antiterrorisme et mesures d'urgence du SPVM. Depuis le matin, ils ont discrètement fait augmenter la protection de certains lieux publics stratégiques. La mairie de Montréal, la station de métro Berri-UQAM, la gare Windsor, l'aéroport Pierre-Elliott-Trudeau. Ces mesures n'ont pas encore été remarquées. Il n'y en a en tous cas aucune trace dans les médias. Mais ça pourrait vite changer.

Avant de se remettre au boulot, il appelle son épouse.

— Tu as joint les filles ?

— Oui, oui, ne t'inquiète pas. Jasmine est partie à l'université en vélo et Laurence planifiait étudier chez elle toute la journée de toute façon.

Il soupire.

— Bien, merci, ça me rassure.

L'inquiétude se fait entendre dans la voix de son épouse.

— Alors la situation ne s'est pas améliorée ?

— Non, c'est même en train d'empirer.

::

À la mosquée, ils lui ont fourni tout le matériel et ils lui ont montré comment le préparer. Ce n'est pas très compliqué.

D'abord, il y a la veste. Une de ces vestes de pêche sans manches couverte de pochettes. Il en remplit une dizaine avec de l'explosif plastique qu'il aplatit contre lui pour ne pas que ça fasse saillie. Comme ça, il peut en avoir quelques kilos sans que ça paraisse le moindrement.

Et puis il y a les fils, qu'il plante dans chacune des masses et relie ensuite en couette. Enfin, le détonateur. Il lui a réservé la pochette la plus accessible, sur le devant. Pour l'activer, il lui suffira de glisser la main sous la veste de cuir qu'il portera par-dessus et d'enfoncer le bouton. Voilà, ce n'est pas plus compliqué que ça.

Au moment de relier la couette de fils au détonateur, il éprouve quand même une pointe d'émotion. Pas parce qu'il a peur de mourir. Il sait que de toute façon, il s'en va droit au paradis. Non, ce qu'il craint par-dessus tout, c'est de faire une fausse manœuvre. Il ne voudrait surtout pas qu'un bête accident lui fasse rater sa mission. Ça, ce serait intolérable.

::

— Alors, André, qu'est-ce que tu nous recommandes?

André et ses collègues sont réunis dans la grande salle de crise depuis un moment. À treize heures, une secrétaire leur a apporté des sandwiches. Il dépose sa baguette au jambon à demi mangée à côté de son ordinateur portable et jette à nouveau un coup d'œil aux écrans géants sur le mur.

Un portrait de la situation y est affiché pour le Canada au complet. Un point rouge à Ottawa pour l'arrestation du passager du train en direction de Montréal. Un autre point rouge à Halifax pour une mosquée dans laquelle on vient juste de trouver du matériel explosif. Un point rouge à Edmonton pour un incident durant lequel un islamiste radical a foncé avec son camion sur une voiture de police. Et un point jaune à Montréal. Il appuie sur quelques touches de son ordinateur. Une carte de la ville remplace celle du Canada. Elle comporte six points jaunes répartis autour du centre-ville. Des cibles que le SPVM tient à l'œil depuis quelque temps et qu'on n'est pas parvenu à localiser ce matin, à la différence de la cinquantaine d'autres que des agents ont eu l'ordre de traquer de façon serrée mais discrète dès le début de la situation d'urgence.

Les six hommes sont tous des immigrants récents, ici depuis deux à cinq ans à peine. Ils proviennent du Yémen, de la Syrie, de l'Irak et de la Jordanie. Ils fréquentent tous des mosquées qui tolèrent des discours incendiaires contre l'Occident. On les a fichés parce qu'on a accumulé sur eux des renseignements de sources multiples. Tous donnent à penser qu'ils pourraient être des terroristes potentiels. Mais tant qu'ils n'ont pas agi, que peut-on réellement faire contre eux?

La situation le tenaille. Il fait face à un choix difficile. Il en a l'habitude, bien sûr, mais aujourd'hui, ce n'est pas pareil. La menace est plus vive. Dans cette salle, la tension est palpable. Des incidents graves se sont déjà produits ailleurs au pays. Et avant la fin de la journée, d'autres se produiront, il en est convaincu.

La grande question : est-ce que ce sera ici, à Montréal ? Depuis le début de la journée, c'est le calme plat en ville.

Mais six fêlés qu'on ne peut pas retracer se promènent incognito. Il ne peut pas se permettre de les laisser flotter ainsi. Pour les retracer rapidement, il faudra brasser la cage. Empiéter sur des libertés individuelles chèrement acquises au fil des ans et défendues avec âpreté par la Charte des droits. C'est toute l'essence de son travail. Accumuler des renseignements. Les analyser pour en tirer du sens et décider quand il faut agir. Quand les soupçons deviennent trop lourds pour n'être que des soupçons. Au risque de se faire varloper par le ministère de la Justice et l'opinion publique en cas d'erreur. Les médias crient vite et fort à l'abus. Il le sait bien. Mais à la différence des médias, lui porte une responsabilité. Pour le meilleur et pour le pire.

Tous les regards sont tournés vers lui. Dans la salle, on pourrait entendre une mouche voler. Il s'éclaircit la voix et dit :

— On embarque les cinquante suspects qu'on surveille depuis ce matin et on met toute la gomme. Il faut les faire parler. Eux seuls peuvent nous permettre de retracer les six autres.

Le directeur fait la moue. Il sait très bien ce que ça représente en emmerdes potentielles. Mais il a confiance en André. Alors il se contente d'exprimer son accord d'un mouvement de la tête. La salle s'anime aussitôt pour commencer à exécuter les ordres.

::

Il connaît sa cible, mais pas encore l'heure. Alors pour passer le temps, il regarde la télé. Jusqu'à maintenant, il s'est tapé deux films, avec sa veste bourrée d'explosifs sur le dos. Un vieux «gendarmes» de Louis de Funès qu'il a vu mille fois, mais qui le fait encore rigoler, ensuite un film de science-fiction qu'il n'a pas très bien compris, mais qu'il a quand même bien aimé.

Avant d'en commencer un nouveau, il se lève pour aller aux toilettes. En se lavant les mains, il se regarde dans le miroir. Québécois blanc francophone de vingt-cinq ans. Il porte les cheveux courts, est rasé de près. Il a bonne mine. Avant qu'il ne devienne un musulman pratiquant, il affichait toujours une apparence négligée. Il avait les cheveux longs et gras. Ne se rasait pas plus d'une fois par semaine. Maintenant il pourrait passer pour un jeune cadre dynamique et se fondre sans mal dans la foule du centre-ville.

:::

À dix-sept heures, André pousse un long soupir de soulagement. Il se trouve dans une unité de commandement mobile au centre-ville. En milieu d'après-midi, il a quitté ses bureaux de l'est pour se rapprocher de l'action.

Les gars du SPVM ont fait un travail impeccable. En un rien de temps, les cinquante cibles se sont retrouvées dans des salles d'interrogatoire et elles ont commencé à parler.

Évidemment, la majorité de ces individus n'étaient au courant de rien et ils ont poussé les hauts cris, mais il s'en foutait. Parce que quelques-uns ont fourni des renseignements utiles, on a pu retrouver les six suspects manquants. Cinq d'entre eux n'avaient rien à se reprocher. Les données sur leurs nouveaux lieux de travail n'étaient tout simplement pas à jour.

Mais le sixième portait une ceinture d'explosifs. Un autre type du Yémen. On ne sait pas où il devait se rendre, mais quand on l'a intercepté, il se trouvait dans un appartement prêté par un ami. À l'approche des policiers, il a pris panique et il s'est fait sauter. Comme ça, sans avertissement. Par chance, au moment de l'explosion, l'homme était seul dans l'immeuble. À part lui, il n'y a pas eu d'autre mort, ni même de blessé.

André aurait préféré qu'ils puissent l'appréhender et l'interroger, mais au moins le pire avait été évité. Et puis ce n'était pas une grande perte pour le genre humain. En fait, s'ils avaient eu du champagne dans l'unité de commandement, il en aurait bien sabré une bouteille.

Son portable se met à vibrer. Il consulte l'écran. Un message texte de sa fille Jasmine.

Le gars qui s'est fait exploser, c'est relié à toi?

Il tape maladroitement une réponse. Ses doigts sont trop gros pour le minuscule clavier.

Oui, on a évté la catastroophe de justese. Ou es-tu?

Un court délai, puis la réponse.

Je viens juste de finir un cours à l'université.

Elle étudie à l'UQAM, juste à côté. Sciences politiques. Il s'échine à nouveau sur le clavier.

Je suis dns une unité de comandment en face du parc Gmelin. Tu passes faire un tour?

Un autre court délai.

D'accord, j'arrive.

::

À dix-sept heures cinq, son portable vibre à nouveau. Il consulte le message texte. On le lui a envoyé de très loin, d'un endroit où il fait déjà nuit. C'est enfin l'heure. Il éteint la télé, au beau milieu de *Dumb and Dumber*. C'était rigolo, il aurait bien aimé terminer le film, mais au moins il connaît la fin. Il l'avait déjà vu.

En enfilant sa veste de cuir par-dessus sa ceinture d'explosifs, il remarque le chèque de loyer qu'il avait laissé près de l'entrée. Comme il est un bon musulman honnête et qu'il vient d'entamer un nouveau mois, il insiste pour payer le loyer au complet. Il retourne dans sa chambre, récupère une enveloppe dans laquelle il glisse le chèque, appose un timbre et inscrit le nom et l'adresse du propriétaire, André Comtois.

Ensuite, il descend dans la rue d'Iberville, dépose l'enveloppe dans une boîte aux lettres et marche jusqu'au parc Molson pour prendre un taxi.

::

La brise fait onduler ses cheveux. Jasmine les porte mi-longs, avec une mèche de rose qui accentue leur blondeur. André la regarde. Elle a le même petit geste que sa mère pour replacer ses cheveux derrière son oreille.

— Tu as l'air crevé, dit-elle.

Il hausse les sourcils.

— Une journée comme ça, ça fait vieillir de dix ans, mais pas sur le coup. Le pire, c'est le lendemain, quand tu te demandes ce qui se serait passé si tu avais pris la mauvaise décision.

— Heureusement, on dirait que tu as pris les bonnes ?

Il hoche la tête.

— On dirait, oui. Tu es venue en vélo ?

— C'est ce que je fais maintenant quand il fait beau, j'adore ça.

— Tu as raison. C'est bien, le vélo.

Elle affiche un grand sourire.

— J'ai cru remarquer, oui.

Il partage son sourire.

— J'en ai pour un moment ici, mais ta mère serait sûrement contente si tu passais souper à la maison. Il me semble que ça fait longtemps.

— Demain soir, peut-être. Aujourd'hui, je ne peux pas. J'ai encore un peu de recherche à faire pour un travail. La session achève.

— Ça serait bien. Je vais appeler ton frère et ta sœur.

Derrière eux, la porte de l'unité de commandement mobile s'ouvre. Un collègue d'André les interrompt.

— Je suis désolé, ma belle Jasmine, il va falloir que je t'enlève ton père. André, on a une conférence téléphonique avec le SCRS tout de suite.

André fait un petit signe à son collègue, puis il revient à sa fille.

— Désolé, le devoir m'appelle.

Il l'embrasse.

— Allez, on se revoit demain.

::

Le taxi le dépose sur la rue Berri, devant sa cible. C'est un grand honneur qu'on lui fait. On lui a expliqué que cet endroit en apparence anodin était en fait une sorte de temple pour les Infidèles. Qu'on y trouvait des livres faisant la promotion de toutes sortes d'idées impies. Le Grand Satan se terrait dans toutes ces pages. Il ne fallait surtout pas tolérer cela. On lui a assigné la Grande Bibliothèque.

Après avoir payé sa course, il se dirige vers les portes à tambour et pénètre dans le hall. Il y a beaucoup de monde. Au milieu de la foule, il entend la rumeur commenter les attentats qui se sont produits un peu partout aujourd'hui, mais il y prête assez peu attention. Il est tout à sa tâche.

On lui a dit de se rendre au pied du grand escalier central. C'est là que son action produira le plus d'effets.

En approchant du poste d'accueil, il cède le passage à une blonde avec une mèche de cheveux roses. Plutôt jolie, elle a même un cul d'enfer. Mais il est arrivé à sa destination et il la chasse de son esprit.

::

C'est le temps du dernier geste. Des dernières paroles. Tout cela, commandé par un cerveau humide et dégénéré, endommagé de façon irrémédiable par l'exacerbation stupide du sentiment religieux. Une main glissée sous la veste. Et ces deux mots. Bêtement convenus dans les circonstances. Un ultime bêlement. Comme pour prouver qu'il a été incapable de s'écarter du sillon qu'ont tracé pour lui d'autres cerveaux plus retors. « Allah Akbar ! »

MICHEL JOBIN

Michel Jobin est un amateur de Formule 1. Tellement qu'il aurait aimé vivre la vie de Gilles Villeneuve. Alors, pour affronter le danger qu'il affectionne sans courir les risques du métier, il a écrit un premier roman qui se déroule dans le monde de la course automobile, *La trajectoire du pion*. C'est dans cet esprit bien mécanique qu'il s'installe pour construire, monter et démonter des engrenages complexes qui font rouler à toute vitesse ses intrigues politiques et internationales.

Tout jeune, il se plonge dans la bande dessinée européenne et devient un lecteur assidu de Tintin, Astérix, Lucky Luke, Gaston Lagaffe et évidemment, Michel Vaillant. À l'adolescence, la lecture de son premier roman, *Le pont de la rivière Kwaï* de Pierre Boulle, lui ouvre les portes de l'univers romanesque. Il y découvre le genre policier grâce à la grande Agatha et son engouement pour l'écriture naît alors qu'il finit de lire *Red Fox* d'Anthony Hyde. C'est à ce moment-là qu'il décide d'écrire un roman, sans préparation aucune (il est diplômé en actuariat et travaille en informatique). Il se lance, tête baissée. Résultat : *La trajectoire du pion*.

Michel Jobin se considère avant tout comme un raconteur d'histoires. Passionné par les milieux financiers et économiques, il n'hésite pas à créer des thrillers qui dépeignent les côtés obscurs des multinationales, des politiciens véreux et des complots machiavéliques. Bien sûr, plusieurs de ses personnages sont redoutables, ne connaissent pas la peur et ne sont freinés par aucune morale. Pour évoluer dans ces univers, pour survivre, il faut se battre.

Chaque chapitre apporte son lot de rebondissements, ses actes de trahison, sa violence et surtout, il vous fera perdre certaines illusions politiques, du moins s'il vous en restait encore ! Comme il se doit dans ce type de roman, le style est vif, tranché à la hache et les dialogues sont percutants. Même ceux qui n'aiment pas du tout les romans d'espionnage pourraient accrocher dès les premiers chapitres. Le récit ne laisse aucun répit, aucun moment où, comme lecteur, nous pourrions décrocher.

Ce passionné de course automobile qu'est Michel Jobin possède une façon très singulière d'écrire ses romans : il les pense, les imagine, trouve ses meilleures idées sur un vélo. Besoin d'un rebondissement qui fera éclater le récit, d'une phrase-choc qui corsera le dialogue ? Rien de mieux qu'une exténuante randonnée de bicyclette et une mémoire d'actuaire pour se souvenir de toutes ces idées qui ont jailli dans son esprit au retour.

En quatorze ans, Michel Jobin a publié seulement trois romans, mais attention, il nous offre toujours des pavés. *La nébuleuse iNSIEME* et *Projet Sao Tomé* dépassent largement les six cents pages. Cela signifie que les amateurs de thrillers devront attendre encore un peu avant de lire sa prochaine production. En primeur, je vous révèle que l'auteur a décidé de commencer une série, basée sur les aventures d'un criminel de carrière sophistiqué. Assisterons-nous à la naissance d'un nouveau Arsène Lupin façon québécoise ? Après les complots internationaux et le monde des courses de Formule 1, Michel Jobin nous fera-t-il découvrir d'autres mondes sordides ?

mxjobin@gmail.com

Photo de l'auteur : Sophie Laverdure

ROXANNE BOUCHARD

Rififi à la bibli

Si le croque-mort ne s'était pas chicané avec ma mère, tout ça ne serait jamais arrivé.

Les thanatologues qui dirigent les funérailles ou qui accompagnent les familles au cimetière sont plutôt réservés. Mais emmenez-les dans un dîner de famille et invariablement, ils foutront la pagaille. J'en sais quelque chose parce que mon chum Pierre-Luc est thanatologue. Et chaque fois qu'il vient dans ma famille, il se met à taquiner ma mère, que vous devinez chrétienne, croyante et pratiquante, au sujet de l'église.

— Madame Bouchard! Avez-vous entendu parler de ça? Votre évêché vient de vendre l'église Saint-Pierre à la Ville de Joliette!

Ça, c'était au dernier dîner de Pâques.

— C'est le curé Lagacé qui s'est occupé de la vente. Ça a brassé. Paraît qu'il a reçu des menaces de mort de la part des ultras catholiques.

Pierre-Luc la regardait comme un enfant qui tourne autour d'un nid de guêpes.

— Vous, Madame Bouchard, qu'est-ce que vous pensez de la vente des églises à des intérêts profanes?

Spontanément, nous nous sommes retirés de table, mes frères, mon père et moi. Entre laver la vaisselle et participer à cette conversation, nous avons tous opté pour l'évier, sauf ma belle-sœur Amélie, apparemment dans la lune, qui est restée assise, à boire son thé.

Ma mère a piqué sa fourchette dans son dessert.

— Nos bâtiments religieux sont revendus à toutes sortes de fins pas d'allure : des condos, des écoles de cirque, des restaurants…

— Y a pus grand monde qui va à la messe. C'est de la faute des curés : si les sermons étaient pas aussi plates, les églises seraient pas abandonnées !

— Mon gendre, tu sauras qu'un rituel religieux n'a pas à être aussi divertissant qu'un numéro d'humoriste. La messe relève d'une tradition d'austérité et la prière catholique cherche l'élévation dans…

— La platitude ?

Voyez : il est toujours de mauvaise foi dans ce type de conversation. Ma mère a continué sa dégustation de dessert très calmement pendant que nous lavions la vaisselle avec entrain. Ma belle-sœur Amélie suivait l'échange, mais sans intervenir. Mieux valait rester à l'écart. Pierre-Luc a bu une gorgée de café et est revenu à la charge.

— Si je comprends bien, vous aimeriez mieux qu'on démolisse les églises désaffectées plutôt que de les vendre à des intérêts profanes ?

— Ben non, grand sans-dessein ! Mais c'est toujours dommage de perdre un lieu sacré.

Il s'est mis à rire.

— OK. Mais si elle est vide, votre église, il lui reste pus grand-chose de sacré…

Elle repoussa son assiette et se redressa sur sa chaise. Elle allait le mettre au tapis.

— Il reste la mémoire, mon gendre. Dans ces églises-là, mes parents, mes grands-parents et leurs parents avant eux ont vécu les moments les plus importants de leur vie.

— Leurs funérailles ?

— Entre autres. Mon père, par exemple, a été baptisé à l'église de Saint-Jacques. C'est là qu'il a fait tous ses sacrements, qu'il s'est assis dans le confessionnal pour réciter ses mauvais coups d'enfant et qu'il a demandé pardon. C'est là qu'il s'est marié avec ma mère, qui portait une robe sobre et un petit chapeau que lui avait confectionné sa mère. C'est là qu'il y a fait baptiser ses cinq enfants et, quand le plus jeune est décédé, c'est là qu'il l'a pleuré. Quand sa femme est morte, c'est encore là, à genoux, qu'il a sangloté devant le cercueil et prié devant un dieu dont il n'aurait jamais douté ! C'est là que lui-même a reçu, devant ses enfants et ses petits-enfants, les derniers hommages de sa vie et, sur le perron, on a lancé des colombes vers le ciel...

— Vous êtes sûre que c'était pas des pigeons ?

— C'est ça qui leur donne un caractère sacré, aux églises ! Et moi, j'ai du mal à imaginer que l'évêché puisse un jour vendre l'église de mon père pour un dollar canadien à un entrepreneur en construction qui va solder les bancs, les prie-Dieu, les vieilles portes à un antiquaire du Maine ; jeter les toiles naïves qui ornent la nef ; refiler les tuyaux de l'orgue, les cloches, les reliquaires au ferrailleur ; envoyer l'autel au musée...

Pierre-Luc mâche un œuf en chocolat de Pâques.

— ... qu'il va entrer par la grande porte avec des hommes en salopettes sales, des deux par quatre en épinette sur l'épaule et qu'ils vont détruire le silence du recueillement avec le bruit des cloueuses, transformer le transept en escaliers de secours, la sacristie en gymnase zen, la mezzanine en boudoir de luxe, le confessionnal en toilettes...

— J'ai une question à vous poser, Madame Bouchard.

Ma mère a stoppé son envolée et l'a regardé droit dans les yeux.

— Votre père, est-ce qu'il savait lire ?

— Ni lire ni écrire. Mon père recopiait son nom dans un cahier d'écolier pour se rappeler comment faire quand il avait à signer un papier officiel devant des gens. Pourquoi ?

— Peut-être que votre père aurait été content qu'un lieu de culte soit transformé en lieu de savoir ? Qu'il aurait été d'accord pour échanger un banc d'église contre un banc d'école ?

— Ils vont transformer l'église Saint-Pierre en école ?

— Non. En bibliothèque publique !

Ma mère a froncé les sourcils, sans répondre. De toute évidence, elle n'avait pas envisagé cette possibilité, ce qui a permis à mon chum d'avoir le dernier mot.

— Vous allez pas me dire, Madame Bouchard, qu'il aurait préféré l'éducation classique avec sermons de curé et coups de pied au cul ?…

Ma mère a haussé les épaules et détourné la tête : à soixante-dix ans, elle ne changera pas d'avis pour si peu.

Les mois ont passé et, à l'été, l'église s'est convertie en bibliothèque tel un curé qui défroquerait pour rejoindre le rang des libraires. Les ouvriers ont mis les murs intérieurs à nu, isolé le bâtiment, érigé un système de ventilation, installé des mezzanines, des étagères, construit des bureaux, et l'artiste Joëlle Morosoli a créé, pour orner la nef, une sculpture aérienne avec les tuyaux de l'orgue. À l'extérieur, la partie supérieure du clocher a été démantelée, les cloches ont été retirées et les architectes ont remplacé le haut de ce clocher par une structure métallique dans laquelle on peut lire des extraits d'un poème de Rina Lasnier : « heureux les rêves transformés en beauté et retournés vers l'azur… par-dessus le plus haut espoir… ». Il semble que cette transformation eût l'heur de plaire, car, lors de l'inauguration, en juillet, le grand et le petit Joliette s'y sont précipités : mille quatre cents visiteurs en un jour !

Quant à moi, je n'y suis pas allée parce que j'étais en Gaspésie avec Pierre-Luc cet été-là. Nous ne sommes revenus dans la région qu'à la fin d'août, moment auquel je suis retournée enseigner. J'avais plus ou moins oublié cette histoire jusqu'à ce que, vers la mi-octobre, ma mère m'appelle.

— As-tu vu Amélie dernièrement ?

Amélie, c'est ma belle-sœur.

— Non. Pourquoi?

— Ton frère dit qu'elle a passé un été difficile.

J'haïs ça quand ma mère fait ça. Elle me téléphone pour s'inquiéter d'un membre de la famille et, vous allez voir, elle va finir par me demander d'aller en mission de sauvetage au-devant de la brebis égarée!

— Elle va s'en remettre.

— Te souviens-tu, à Pâques, quand Pierre-Luc m'a provoquée avec la vente de l'église Saint-Pierre?

— C'est difficile à oublier.

— Amélie a pris ça au sérieux.

Je me suis rappelé que ma belle-sœur était restée à la table pour écouter le débat.

— C'est normal, m'man : elle habite juste en arrière de l'église.

— Ton frère m'a raconté qu'elle s'est mise à obséder sur les rénovations.

— À *observer*, m'man. T'as sûrement mal entendu. Elle s'est mise à *observer* les rénos. Ça aussi, c'est normal : elle travaille en design.

— Je n'ai pas mal entendu! Amélie s'est trouvé une paire de longues-vues. Elle a passé le printemps à suivre les travaux et à prendre des notes! C'est ton frère qui me l'a dit!

J'imaginais très bien ma belle-sœur, appliquée jusqu'à l'obsession, s'assurer que les transformations étaient faites dans les règles de l'art et en conformité avec le génie du bâtiment.

— Les travaux sont finis depuis trois mois, mais elle continue. C'est rendu qu'elle se réveille, la nuit, pour regarder dehors. En plus, tu te souviens de ce que Pierre-Luc a dit? Que c'était le curé Lagacé qui était responsable de la vente de l'église Saint-Pierre?

— Je le sais pas, m'man…

— Le curé Lagacé est mort!

— Arrête! Ça arrive que les curés meurent. C'est quand même pas Amélie qui l'a tué!

— Non, mais Amélie croit dur comme fer qu'il est mort parce qu'il a profané un espace sacré!

Malgré moi, j'ai pouffé de rire.

— Ça m'inquiète. Ton frère est parti en congrès pour deux jours. Amélie est toute seule. J'aimerais ça que tu passes la voir...

Et voilà. Qu'est-ce que je vous avais dit?

J'avais beau savoir que Pierre-Luc n'était pas responsable de la tournure des événements, j'étais quand même un peu fâchée contre lui quand je suis partie. S'il n'avait pas joué au plus fin avec cette histoire d'église, je n'aurais pas été forcée d'aller virer chez ma belle-sœur en pleine soirée d'automne. Il s'est offert pour m'accompagner, mais j'ai dit non. Je l'ai évidemment regretté parce que, s'il avait été là, il aurait sûrement empêché que ça dégénère.

Je me suis rendue chez Amélie tôt après souper. C'était quelques jours avant l'Halloween. Nous n'avions pas encore reculé l'heure, mais il faisait sombre dès la fin de l'après-midi. C'est le temps de l'année qui me déprime le plus. Il y a des tombes en bois ornées de R.I.P. et de fausses toiles d'araignée sur les pelouses, des sorcières aplaties contre les colonnes des balcons, des mains qui sortent de terre un peu partout. C'est la période moche où les gens ne magasinent pas encore leurs cadeaux de Noël, où les soirées se font de plus en plus inquiétantes. Où les rues sont désertes.

Amélie m'a ouvert sans sourire. De toute évidence, je la dérangeais.

— C'est ton frère ou ta mère qui t'envoie?

— Le comité familial, je dirais.

Elle m'a laissée entrer. Un grand pied-de-biche était appuyé près de la porte.

— C'est accueillant…

Elle a eu un sourire ironique.

— Y a du café dans la cuisine. Va te chercher une tasse, mais allume pas de lumières.

Elle m'a plantée là et est partie en direction du salon. La maison était à peine éclairée de quelques veilleuses stratégiquement installées qui traçaient un passage blanchâtre entre le salon et la cafetière. Mon ombre géante me suivait et me devançait le long du corridor.

Je me suis versé à boire, puis je suis allée rejoindre Amélie. Elle s'était installée en veille dans le salon, juste devant la fenêtre qui donne sur l'arrière de la bibliothèque. Habillée de gris, elle se confondait au décor jeté dans la pénombre. La lumière d'un lampadaire éclairait faiblement son visage. Elle observait attentivement, ses mains agrippées à ses longues-vues, les allées et venues autour de la bibliothèque.

— Tu savais qu'avant, ils enterraient les prêtres en dessous de la nef?

— L'église Saint-Pierre a été bâtie en 1954. Ça m'étonnerait qu'il y ait eu des prêtres enterrés là.

— J'ai suivi les transformations: techniquement, ils auraient dû fouiller les catacombes, mais ils l'ont pas fait.

— C'est ça qui t'inquiète?

Elle a eu un moment de silence.

— À l'inauguration, y a eu beaucoup de monde, mais depuis quelque temps, y a de moins en moins de gens qui y viennent.

— C'est à cause de l'automne; il pleut tout le temps. On n'a pas envie de sortir.

Un chat a traversé la rue à toute allure, un mulot dans la gueule.

— Peut-être. Mais y a des affaires, dans cette église-là, qui me….

— C'est pus une église, Amélie, c'est une bibliothèque. Avec des livres, des rencontres d'auteurs, un club de lecture…

Elle a haussé les épaules et repris sa veille. Malgré moi, je me suis mise à épier avec elle les allées et venues en face. Elle n'avait pas tort : peu de gens fréquentaient l'endroit et les rares usagers qui se pointaient à la bibliothèque en ressortaient rapidement, d'un pas tendu. Faut dire que la soirée était mauvaise. Le temps se gâtait, la nuit s'assombrissait. À vingt et une heures, la bibliothèque a fermé. Les lumières se sont éteintes et deux préposées au prêt sont sorties, probablement après avoir verrouillé les portes derrière elles.

Ma belle-sœur a continué sa veille.

— Tu te souviens du curé Lagacé ? Il avait reçu des menaces de mort...

— J'ai demandé à Pierre-Luc. Il dit que le curé Lagacé avait des problèmes de cœur, qu'il était stressé. Il a fait un arrêt cardiaque. C'est une mort naturelle.

— Qu'est-ce qu'il en sait ? Y a pas eu d'autopsie.

Le vent d'automne augmentait en puissance, annonçant un orage tardif.

Je suis retournée à la cuisine question de nous verser à chacune un café corsé et de nous mettre solidement sur les nerfs, puis suis revenue au salon.

Amélie a pris sa tasse en me regardant droit dans les yeux.

— Si ton chum avait appris quelque chose sur la mort du curé Lagacé, est-ce qu'il te l'aurait dit ?

J'ai détourné la tête. Non. Il ne me l'aurait pas dit.

— Quand j'ai appris que le curé Lagacé était mort, j'ai repensé à ce que ta mère a dit : y a des lieux qui sont « habités » et le fait de transgresser leur vocation peut constituer, aux yeux de certains fanatiques, un sacrilège. Je ne crois pas aux phénomènes ésotériques, mais y a des gens qui y croient. Qui font des menaces de mort. Qui passent à l'acte. Qui entretiennent les légendes urbaines.

— Quelles légendes ?

Amélie murmurait, comme si un danger nous guettait. Dehors, le vent se déchaînait.

— Les archéologues qui sont entrés dans les tombes des pharaons égyptiens sont tous morts de manière brutale.

Des lambeaux de nuages agressifs déchiraient le ciel.

— Les chercheurs qui se sont aventurés dans les temples incas n'en sont jamais revenus.

Au loin, des éclairs, comme des couteaux, fendaient la nuit de traits argentés.

— Les touristes imprudents qui ont visité les sous-sols de l'abbaye du Mont-Saint-Michel sont rentrés malades.

Les grondements sourds du ciel se rapprochaient peu à peu.

— Les propriétaires de condos installés dans les églises les revendent quelques mois après leur aménagement.

Les arbres jetaient de grandes ombres inquiétantes sur les bâtiments.

— Y a des gens qui croient que la profanation de lieux sacrés est passible de mort.

Des feuilles mortes tourbillonnaient dans l'air, des papiers, sacs, détritus épars s'écrasaient contre les marches de l'église.

— L'autre nuit, vers deux heures du matin, j'ai entendu un hurlement. Ça m'a réveillée. C'était comme…

Elle a frissonné.

— Regarde !

J'ai sursauté.

— Où ?

— Là !

Je me suis approchée de la fenêtre.

— Je vois rien !

— À droite ! Y a du mouvement !

J'ai plissé les yeux. Une ombre, peut-être, se faufilait le long du mur arrière. Elle est disparue de l'autre côté de la bibliothèque.

— C'est le sixième « fantôme » qui passe.

— Faudrait appeler la pol…
— Écoute! ÉCOUTE!

Je me suis immobilisée. Du côté de l'église, une plainte gutturale s'est élevée, s'est transformée en hurlement et a rugi avec une force prodigieuse. Au même moment, un éclair a foudroyé un transformateur au coin de la rue, l'électricité a coupé et tout le quartier s'est retrouvé dans le noir.

Amélie a bondi de sa chaise.

— Tu vois que je suis pas folle! Enwèye! Viens-t'en!
— Quoi?

Je l'ai suivie dans le portique.

— On y va.
— Pas question! Moi, je sors pas d'ici!
— Dépêche-toi!

Elle m'a tirée par le bras, a ouvert la porte et m'a traînée dans la nuit.

Il faisait tellement noir qu'après avoir traversé la rue, on ne distinguait plus les contours de sa maison.

— As-tu ton cellulaire?
— Heu… Oui.
— Allume la lampe de poche!
— J'ai presque pus de batterie…
— Allume la lampe de poche!

J'ai allumé la lampe de poche de mon cellulaire. Avant de sortir, ma belle-sœur avait attrapé le grand pied-de-biche qu'elle tenait devant elle comme une épée.

On a traversé la pelouse et rejoint le mur arrière de l'église qu'on a longé vers la droite. Amélie marchait vite. Le hurlement était si fort qu'il était inutile d'essayer de se parler, même en criant. J'ai deviné qu'elle nous entraînait vers l'entrée située sur le côté de l'église. Le faisceau lumineux de mon cellulaire éclairait de plus en plus mal.

— Amélie! Ma batterie va lâcher! On verra pus r…

Le noir s'est jeté sur nous comme une peau d'ours. Je me suis arrêtée pour tenter de rallumer mon cellulaire. Rien à faire. Je l'ai flanqué dans ma poche et j'ai tendu la main vers le mur de pierres, pour m'orienter.

« Amélie ? »

Elle avait pris les devants sans m'attendre. J'ai viré le coin de l'église. Un violent coup de vent m'a frappée en plein visage.

« Amélie ? »

Ma voix tremblait, le vent me faisait avaler mes mots.

J'ai penché la tête, j'ai continué d'avancer. À une dizaine de mètres du coin, une faible lueur jaunâtre émanait d'un soupirail, brisée par des ombres qui s'agitaient devant elle. J'ai pensé qu'Amélie avait dû aller par là, pour en avoir le cœur net. Ma belle-sœur ne croyait pas aux revenants, mon chum croque-mort non plus, mais moi, qu'est-ce que j'en savais ?

Il s'est mis à pleuvoir. La pluie me fouettait le visage et le sol est devenu glissant.

« Amélie ? »

À partir de là, mes souvenirs sont flous. J'ai dû reconstituer la scène pour l'expliquer aux policiers, mais j'avoue en avoir perdu des bouts.

Les éclairs fendaient la nuit. En m'orientant sur leur éclat, j'ai vu le monticule de terre devant moi et ma belle-sœur Amélie, étendue à plat ventre au fond d'un trou. Il paraît que j'ai hurlé. Je ne m'en souviens pas. Mes jambes devaient trembler. Je me suis mise à genoux près d'elle. Je me rappelle avoir vu une ombre inquiétante qui avançait vers moi parce qu'un éclair l'a illuminée de dos. Je pense l'avoir menacée, avoir dit quelque chose comme : « Allez-vous-en ou je vous tue ! » sans reconnaître ma voix. Puis l'ombre a disparu. À aucun moment je ne me suis demandé si je rêvais, si mes mains tremblaient à cause du café ou du froid ou de la peur, si mes gestes étaient logiques ou insensés. J'ai tourné Amélie sur le dos. Son corps était lourd. Quelque chose de visqueux coulait sur son visage. J'ai compris que c'était du sang, que quelqu'un ou quelque chose l'avait assommée quand elle m'avait devancée. J'ai cherché une veine, senti que ma belle-sœur était encore vivante et j'ai décidé de la tirer hors du trou. Je me suis glissée dans son dos. Je me souviens avoir tiré sur son corps avec désespoir, avoir dérapé dans la boue, avoir eu, comme on dit, la peur de ma vie.

J'ai à peine vu les voitures arriver. Trois voitures de police. L'orage et le vent diminuaient en force. Le hurlement têtu avait cessé. Je sortais Amélie de la fosse quand les policiers m'ont braqué leur lumière aveuglante en plein visage.

« Les mains en l'air ! »

La pluie me coulait le long des bras.

« Mettez les mains derrière la tête ! »

J'ai obéi sans comprendre.

« Tournez-vous ! »

Je me suis tournée et c'est là que je les ai vues. Les ombres.

« Mettez-vous à genoux ! »

Elles se sont approchées pendant que les policiers me menottaient. Quand elles sont entrées dans la lumière des phares, j'ai compris que je venais de faire une folle de moi, et Amélie aussi.

« Faites attention : elle est armée ! Elle l'a dit à Jean-Paul ! Elle a crié : "Je vais vous tuer !" Il a eu la peur de sa vie, pauvre lui ! »

Une dizaine de sympathiques quinquagénaires, la tête couverte de capuchons imperméables, les parapluies fermés à cause du vent, avançaient vers moi, l'œil curieux.

« On fait partie du club de lecture de la bibliothèque. On a un local au sous-sol. On s'est fait une soirée de lecture d'épouvante pour l'Halloween pis l'électricité a manqué. On a entendu crier dehors pis, quand Jean-Paul est sorti, il l'a vue en train d'enterrer quelqu'un ! Elle est pas morte, toujours ? Tant mieux ! Regardez les belles décorations d'Halloween que le jardinier a installées hier au matin ! Si c'est pas malheureux d'avoir gâché ça ! »

J'ai passé la nuit en prison. Amélie, qui s'était enfargée dans la fosse décorative du jardinier, s'était salement assommée contre son long pied-de-biche en tombant dans le trou. Ça lui a pris plusieurs heures avant de revenir à elle et de confirmer ma version des faits.

Malgré les plaintes que ma belle-sœur et moi avons portées contre la Ville de Joliette, celle-ci a refusé de modifier le clocher de la bibliothèque. Aussi, quand le vent souffle du nord-ouest, on entend toujours les rafales qui s'engouffrent dans la structure métallique du clocher et font tourbillonner le poème de Rina Lasnier sur la ville et «par-dessus le plus haut espoir». N'importe quel voisin vous dira que ça provoque un son épeurant et qu'il y a vraiment matière à confusion.

C'est ma mère qui a eu le dernier mot. Et elle s'est arrangée pour qu'on l'entende, Amélie et moi, même si elle s'adressait à Pierre-Luc.

— Je vais te dire de quoi, mon gendre : après avoir entendu comment ma fille et ma bru, ces deux belles diplômées universitaires de talent, sont allées barboter dans les décorations d'Halloween d'une bibliothèque et ont réussi à faire des folles d'elles en rameutant la police et l'ambulance, je pense que mon père te dirait qu'un sermon de curé de temps en temps, ça pourrait peut-être leur servir. Mais sûrement pas autant qu'une bonne série de coups de pied au cul !

ROXANNE BOUCHARD

La carrière d'auteure de Roxanne Bouchard a commencé sur les genoux de sa mère. Lue des centaines de fois par sa maman, la première phrase de *La Minette et le Hibou* d'Edward Lear, «Minette et le hibou prirent la mer sur une petite barque vert pomme», pourrait bien avoir inspiré son magnifique roman *Nous étions le sel de la mer*.

Idéale pour développer une passion pour la lecture, cette proximité parentale a eu des effets bénéfiques sur le style de l'écrivaine : les intonations hilarantes que sa mère lectrice attribuait à chacun des personnages ont pavé la voie à une écriture poétique où les dialogues s'animent, où les phrases se chuchotent et où les langages se chamaillent.

Devenue enseignante au collégial, Roxanne Bouchard ne jurait que par la littérature française jusqu'au jour où un ami, chroniqueur au journal *Le Devoir*, l'a convaincue de se «décoloniser» et d'explorer ce qui s'écrivait en Nouvelle-France. S'armant d'un œil plus réceptif, elle s'est mise à lire la littérature d'ici et en est tombée amoureuse. Poussant sa réflexion plus loin, elle a écrit un récit métaphorique sur quelqu'un

316 | ROXANNE BOUCHARD

voulant se rattacher à ses racines culturelles et cela s'est transformé, comme par enchantement, en un roman, *Whisky et paraboles*!

Roxanne Bouchard ne se cantonne pas à un genre ou à une thématique et, à l'écoute du monde qui l'entoure, elle est toujours à la recherche d'un bon sujet. Fascinée par l'exagération proverbiale de pêcheurs qui lui racontent leurs aventures, une idée à exploiter apparaît : le mensonge. Pas très loin, on retrouve les souvenirs troublants ou déformés, l'opacité et le silence, les histoires qu'on se raconte entre nous. Et aussi, pourquoi pas, la quête de vérité. Tout est là pour nous donner ce roman qui sent le varech et les demi-vérités, *Nous étions le sel de la mer*. L'auteure nous y peint ces habitants de la grande mare bleue avec l'aquarelle de ses mots et chacun, avec sa personnalité et son langage, sait nous charmer et nous émouvoir.

Éclectique et polyvalente, Roxanne Bouchard travaille sur plusieurs projets à la fois. Elle écrit une pièce de théâtre, un monologue amoureux destiné aux hommes, qui s'intitule *J't'aime encore*. Et dans un tout autre registre, elle prépare un bouquin qui donnera la parole aux soldats de la base de Valcartier ayant servi à Kandahar, en Afghanistan. Leurs histoires, émouvantes et parfois même dérangeantes, ont touché l'écrivaine et elle compte publier ces récits militaires sous le titre de *Racontez-moi la guerre*.

Quel avenir nous réserve cette romancière qui prend de plus en plus de place dans l'univers de la littérature québécoise? Eh bien, même si elle affirme ne pas être une auteure de polar, pour imaginer un policier d'origine mexicaine s'implanter en Gaspésie et s'intégrer dans son nouveau milieu pour y exercer son métier, elle a eu le cran qu'il fallait. Espérons qu'il se manifestera encore bientôt. Une fleur au bout d'un fusil, une canne à pêche appâtée avec une image ou un chat et un hibou dans une chaloupe verte, tout devient possible quand on possède une imagination fertile.

roxannebouchard.com

Photo de l'auteure : PL Landreville

ANDRÉ MAROIS

Le truc avec les Turcs

Qui s'intéresse à la poésie turque du début du xxᵉ siècle? Pas grand-monde.

Qui connaît Orhan Veli? Ils sont encore moins nombreux.

Si nous étions à Istanbul, je ne dis pas, il doit y avoir là-bas une poignée d'amateurs de son œuvre, comme on trouve sûrement quelques lecteurs de Robert Desnos à Paris. Mais nous sommes à Montréal au xxiᵉ siècle, alors, les poèmes de Veli, oubliez ça.

J'ai l'air instruit à parler de la sorte, mais, hier encore, j'ignorais l'existence de ce versificateur libre.

Et c'est normal.

Et ça s'explique.

C'est précisément parce qu'il est si peu populaire au Québec que Bob l'a choisi. Comme pour les précédents contrats, il a écrit son nom à la craie blanche sur un mur dans la ruelle à droite de l'entrée du métro Mont-Royal. Il y a là une succession de garages recouverts de graffitis, tags et autres expressions graphiques. Sur la troisième porte, le petit *ORHAN VELI* passait totalement inaperçu. Il s'effacera avec les jours et les intempéries. En y regardant avec attention, on notera des restes de YÔRIM YUN, un philosophe coréen, et de MARIANA DE ALTHAUS, une dramaturge péruvienne. Rien d'instructif pour les quidams. La discrétion, nous adorons ça dans notre métier.

Nous recherchons le contraire du *sex-appeal*. L'insignifiance devient notre source de sécurité et de revenus. Nous voulons nous noyer dans le décor et la masse, que vous passiez devant nous sans rien remarquer, sans nous sentir ni nous deviner.

Lorsqu'on traverse sa vie en se cachant, en quête d'anonymat, on finit par développer des habiletés pour disparaître des radars. Et quand vous vous approchez sans nous voir, crac! nous sortons de l'ombre pour vous refroidir. Puis, nous retournons incognito dans cette obscurité sécurisante.

Nous sommes des tueurs propres et efficaces.

Et lorsqu'un contrat est exécuté sans bavures, nous sommes payés tout aussi discrètement que nous avons opéré.

D'où le nom que j'ai découvert à l'endroit habituel. Je l'ai mémorisé et je me suis aussitôt dirigé vers la Grande Bibliothèque (la BAnQ, pour les intimes). La plupart du temps, je voyage à pied ou en vélo. Pour éviter de me faire repérer ou arrêter pour un motif futile. En auto, il faut aussi enregistrer son véhicule, acheter un faux permis à prix d'or, souscrire une assurance. Limitons les risques et notre existence durera plus longtemps, sans entraves.

Pour la même raison, je ne possède ni ordinateur ni téléphone plus intelligent que moi. Et j'ignore qui est ce Bob que je n'ai jamais rencontré.

J'ai donc pris ma bicyclette jusqu'au 475, boulevard De Maisonneuve Est. Après avoir enfoncé une casquette noire sans logo sur mon crâne et une paire de verres fumés sur mon nez, j'ai pénétré dans le temple du savoir par son entrée principale. L'endroit est bourré de caméras et de gardiens de sécurité. À croire qu'ils ont peur de se faire braquer. J'ai tapé « Orhan Veli » sur l'un des ordinateurs à la disposition du public, à gauche au rez-de-chaussée. Il m'a indiqué que l'ouvrage était disponible au niveau 1, section Documentaires. Bob choisit toujours un auteur qui n'a qu'une seule œuvre à la BAnQ. La sienne s'intitulait *Va jusqu'où tu pourras*, avec la cote 894.3513 K1612v. J'ai effacé mon historique de recherche, au cas où. Le système conservera sûrement une trace, mais elle ne constituera jamais l'ombre d'une preuve ni d'une piste.

Bob opère le mardi soir. Il prend le livre, s'enferme dans les toilettes et découpe les pages pour y loger la clé. Il faut un trou de deux centimètres cubes, alors les plaquettes sont exclues de sa sélection. Ensuite, juste avant la fermeture de vingt-deux heures, il replace l'ouvrage sur sa tablette. Moi, j'arrive le mercredi à dix heures pour l'ouverture. Entre ces deux moments, le risque qu'on emprunte notre livre écrit par un presque inconnu est quasi nul. Surtout en si peu de temps.

J'ai monté l'escalier jusqu'au premier niveau et j'ai pris l'allée à gauche en suivant les cotes sur les étiquettes inscrites à l'extrémité des étagères. La routine après dix-sept meurtres bien rémunérés.

J'ai marché jusqu'au bout, où j'ai tourné à droite pour atteindre le rayon réservé aux *Littératures des langues russes et d'Europe de l'Est,* auxquelles on a ajouté les *Autres littératures.* Vaste programme. J'ai été étonné de découvrir une soixantaine d'ouvrages écrits par des Turcs. À part Orhan Pamuk (je ne suis pas un inculte total) qui occupait le tiers de l'espace, je ne connaissais personne dans le lot.

J'ai effectué ma recherche par ordre numérique. Le livre n'était pas là. J'ai revérifié, puis j'ai regardé tous les volumes sur l'étagère. Ça arrive qu'un usager repose un ouvrage à la mauvaise place. C'est pourtant répété sur tous les chariots métalliques : *Merci de remettre vos documents ici.* Pas là-bas.

Le livre de Veli restait introuvable.

Je suis allé à l'ordinateur en face des ascenseurs, j'ai tapé le nom du recueil de poèmes et, cette fois-ci, il était marqué comme *prêté.* Retour prévu dans trois semaines. Quelqu'un venait juste de le prendre. On avait dû se croiser. Incroyable.

Cet abonné de la BAnQ allait découvrir la clé. *Ma* clé. Il l'avait sûrement déjà en main.

Je suis aussitôt redescendu par le même escalier et je me suis mis en ligne dans la file pour le prêt de documents. Il y avait deux personnes devant moi et trois employés qui enregistraient les livres :

une dame dans la cinquantaine — pimpante et souriante —, un gars dans la trentaine — maigre et les yeux cernés —, un homme proche de la retraite — dégarni et endormi.

J'ai choisi le plus jeune à cause de son teint d'hépatite C ou de fumeur chronique. Les gars avec des toux sèches, ça m'inspire.

Quand mon tour est arrivé, c'est madame sourire qui était libre. J'ai marmonné que je ne trouvais plus ma carte d'abonné et j'ai laissé passer la fille derrière moi. Deux minutes plus tard, je m'asseyais devant le visage olivâtre.

— Excusez-moi, mais je cherche un livre de Orhan Veli (ça s'écrit O.R.H.A.N.V.E.L.I.) et je ne sais pas comment marchent les ordinateurs.

Il a soupiré, pas trop fort pour ne pas réveiller sa toux, puis il a tapé sur son clavier.

— *Va jusqu'où tu pourras* est le seul titre de cet auteur, mais il est déjà sorti. Vous pouvez le réserver, si vous voulez.

— Je ne peux pas attendre, j'en ai besoin tout de suite. Il faudrait me donner le nom et l'adresse de la personne qui vient de l'emprunter. C'est important.

Il a levé les yeux de son écran et m'a dévisagé, agacé.

— On ne peut pas faire ça. C'est confidentiel.

— Je sais tout cela. Mais c'est important, je vous dis.

J'ai glissé vers lui le billet de cinquante dollars plié en quatre que j'avais déjà en main. La face de sir William Lyon Mackenzie King a semblé lui parler, car il a changé d'attitude. À moins que ce soit la couleur saumon qui lui ait rappelé son dernier voyage de pêche en Gaspésie.

— Mais…

Le jumeau de Mackenzie King est apparu comme par magie.

Je me suis penché en avant, tout sourire, et j'ai murmuré entre mes dents :

— C'est qui ? Écris…

Je tenais encore les billets, mais à peine. Il a été très rapide. Les cent dollars ont changé de propriétaire sans attendre l'accord de la ministre de la Culture.

Il a vite inscrit un nom et une adresse sur un carré de papier recyclé et me l'a tendu. Puis, il m'a congédié d'une voix un peu trop forte :

— Voilà Monsieur. Bonne journée et bonne lecture !

Je suis ressorti de la BAnQ avec l'information. Je cherchais un certain Luc Baranger, résidant au 4315, rue Boyer. Pas loin du tout.

J'y suis allé sans attendre. Avec un peu de chance, le passionné de poésie ottomane serait déjà de retour chez lui, où je pourrais le cueillir. Que peut-on faire un mercredi matin avec un livre d'Orhan Veli ? J'avais probablement affaire à un chômeur érudit ou à un gars qui voulait impressionner la Turque rencontrée la veille au café Replika. Ma profession en est aussi une de psychologie.

Plus on comprend un homme, mieux on le tue.

Je suis reparti en bicyclette, j'ai évacué mon stress en grimpant la côte Berri en danseuse. Moins de dix minutes plus tard, je me trouvais devant un appartement au premier étage d'un triplex avec les murs de briques peintes en jaune, typique de ce coin du Plateau.

J'ai sonné longuement en priant Saint-John Perse et Saint-Denys Garneau de me venir en aide. J'avais enfilé mes gants. Un bon ouvrier a toujours ses outils de travail avec lui.

J'ai entendu des pas et un gars m'a ouvert, une tasse de café à la main, mal rasé, des lunettes rondes. Le regard vitreux, il ressemblait davantage à un chômeur qu'à un cruiseur. Portant t-shirt bleu poudre et jeans troué, il était nu-pieds.

— Vous êtes bien Luc Baranger ?

— Oui. C'est à quel sujet ?

— Je travaille à la Grande Bibliothèque et nous avons un service spécial en partenariat avec l'UQAM, pour les chercheurs en postdoc. Nous leur garantissons de leur procurer en primeur les ouvrages dont ils ont besoin. Et il y a eu une erreur. Vous avez emprunté un livre que vous n'auriez pas dû et je dois absolument le récupérer. Il s'agit de *Va jusqu'où tu pourras* du poète turc Orhan Veli.

On peut raconter n'importe quoi à n'importe qui. Plus c'est gros, plus ça marche.

— C'est quoi cette salade ? Vous ne pouviez pas m'appeler, plutôt ?

Certains sont moins crédules que d'autres.

— J'ai essayé, mais ça sonnait tout le temps occupé. Notre chercheur vient récupérer cet ouvrage à onze heures. Il me le faut tout de suite. Je risque ma place.

Baranger m'a regardé avec méfiance. Ma requête partait d'un bon sentiment : on n'encourage jamais trop l'excellence universitaire québécoise. Mais il semblait hésiter.

— Je n'ai jamais entendu parler de ce partenariat avec l'UQAM…

— C'est nouveau, ai-je tranché. Vous avez le livre ici ?

— Oui, mais…

Je l'ai bousculé. Le café s'est renversé, le gars a voulu gueuler, mais je lui ai saisi le poignet gauche que j'ai écarté vers l'extérieur, puis j'ai tiré son bras pour lui faire une clé. Avec mon autre main, j'ai appuyé son coude contre mes côtes, comme pour le casser.

— Si tu cries, je brise. Crac !

Il était devenu rouge de douleur. On le serait à moins. Il s'est tu et j'ai refermé derrière moi.

— T'es seul ?

Il faut se méfier de ce genre de moineau : ils vivent souvent avec des colocs. Ils sont grégaires, les intellos. Et fauchés.

Il a hoché la tête.

— Le livre ?

Il m'a indiqué la deuxième porte dans le couloir. Je l'ai poussé jusque-là.

On est entrés dans son espace intime. Ça sentait le pot et le renfermé. Tout ce que je déteste.

— Où?

Il y avait un sac en cuir sur le plancher de bois franc. Ses yeux se sont posés dessus.

Sans le lâcher d'une main, j'ai approché sa besace de l'autre. Un bouquin s'y trouvait en effet. Sur sa couverture blanche, on voyait un dessin au trait noir, genre Cocteau, avec le titre en lettres rouges: *Va jusqu'où tu pourras.* Je l'ai sorti, ouvert: la clé avec son anneau en plastique orange était bien là, le numéro 117 apparaissait à son extrémité.

Luc n'avait donc pas encore commencé à étudier les vers magiques.

Il me regardait avec les yeux du gars qui en a trop vu. Il le savait. Moi, je déteste me faire remarquer. J'ai posé mon index sur ses lèvres. Il tremblait de peur.

J'ai accentué la prise dans son dos et lorsqu'il a ouvert la bouche pour hurler, je lui ai enserré la tête avec mon autre bras et j'ai tourné dans le sens inverse des aiguilles d'une montre. Crac! ont griché ses vertèbres cervicales. Il en est mort.

— Adios, Luc.

Après cette brève oraison funèbre, j'ai ramassé le livre et je suis reparti.

En vélo jusqu'à la gare d'autocars de Montréal, ça m'a pris le temps de le dire. D'habitude, je n'ai qu'à traverser la rue Berri pour rejoindre la consigne automatique, en face de la BAnQ. Elle reste la seule qui soit encore utilisable d'un jour sur l'autre. Depuis que des petits malins ont fait exploser une bombe dans un casier de la gare Centrale, on ne peut y laisser de bagages en consigne que jusqu'à dix-huit heures. Ceux du Centre Eaton sont vidés chaque soir à vingt et une heures trente pour les mêmes raisons de sécurité.

J'ai bifurqué à droite après le guichet dans le hall. J'avais vingt-quatre heures pour me pointer là, j'étais dans les temps. J'ai introduit la clé, attrapé le paquet emballé dans du papier journal, entouré d'élastiques. Vu le joli volume de ce parallélépipède, il devait y avoir le compte.

Une paie honorable pour un boulot malhonnête. C'est toujours comme ça.

Ensuite?

Ma journée venait de s'achever.

J'ai tâté le bouquin dans ma poche de blouson. J'aurais pu le jeter dans une poubelle, mais s'il y a une chose que je respecte sur terre, ce sont les livres. Les gens, les animaux, les institutions : je m'en contrefous. Mais les livres, je les traite avec égard. Même — et surtout — s'ils ont été un peu découpés. Ça doit provenir de mon enfance, parce qu'on ne possédait que trois romans à la maison et maman y tenait comme à la prunelle de nos yeux.

Alors j'y suis retourné. Je n'avais que ça à faire, après tout. Et juste cent mètres à marcher.

J'allais déposer les poésies du Turc sur le tapis blanc roulant qui disparaîtrait dans les entrailles de la BAnQ. Ainsi, personne ne viendrait réclamer au défunt son bouquin en retard. Le nouveau système de retour des livres installé avant les portiques de sécurité évitait tout risque de rencontrer mon indic toussoteux.

Je suis arrivé par l'entrée Jardin d'art, à l'extrémité nord du bâtiment — à l'opposé de celle où j'étais passé à dix heures. Toujours aussi discret. Un tueur anonyme et riche.

Une toux sèche m'a fait sursauter. Cinq mètres devant moi, l'employé au teint jaune fumait une cigarette, assis sur un banc à distance réglementaire de la sortie. Je savais bien qu'il ne vapotait pas pendant ses pauses, celui-là. Mon sens de l'observation ne m'a jamais trahi. J'ai continué sans ralentir mon pas.

— Hey, toi !

Par réflexe, je me suis tourné vers lui alors qu'il brandissait un téléphone pour me tirer le portrait. J'ai entendu le déclic numérique. Je me suis figé. Ces appareils sophistiqués vont finir par ruiner notre belle profession. Même avec une casquette et des lunettes, un tueur n'est plus furtif quand on le photographie.

Il s'est approché en souriant.

— Alors, c'est vrai ce qu'on dit !

— Qu'est-ce qu'on dit ?

— Que vous revenez toujours sur le lieu de votre crime.

— Soudoyer un employé de l'État, ce n'est quand même pas un grand délit.

Il a toussé.

— Je pensais à un truc, a-t-il murmuré.

Je déteste quand ce n'est pas moi qui mène un interrogatoire.

— Tes petits roses, là… T'en aurais pas d'autres pour moi ?

J'ai espéré qu'une latte de verre se détache de la façade pour venir se planter dans le crâne de ce merdeux, mais aucun nouvel accident du genre n'était survenu depuis 2008.

— Parce que, tu vois, si jamais il arrivait quelque chose à Luc Baranger, ta face est dans mon kodak.

Il bluffait ou pas ? Il me tenait, c'est certain.

— Combien ? ai-je lancé à contrecœur.

— Dix mille.

Je ne pouvais pas accepter une telle somme. Je hais le chantage.

On se trouvait au milieu d'un groupe d'employés qui discutaient de la pluie et du mauvais temps. Mon photographe en a joyeusement salué deux qui repartaient au turbin. Je devais disparaître de cet endroit. J'étais trop exposé. Il fallait que je me débarrasse de cet escroc.

— J'ai pas dix mille dollars sur moi, tu penses bien. Y a pas écrit Caisse populaire, là, j'ai dit en désignant mon front.

— T'as combien ?

La dure loi du marchandage.

— J'ai cinq cents.

— Mille, ça m'ira.

En fait, il aurait sûrement accepté un vingt.

— On peut se trouver un coin tranquille pour ça ? j'ai demandé.

Il m'a fait signe de le suivre. On est retournés dans le hall de la Grande Bibliothèque pour entrer dans les toilettes pour hommes, sur la gauche. Sur la porte, un écriteau prévenait que l'endroit était sous la surveillance d'une caméra.

Il n'y avait personne à l'intérieur. J'ai refermé avec le loquet. C'est pratique ce système qu'utilise le personnel de nettoyage. J'ai tout de suite repéré l'appareil qui filmait les activités sanitaires des usagers de la BAnQ, placé en haut des lavabos. Je lui ai tourné le dos et j'ai sorti le colis que je venais de récupérer.

Le gars a écarquillé les yeux. Il n'avait sûrement jamais manipulé autant de fric dans sa petite vie d'insignifiant.

— Tu vois, pour gagner tout ça, il faut travailler très fort. Tu sais ce que ça veut dire ?

Je parlais bas. Le type avait viré au livide. Il ne pouvait détacher son regard de la liasse composée de billets de toutes les couleurs de la Banque du Canada : bleus, violets, verts, roses et marron. Bien usagés, prêts à être dépensés.

J'ai sorti une dizaine de billets de cent du paquet.

— Et voilà qui font mille. Maintenant, efface ma photo.

J'ai tendu les bruns de la main gauche et la main droite, paume ouverte.

— Mais, il y a plus, là. Je… J'ai dit que je voulais dix mille !

Il en perdait ses moyens, le pauvre garçon. On n'allait pas s'éterniser non plus.

— Pour gagner tout ce *cash*, tu sais ce qu'il faut faire comme métier ?

Je ne lui ai pas laissé le temps de répondre. J'ai planté mon index et mon majeur droits dans ses yeux, et j'ai aussitôt agrippé sa tête de l'autre main, sans lâcher mon fric. Crac! ont gémi ses vertèbres cervicales. J'ai retenu sa chute jusqu'au sol en carrelage blanc et j'ai retiré son téléphone de son pantalon.

— Adios, Ducon, j'ai soufflé.

Ce bye-bye m'a paru un peu déplacé, mais je ne suis pas un poète, moi.

Je m'apprêtais à quitter les lieux rapidement, tête baissée, quand j'ai eu une hésitation. Pas un remords, car ça n'existe pas dans mon métier. Non, un sentiment relié à la Grande Bibliothèque où je me tenais et au livre qui pesait dans mon blouson. Ça faisait deux hommes que je ratatinais pour sauver ma paie, mais ce n'était pas une raison pour manquer d'imagination et d'un peu de respect.

J'ai sorti *Va jusqu'où tu pourras* en me disant que ce titre était prémonitoire, je l'ai parcouru au hasard, puis je suis tombé sur ces quatre vers :

Morts, nous serions purifiés de nos souillures,
Morts, nous serions bons, nous aussi ;
Et l'envie d'argent, de célébrité, de femme,
Nous l'oublierions.

C'était la fin d'un poème écrit en 1947 et intitulé *Proche de la mort.*

Je l'ai lu à voix haute, puis j'ai abandonné le recueil d'Orhan Veli sur le cadavre.

Ces poètes turcs m'épateront toujours.

ANDRÉ MAROIS

— Pourquoi écrivez-vous des polars ?

— Parce que j'aime tuer les gens !

Voilà la réponse d'André Marois à l'éternelle question que tout le monde lui pose. Et dans sa grande sagesse, il ajoute avec le sourire, devant le regard éberlué de son public, qu'il vaut mieux s'amuser des choses qui nous font peur. Telle est la philosophie littéraire de cet auteur prolifique.

André Marois est né en France où il a étudié et travaillé en publicité. En 1992, il décide de traverser l'Atlantique et il s'installe sur le Plateau Mont-Royal. Montréal l'inspire et, pour marquer la fin du siècle, il commence à écrire. Ses deux premiers romans sont refusés par tous les éditeurs. Apprentissage du métier oblige ! Qu'à cela ne tienne, il se lance à l'assaut du prochain millénaire et, depuis ce temps, il n'arrête plus de publier des histoires pour les enfants, les adolescents et les adultes. Albums, romans, nouvelles, tous les médiums sont exploités et il n'hésite pas à faire exploser les genres, décontenancer les lecteurs avec des pépites comme *9 ans, pas peur*, son livre préféré, mettant en scène un enfant interprétant un monde de violence qui le dépasse largement.

Peu importe à qui il s'adresse, qu'il écrive un roman très noir pour les adultes ou un album jeunesse, la méthode de travail d'André Marois demeure la même. Tout part d'une idée, d'une thématique. Ensuite, il cherche la logique et tout ce qui découle de ce thème. Puis il construit un plan, pas trop précis quand même et ensuite, il réfléchit à trois ou quatre chapitres à la fois. Ses objectifs ? Donner à voir les bons et, surtout, les mauvais côtés du genre humain, dans un style direct et efficace, et nous transporter de rebondissement en rebondissement vers une finale déconcertante. Il travaille sans relâche à surprendre le lecteur, car lui-même adore se surprendre et s'étonner quand il écrit ses récits. Parallèlement à cela, il se penche sur les motivations profondes des criminels et cherche des raisons de tuer qui n'ont pas encore été envisagées. Tout un chantier !

Amateurs de polars, vous êtes parents et vous voulez que vos rejetons aiment lire ? Vous pouvez compter sur André Marois qui, par ses livres et ses visites dans les écoles, transmet aux enfants le goût de se lancer dans la lecture de ses aventures. Les Américains l'ont reconnu en achetant les droits du roman *Le voleur de sandwichs*, une enquête classique, riche en suspense et en dizaines de suspects (même le directeur d'école !) avec autant de mobiles. On y retrouve toutes les qualités requises pour donner la fièvre de la lecture aux enfants.

Quant aux lecteurs adultes, ils pourront se régaler d'une série de petits romans noirs mettant en vedette des enfants pas comme les autres. *9 ans, pas peur* et *10 ans, pas méchant*, vous plongerons dans les méandres d'une enfance noire et cruelle, dérangée et dérangeante. Belle façon pour André Marois de mettre en scène ses deux lectorats !

http://andremarois.blogspot.ca/

Photo de l'auteur : Julia Marois

JACQUELINE LANDRY

Actus reus

Victoria, les yeux fermés, léchait goulûment ses doigts couverts d'un glaçage au chocolat onctueux. Autour d'elle, le bazar. Des boîtes s'empilaient les unes sur les autres dans toutes les pièces de sa mignonne petite maison en rangée achetée à prix d'or dans la municipalité de Pitt Meadows, où elle avait emménagé la veille.

Victoria soupira de contentement. Elle repoussa une mèche de ses longs cheveux bruns et lissa son t-shirt et ses leggings noirs, couverts de farine. «Mon gâteau sera délicieux», se dit-elle, tout en examinant les lieux, se demandant par quoi commencer.

Comme dans toutes les situations qui lui imposaient un grand stress, elle avait décidé de se faire plaisir… et d'aborder sa nouvelle vie par la gourmandise.

Car Victoria savait comment prendre soin d'elle, et surtout contourner les difficultés. Son égocentrisme et son indifférence à l'égard des malheurs des autres contrastaient avec la douceur de ses traits. Ses amis avaient depuis longtemps décidé de fermer les yeux sur son manque de cœur, charmés par ses discours Nouvel Âge, son sourire irrésistible et sa démarche souple et gracieuse de yogi.

Mais même la petite cour de Victoria lui reconnaissait un terrible défaut: elle avait l'ordre en aversion. Elle ne rangeait jamais rien. Et la pire aventure qui pouvait lui arriver était de faire face à un déménagement.

La jeune femme leva les yeux vers la fenêtre. Au loin, la somptueuse chaîne de montagnes de la côte ouest de la Colombie-Britannique semblait l'appeler pour l'aventure.

Un mouvement à l'extérieur attira son attention. Elle s'approcha de la fenêtre.

Victoria habitait une petite maison en rangée dans un complexe d'habitations qui en comptait vingt. Le style mexicain du bâtiment, en crépi orange, l'avait immédiatement charmée lors de sa première visite avec l'agent immobilier, un homme d'expérience en fin de carrière, qui avait beaucoup insisté pour qu'elle fasse une offre d'achat, lui disant que cette maison changerait sa vie.

Elle pencha la tête. Du deuxième étage où elle se trouvait, elle pouvait voir la cour et les grands arbres qui l'entouraient. Victoria sursauta et recula, interdite. Trois de ses voisins, leurs têtes blanches levées vers son logement, la regardaient sans expression, les bras pendant le long du corps, immobiles. Elle reconnut sa voisine, qui avait bien quatre-vingt-deux ans. Victoria fronça les sourcils. « Elle s'appelle Bernice, se souvint-elle. Je l'ai rencontrée lors de ma première visite de la maison. Puis elle se demanda, ennuyée : « Mais que font-ils tous là ? »

Elle recula dans un angle de la pièce et les observa jusqu'à ce qu'ils s'éloignent lentement, du pas lourd et vacillant de ceux qui ont entrepris leurs derniers kilomètres…

Victoria grimaça. La migraine lui martelait les tempes. « Ça va être du beau, se dit-elle, irritée, si je suis surveillée de la sorte en permanence. »

Dehors, le ciel s'était couvert. Un gros corbeau noir s'élança du toit en poussant des cris féroces. Les premières gouttes de pluie claquèrent violemment sur la vitre. Victoria, pas très rassurée, entreprit, à contrecœur, de ranger ses affaires.

::

Les cartons se multipliaient devant la porte de la maison. Victoria allait et venait dans l'escalier, désireuse de mettre dehors le plus de boîtes vides en vue du passage du camion de recyclage dans la journée.

Tout occupée à trancher le carton avec son couteau, Victoria sentit soudain une présence. Elle se retourna brusquement pour se retrouver nez à nez avec sa voisine. Elle sursauta.

— Vous m'avez fait peur, Bernice. Comment allez-vous ?

La vieille dame ne répondit pas. Elle dévisageait sa voisine de ses yeux perçants au bleu délavé. Petite et grassouillette, elle était vêtue d'un chemisier rose à fleurs et d'un pantalon brun d'une autre époque. Le fard appliqué sur ses joues accentuait la peau froissée et les poils de son visage. Et sa main avait sans doute tremblé en apposant le rouge à lèvres ce matin-là, songea Victoria, sans pitié, en examinant à son tour l'octogénaire.

— Vous vous appelez Victoria, n'est-ce pas ? Bienvenue parmi nous, petite. Je vois que vous êtes matinale… même si vous n'avez pas beaucoup dormi. Je vous ai entendu ranger vos affaires toute la nuit. Vous êtes bruyante. Ici, on se couche tôt.

Victoria se figea. Se sentir surveillée est une chose, recevoir des reproches en est une autre. Elle allait riposter, mais la vieille femme ne lui en laissa pas le temps.

— Ce n'est pas grave, pour cette fois. Vous venez d'arriver. On ne juge pas les gens, heureusement, à leur comportement des premières heures.

La flèche bleue d'un geai de Steller passa en un éclair au-dessus des toits, suivie d'un long cri strident qui déchira l'air. Victoria, bouche bée, se demandait si elle avait bien entendu.

La voisine poursuivit sur un ton soudain plus aimable :

— Ah, au fait, vous aimez lire ?

Victoria, désarçonnée, bredouilla :

— Oui, je crois.

— Vous croyez, reprit Bernice. On aime ou on n'aime pas. Quoi qu'il en soit, je ne saurais trop vous conseiller de passer à la bibliothèque vous chercher des livres. Elle n'est pas loin la bibliothèque... à deux pas... dans le quartier. Un vieil édifice. Vous le verrez, c'est inévitable.

— Inévitable? demanda Victoria, perplexe. Vous voulez dire, j'imagine, que je ne manquerai pas d'apercevoir le vieil édifice....

— Non, j'ai dit ce que j'ai dit. C'est inévitable.

Victoria respira discrètement dans sa manche. Le parfum suranné de la vieille femme commençait à lui monter à la tête. Une sorte d'odeur sucrée... on aurait dit la tarte aux raisins de sa grand-mère...

— Oui, bien sûr, dit Victoria, en toussotant. J'irai faire un tour à la bibliothèque lorsque j'aurai fini de ranger ma maison.

— Êtes-vous disciplinée et organisée d'habitude? interrogea soudain la vieille femme, en fixant son interlocutrice de ses yeux inquisiteurs.

Victoria nota le ton ironique de la question et décida d'en finir avec cette conversation qui la rendait de plus en plus mal à l'aise.

— Je ne comprends pas pourquoi vous me parlez de cette façon..., commença-t-elle.

Bernice l'interrompit en accentuant chacun de ses mots.

— POUR VOUS METTRE EN GARDE. Ici, on apprécie la discipline et l'ordre. Et un petit conseil, en passant : si vous prenez des livres à la bibliothèque, assurez-vous de les rendre à la date prévue. Ils ont horreur des retards.

Victoria, retrouvant soudain sa personnalité rebelle, se permit un sourire narquois en continuant de couper des boîtes.

— ILS?

— Les préposés de la bibliothèque.

— J'ai déjà emprunté des livres dans des bibliothèques... et j'ai déjà rapporté des livres en retard...

— Je ne vous le conseille pas...

Bernice, les lèvres pincées, ne souriait plus.

« Avait-elle même souri depuis son arrivée ? », se demanda Victoria.

— Personne ne m'a mordue, répliqua-t-elle en riant. J'ai dû payer des frais de retard, quelques sous en fait....

Elle leva la tête et s'interrompit. Bernice n'était plus là.

Lentement, très lentement, Victoria se releva, en massant son dos qui lui faisait mal... et rentra chez elle.

::

La sirène du train retentit dans la brume du matin. Victoria savourait avec bonheur son premier café au lait en admirant le paysage féerique. Les sapins étaient recouverts de givre, silhouettes informes dans cet épais brouillard qui donnait une touche de mystère au décor maintenant familier. Un voile qui enrubannerait la région pendant quelques jours, précisaient les médias.

«Comme cet endroit est calme, pensa-t-elle, j'ai l'impression d'être dans un lieu complètement isolé, protégé du monde agité, loin de la vie réelle.»

Victoria se leva et fit quelques pas de danse, virevoltant sur elle-même, répétant à haute voix combien elle aimait sa nouvelle maison, cette charmante petite ville, et même son travail au détachement de la GRC de Coquitlam. Elle mit sa tasse dans l'évier et alla enfiler ses vêtements de course qu'elle trouva au fond d'une valise.

Elle descendit l'escalier qui menait à la porte d'entrée et s'étonna des courbatures qui la faisaient souffrir depuis la veille. «Probablement le déménagement», se dit-elle.

En laçant ses chaussures, elle décida de courir jusqu'au petit marché de fruits et de légumes qu'elle avait aperçu plus loin, sur la route Harris.

Elle ouvrit la porte d'entrée avec précaution, désireuse de faire le moins de bruit possible en sortant... puis s'arrêta net.

«Mais qu'est-ce qui m'arrive?», se réprimanda-t-elle, en observant la cour avec nervosité. «Je suis chez moi ici. Mon hypothèque me coûte assez cher pour que je puisse aller et venir sans rendre des comptes.» Soudain en colère, elle claqua la porte avant de la verrouiller.

Puis elle avança résolument dans une sorte de linceul d'une densité impénétrable. Elle ne pouvait voir à plus de deux mètres devant elle.

Aucun bruit, aucun écho dans ce brouillard opaque. Elle avait la désagréable impression d'être dans un caisson étanche. Silence total.

Elle accéléra instinctivement le pas en empruntant l'étroite allée qui allait la faire passer entre les deux rangées de maisons du complexe. Comme une aveugle, elle se dirigea vers la sortie.

Les lampadaires, disposés devant chacune des habitations, ne diffusant qu'un faible halo de lumière absorbé par la brume, ne faisaient qu'accentuer les ombres menaçantes. Elle devina la silhouette d'un vieillard qui se tenait, courbé, dans l'embrasure d'un garage.

Puis son cœur s'arrêta. Un bruit, presque imperceptible. Comme un frottement de pantoufles sur la chaussée, derrière elle. Elle se retourna d'un coup. Les volutes de brouillard se dissipèrent quelques mètres devant elle… assez pour qu'elle reconnaisse la femme qui s'éloignait.

Victoria courut alors à toute vitesse en direction de la rue.

Elle ne remarqua pas le couple de personnes âgées qui l'observait derrière les persiennes de la dernière maison du complexe.

::

L'animation du marché lui fit du bien.

Victoria, les joues rougies par la course, avançait entre les amoncellements de fruits et de légumes aux couleurs appétissantes, poussant son panier déjà à moitié rempli de victuailles. Les choses simples de la vie ont le don de neutraliser les pires drames. Déambuler entre les étalages de produits frais rendait à Victoria son optimisme et son sens de la logique.

Une fois à la caisse, elle entama la conversation avec l'employé et en profita pour lui demander où était situé le guichet automatique le plus proche. Et la pharmacie. Derrière elle, une vieille dame commençait à s'impatienter. Victoria l'entendit maugréer d'une voix basse. Elle l'observa discrètement. Elle portait des diamants et sentait l'eau de Cologne. Elle lui rappela Bernice... et la bibliothèque.

En rangeant ses aliments dans son sac à dos, Victoria posa une dernière question au caissier au sujet de la bibliothèque. La vieille dame, à bout de nerfs, fut plus rapide que lui et répondit d'un ton sec :

— Il n'y a pas de bibliothèque dans le coin. Il y en avait une de mon temps, quand j'étais petite, mais elle a brûlé. Maintenant, si ça ne vous ennuie pas, j'aimerais moi aussi passer à la caisse.

Victoria l'ignora et sortit du marché en se demandant qui, de Bernice ou de la cliente, se moquait d'elle.

C'est en boitant qu'elle refit le chemin inverse jusqu'à sa demeure. Son genou lui faisait mal. « Décidément, se dit la jeune femme, ce n'est vraiment pas la forme ces jours-ci. »

::

Le soleil était haut dans le ciel. Un petit bimoteur volait très bas au-dessus des champs et s'apprêtait à atterrir à l'aéroport de Pitt Meadows. Victoria, qui courait dans le parc Mitchell, s'arrêta pour admirer l'appareil, savourant le doux chuintement des hélices qui battaient l'air au ralenti, avec comme toile de fond un magnifique paysage de montagnes enneigées.

Victoria sentit une vague de bonheur l'envahir. Elle sourit en reprenant sa course.

Le brouillard s'était finalement levé, emportant toutes les craintes de Victoria concernant son voisinage, des absurdités sans doute sorties tout droit de son imagination. Ridicule cette impression d'être surveillée par ses voisins.

Victoria n'avait d'ailleurs pas croisé âme qui vive dans le complexe au cours des derniers jours, ce qui accentuait son sentiment de paix et de quiétude.

Elle passa devant son complexe et décida de poursuivre sa course jusqu'aux grands arbres d'un parc protégé, sur la route Harris. Elle voyait déjà la cime des conifères qui se dessinait à l'horizon. Ses pieds martelaient le sol à une cadence parfaite, son souffle rythmait chacun de ses mouvements, pendant que les rares édifices de la petite ville défilaient sur sa gauche. Dire que tout cet espace n'était que des champs immenses une centaine d'années plus tôt... « Et ça n'a pas beaucoup évolué depuis », pensa Victoria. Quelques magasins, deux ou trois restaurants de quartier, une école primaire, une petite pharmacie, une bibliothèque...

Une bibliothèque ! Elle s'arrêta brusquement, son cœur battant furieusement dans sa poitrine.

Un écriteau d'un autre temps, suspendu à l'entrée d'un vieux bâtiment, grinçait affreusement à chaque coup de vent.

BIBLIOTHÈQUE DE PITT MEADOWS

Victoria regarda autour d'elle. Elle avait dépassé un peu l'angle de la route Harris et de la 124e avenue. Elle se trouvait exactement en face du marché. On lui avait pourtant dit qu'il n'y avait pas de bibliothèque...

Elle observa à nouveau l'édifice. Aucun doute. C'était bien identifié. C'était la bibliothèque. Elle existait bel et bien. Victoria se mit à rire nerveusement. Bernice avait raison après tout.

Mais quelque chose clochait.

D'abord ce bâtiment. C'était évident qu'il n'avait pas été rénové depuis des lustres. Construit en planches de bois, qui avaient été peintes en jaune, il y avait longtemps. Le bois s'effritait, la couleur était presque indéfinissable. La petite tourelle qui surplombait le toit semblait jaillir de la fin des années 1930, début des années 1940. Un édifice surgi d'une époque révolue. Et que Victoria n'avait encore jamais remarqué. Mais il faut dire qu'avec tout ce brouillard des derniers jours...

La lourde porte à deux battants de la bibliothèque s'ouvrit sur un grincement. Victoria se figea.

S'il lui restait une lueur de sérénité, elle disparut à la vue de la cliente qui sortait de l'établissement.

Victoria fixait la dame qui remontait l'allée. Très élégante dans un tailleur gris foncé, elle marchait comme un mannequin dans un défilé de mode. Sa veste à boutonnière, cintrée à la taille, descendait gracieusement sur une longue jupe étroite à plis qui couvrait ses genoux. Des gants de cuir, un sac à main noir et un coquet petit chapeau, perché sur une coiffure courte et ondulée, complétaient l'ensemble. « Une tenue d'après-guerre, songea Victoria, bouche bée. On dirait Mary Poppins ! Cette femme doit participer à un quelconque événement costumé ou historique. Tiens, je vais aller lui demander. » Mais elle retint son mouvement.

La dame au tailleur, qui marchait d'un pas rapide, disparaissait déjà au tournant d'une rue.

Victoria, indécise, descendit l'allée qui menait au bâtiment en frottant sa main gauche, irradiée d'une douleur qui ressemblait curieusement à de l'arthrite.

::

LE TEMPS A TROIS DESTINATIONS :
LA JEUNESSE EST DROITURE, LA VIEILLESSE EST
CORRUPTION, L'INACTION NE MÈNE NULLE PART.
VOS CHOIX ONT DES CONSÉQUENCES.

Victoria, comme hypnotisée, ne pouvait détacher les yeux de la grande affiche murale qui accueillait les gens dès leur entrée dans la bibliothèque.

Tout en se questionnant sur la signification de cette affirmation, elle ne pouvait s'empêcher de se dire que cette phrase était tout… sauf amicale. Comme si la direction de l'établissement voulait donner des leçons aux visiteurs. On y percevait même une menace.

Elle observa la grande salle, qui semblait être l'essentiel de la bibliothèque. Une immense pièce, éclairée par des candélabres de fer forgé.

De hautes étagères remplies de livres, jusqu'au plafond, attiraient immédiatement l'attention. Des échelles posées çà et là permettaient d'aller chercher des ouvrages magnifiquement reliés, rangés à cinq mètres de hauteur. Quelles étaient ces œuvres, oubliées là-haut, et pourquoi étaient-elles pratiquement inaccessibles ?

Le plafond cathédrale rendait justice aux bustes de grands écrivains qui s'élevaient sur des socles disposés entre les rangées de livres.

Une odeur de cuir et de cigare remplissait toute la pièce.

De petites alcôves, meublées de fauteuils en cuir et de tables massives en ébène, invitaient à la lecture. Sur les tables étaient posés des globes terrestres, des cendriers, des loupes et des horloges sous verre.

Les rares fenêtres étaient masquées de lourdes tentures d'un violet sombre, qui ne laissait filtrer aucun rayon de soleil.

Ses yeux vagabondèrent au fond de l'immense salle.

Un panneau indiquait sans ambiguïté:
SILENCE!
IL EST STRICTEMENT INTERDIT DE PARLER ICI.

Victoria haussa les épaules et sourit, amusée.

Elle aperçut ensuite un genre de filière à tiroirs, ce qui la ramena très loin en arrière, soit aux conversations avec sa grand-mère qui lui avait parlé de son enfance, alors qu'elle fréquentait l'école du village. Les tiroirs de cartes de livres, remplacés depuis par les ordinateurs... qui semblaient inexistants ici.

Victoria s'approcha et ouvrit un tiroir: les cartes étaient rangées par ordre alphabétique. C'est ainsi, se souvint-elle, que s'effectuait, autrefois, la recherche de titres et d'auteurs. Ici, on utilisait encore ce système. Elle referma le tiroir avec précaution.

Lentement, elle marcha vers le comptoir de réception, désert. Sur le mur trônait l'affiche d'un grand film: *Autant en emporte le vent*. «Début de la Deuxième Guerre mondiale, se dit Victoria, en 1939. Inspirant, certes, mais il y a eu d'autres grands films depuis, ils n'ont pas l'air très au fait du cinéma.»

Sur le comptoir, des lunettes serties d'une chaînette, abandonnées dans un vide-poche en cuivre. Un téléphone noir à cadran, silencieux, complétait ce tableau qui aurait pu faire partie d'un décor de film.

— Vous désirez?

Victoria sursauta. Elle n'avait pas entendu arriver la préposée qui la dévisageait avec insistance.

Grande et maigre, la femme qui se tenait devant elle n'avait que la peau sur les os. Elle était vêtue d'un chemisier blanc à jabot que Victoria trouva plus que démodé, et elle ne portait aucun maquillage. Son chignon très strict lui donnait l'air sévère et très respectable de la vieille fille du village. Son visage n'avait rien de particulier ni de joli. Elle fixait Victoria de ses yeux ternes, le regard hargneux, les lèvres serrées sur un pli dédaigneux, les nerfs de son long cou tendus à l'extrême. Victoria frottait anxieusement ses mains moites. La douleur à sa main gauche s'accentuait.

Elle nota le nom de la préposée, gravé sur un écusson épinglé à son chemisier. Elle s'appelait Rose Winter.

— Euh… Madame Winter, je suis nouvelle dans le quartier. Je voulais emprunter des livres à la bibliothèque. Il y a longtemps que… enfin… que vous êtes installés ici ? Je veux dire… Cet édifice me paraît assez ancien…

— Il l'est, en effet. Vous trouverez ici des livres que vous ne pourrez trouver nulle part ailleurs. Mais cet établissement a ses propres règles. Et elles sont là pour être respectées.

— Si je veux emprunter des livres, comment dois-je faire ? J'ai vu qu'il y avait des échelles, mais…

— Vous n'aurez jamais accès aux échelles. Nous faisons la recherche pour vous. Que souhaitez-vous lire ? Vous aimez les romans, le théâtre, la poésie ?

— Oh… Rien de trop sérieux, dit Victoria, qui s'interrompit devant l'air revêche qui s'accentuait de minute en minute sur le visage de la préposée. J'aimerais un roman…

La préposée la regarda pendant ce qui parut une éternité à Victoria. Puis elle lui désigna une table basse, plus loin, où elle pourrait trouver, lui dit-elle, les dernières parutions.

Victoria se sentait observée par Rose, dont le regard malveillant suivait chacun de ses gestes. Avec précaution, elle déplaça quelques livres jaunis sur la pile instable qui menaçait de s'écrouler à tout instant.

Certains noms d'auteurs lui disaient quelque chose.

« Georges Orwell, *1984*… Ils en ont fait un film, je crois… » Elle regarda l'année de la publication. « Oh… c'était en 1949. Et il y a un autre roman de lui, *La ferme des animaux*… Celui-là a été écrit en 1945. Bon… ces deux livres ont dû être mal classés. »

Victoria sentait le regard brûlant de la préposée sur son visage.

« *Bonheur d'occasion* de Gabrielle Roy, lut-elle. C'est aussi un vieux livre, publié en 1945. Bon, celui-ci est un classique, pensa-t-elle, en dégageant d'une pile *Le Petit Prince* de Saint-Exupéry... publié en 1943. »

La poussière qui recouvrait les livres avait refroidi l'élan d'enthousiasme de Victoria. Les reliures rigides et sans attrait exigeaient du lecteur beaucoup de courage, pensa-t-elle, ne serait-ce que pour tourner les premières pages et se plonger dans l'histoire.

En soulevant une autre pile de livres, elle reconnut *Thérèse Desqueyroux* de François Mauriac, 1927. *Solal* d'Albert Cohen, reposait sur *La voix humaine* de Jean Cocteau... les années 1930...

« Décidément, on repassera pour les nouveautés », se lamenta Victoria, déçue.

— Vous n'avez pas, euh... des livres publiés récemment... je veux dire... des romans qui datent de l'année dernière, par exemple.

— C'est ce que nous avons de plus récent. Et personne ne s'en plaint, au contraire. Ce sont de grandes œuvres. Mais vous avez aussi accès aux classiques si vous préférez. Nous avons tout Victor Hugo, tout Corneille, Molière, Baudelaire, Honoré de Balzac...

Le ton de la préposée, tranchant au début, devenait franchement agressif. Victoria décida qu'un classique ne lui ferait pas de mal.

— Je vais prendre *Les Misérables* de Victor Hugo.

— Je sais qui a écrit *Les Misérables*, lança Rose, pleine de mépris, inutile de nommer l'auteur, mademoiselle.

Victoria ne souhaitait plus qu'une chose : sortir de cet endroit désagréable qui lui donnait la chair de poule. Elle s'avança vers le comptoir.

Un vieil homme, qu'elle n'avait pas encore aperçu, grimpa alors sur l'une des échelles, et retira sans hésiter un livre des rayons. Il redescendit lentement puis vint déposer l'ouvrage de Victor Hugo sur le comptoir, et repartit aussitôt, le dos courbé, sans accorder un seul regard à la jeune femme.

La préposée ouvrit le livre à la dernière page, retira la carte de la pochette et se mit à inscrire la date du prêt sur une ligne… suivie de la date prévue de retour du livre. Tout en comptant avec ses doigts sur les espaces d'un vieux calendrier.

Elle écrivait avec un soin religieux qui parut exagéré à Victoria. Elle formait chacune des lettres et des chiffres en appuyant fortement avec son crayon de plomb.

Rose enregistrait le nom du nouvel emprunteur. Victoria eut un soubresaut et recula d'un pas. La préposée avait écrit son nom sur la fiche.

— Vous avez un problème, demanda Rose, en levant à peine les yeux du comptoir.

— Comment vous savez mon nom? Je ne me souviens pas vous l'avoir dit…

— Vous l'avez mentionné en entrant.

Victoria demeura perplexe. Elle aurait pourtant juré…

— Ce livre doit nous revenir à temps. Vous avez trois semaines pour le lire. Pas un jour de plus. C'est amplement suffisant. Nous n'acceptons aucun retard.

— Mais, demanda Victoria interloquée, que faites-vous quand les gens sont en retard?

— Les gens ne sont pas en retard. Autrement, ils en subissent les conséquences.

La préposée dévisageait maintenant Victoria sans aucune retenue. Elle lui remit son livre et le tint un moment entre ses doigts crochus.

— Je souhaite toujours quelque chose aux usagers, lorsqu'ils partent avec un livre. Souhaitons que vous puissiez tirer une leçon de cette œuvre magistrale. Il y a des gens qui souffrent sur cette planète, et nous devons faire preuve d'empathie envers eux… et abandonner l'égoïsme.

Victoria devint rouge de colère. Cette remarque lui fit l'effet d'une gifle. Avec toute la dignité qui lui restait, elle prit le livre et allait tourner les talons sans dire un mot, lorsqu'elle se souvint de la raison de sa visite à la bibliothèque.

— Au fait, cette dame que j'ai croisée tout à l'heure, en entrant, elle était vêtue d'une façon particulière, ça m'a surprise… Y a-t-il un événement spécial que vous soulignez à la bibliothèque?

La préposée sourit pour la première fois. Mais Victoria n'aima pas son sourire. Il lui glaça le sang. Elle se dit que finalement elle préférait son air revêche.

— Il n'y a aucune activité à la bibliothèque. Il n'y en a jamais. Cette dame est ce qu'elle est. Elle a fait ses choix.

Victoria la jaugea un instant sans comprendre puis marcha jusqu'à la porte.

Sur le mur, une affiche, qu'elle n'avait pas remarquée en entrant, précisait ceci :
LES RETARDS SONT INACCEPTABLES.
ABÎMER UN LIVRE EST IMPARDONNABLE.

En secouant la tête, Victoria tourna la poignée et constata, surprise, que ses veines saillaient sur ses mains. « Je suis vraiment fatiguée, se dit-elle, inquiète. Je rentre à la maison. »

::

Victoria tourna sur la 119ᵉ avenue sans trop s'en rendre compte, toute à ses pensées. Mais que venait-il donc de se passer? Avait-elle vraiment vécu cet épisode désagréable dans un lieu généralement connu pour sa quiétude, un lieu de ressourcement consacré à l'élévation de l'esprit?

Ses meilleurs souvenirs d'enfance étaient liés à la bibliothèque du petit village où elle avait grandi. Elle adorait l'ambiance feutrée qui y régnait et qui invitait à la lecture…

Mais elle se souvenait aussi de l'angoisse qu'elle ressentait lorsqu'elle avait oublié de rendre ses livres, et que la date était passée… ou pire… lorsque le livre était abîmé. Les règles de la bibliothèque lui avaient donc apporté parfois des moments moins magiques ; elle en avait même fait des cauchemars. Mais rien de commun avec ce qu'elle venait de vivre. Elle sortit du vieil édifice avec l'impression d'avoir été agressée, insultée, menacée.

Elle eut tout à coup envie, très envie de retourner au travail. Son collègue et grand ami, David, saurait l'aider. Il était d'une telle logique. Elle appréciait vraiment leur amitié… qui commençait à se transformer en quelque chose d'autre, pensa Victoria.

Elle ralentit en s'approchant du complexe où elle habitait. Un itinérant, étendu sur le sol, tendait la main vers elle, la suppliant de lui donner quelques sous pour un repas. Elle considéra d'un air dégoûté ses habits usés et ses bottes trouées. Le vieil homme, la peau du visage tannée par les intempéries, arborait un sourire sans dents qu'elle trouva risible. Les quelques rares cheveux gris qui lui restaient sur les tempes étaient trempés de sueur. Il doit être malade, pensa Victoria, en descendant du trottoir pour éviter qu'il ne la touche. Ces clochards, se dit-elle, ont bu de l'alcool et consommé de la drogue toute leur vie… et maintenant il faudrait les aider ? Elle passa devant lui, serrant son livre contre sa poitrine, sans lui accorder un seul regard.

Près de chez elle, quelques-uns de ses voisins discutaient avec animation. Ils tournèrent la tête à son arrivée et se turent.

Victoria poursuivit son chemin et ne leur accorda pas la moindre attention. Devant sa porte, elle trouva un mot, laissé par sa voisine.

J'espère que votre visite à la bibliothèque s'est bien passée. Prenez soin du livre.

Bernice

Le rire d'un moqueur polyglotte éclata dans les boisés.

«Décidément, se dit Victoria, en regardant autour d'elle tout en insérant la clé dans la serrure, les nouvelles courent vite par ici.»

::

Pelotonnée dans une fourrure au coin du feu, Victoria buvait à petites gorgées un grand cru français qu'elle s'était offert.

Sur la table, posé à la hâte, l'ouvrage de Victor Hugo luisait sous l'éclat du feu. Victoria se rembrunit, en repensant à sa visite à la bibliothèque. Elle regarda plus attentivement le livre et allongea la main pour le saisir.

La page couverture présentait une sorte d'écorchure sur le coin droit, comme une cicatrice qui aurait blessé le cuir de la reliure. Elle ne se souvenait pas l'avoir vue en prenant le livre. Ce n'était pas elle qui avait fait cette marque sur l'ouvrage, tenta-t-elle de se convaincre. Elle ne l'avait pas laissé tomber sur la route et l'avait immédiatement déposé sur la table en arrivant.

Elle prit une gorgée de vin… qui lui resta en travers de la gorge. Elle aurait dû inspecter le livre avant de quitter la bibliothèque. Qui sait si cette préposée n'allait pas la rendre responsable de ce bris? Elle avait parlé de conséquences… mais quelles conséquences? Victoria chassa cette idée en se disant qu'elle donnait trop d'importance à cette employée. Elle reposa le livre.

Affamée, elle se coupa un morceau de fromage et attrapa une tranche de pain. Ses pensées, en ébullition, reprenaient sans cesse le chemin de la bibliothèque.

Victoria frissonna et se rapprocha du foyer. Elle tenta de se détendre. Mais le moment béni était passé. Inquiète, elle n'arrivait pas à quitter le bouquin des yeux, qui semblait la narguer.

Une longue plainte s'éleva soudain dans la nuit. Le hurlement des coyotes, rassemblés dans les montagnes, annonçait le début de la chasse.

::

Jour J.

Victoria allait être en retard. Comme toujours. Mais elle ne se décidait pas à sortir de sa maison. Après avoir passé plus de deux semaines à réorganiser son univers, elle se sentait prête à retourner au travail, mais elle avait encore tellement de choses à faire.

Elle déposa délicatement une sculpture d'éléphant sur la table du salon, déplaça de quelques centimètres une girafe en bois sur le bord de la fenêtre, recula, revint sur ses pas pour réajuster un rideau qui ne tombait pas comme elle le souhaitait. Voilà. Elle n'aimait peut-être pas ranger, mais quand il s'agissait des détails de sa décoration elle était un peu maniaque. Une fois aménagée, sa petite maison devait demeurer exactement comme elle l'avait décidé.

Un dernier regard dans la glace avant de partir lui donna de l'assurance. Elle se sentait jolie, avec un soupçon de maquillage qui masquait un peu les traces de fatigue des derniers jours. En particulier ces cernes sous les yeux qui ne semblaient plus vouloir s'en aller.

Victoria descendit les escaliers et jeta un rapide coup d'œil à l'extérieur avant d'ouvrir la porte. La cour était déserte. Elle sortit et se dirigea sans traîner vers sa voiture, retenant avec difficulté une soudaine envie de courir. Elle s'engouffra dans son véhicule et démarra sans attendre, heureuse de reprendre sa routine.

::

Ils étaient déjà tous au poste lorsqu'elle arriva. Elle se précipita pour remplacer l'autre opératrice, qui bâillait en la regardant entrer dans la pièce.

Victoria s'installa devant l'écran et mit ses écouteurs. La pièce grésillait des conversations radio codées entre la centrale et les officiers. Des sons familiers qui semblèrent étrangement rassurants à la jeune femme, malgré la teneur des discussions.

— *Back up* demandé sur la rue Oxford à l'angle de l'avenue Grant. Suspect armé et dangereux. Je répète : suspect armé et dangereux.

— Victoria, j'espère que tu es en forme, on commence la semaine avec un double meurtre : un couple âgé. Leur fils a été aperçu quittant la maison... Prends la ligne n° 7. On est débordés !

Habituée aux situations d'urgence, elle appuya calmement sur le bouton.

— Police 911... Comment puis-je vous aider ?

Ses doigts couraient habilement sur les touches, pendant que se dessinait à l'écran le témoignage d'un voisin en panique. Debout au fond de la pièce, David, tout sourire, observait Victoria, qui lui rendit son sourire.

Il jeta un regard satisfait autour de lui. Les membres de son équipe maîtrisaient la situation. Portés par l'adrénaline, effectuant automatiquement leurs tâches, l'esprit aiguisé, conscients que la moindre erreur pouvait coûter la vie à un policier.

Victoria regarda le jeune sergent sortir pour répondre à un appel sur son cellulaire. Elle sourit et s'enfonça confortablement sur son siège, bercée par le brouhaha qui l'environnait... un pur bonheur.

::

Elle croquait dans ses céleris avec appétit en écoutant distraitement ses collègues discuter de la dernière tragédie.

David l'observait. Elle n'avait presque rien dit depuis son arrivée. Et elle ne se mêlait pas à la discussion. Il la connaissait bien. Elle s'ennuyait ferme. Il l'entraîna un peu à l'écart pour s'enquérir de son déménagement. Et pour l'avoir à lui tout seul.

Dans la jeune trentaine, blond, yeux aigue-marine, David savait qu'il plaisait aux femmes. Mais Victoria occupait toutes ses pensées et il souhaitait faire évoluer leur solide amitié en un sentiment beaucoup plus fort.

— Comment ça s'est passé ? Tu en es où dans ton désordre ?

Victoria éclata de rire. Un long rire cristallin, sincère, éclatant. « Elle est ravissante », pensa David.

— Je m'en sors tout à fait. Tu es surpris ?

— Non, mais disons que je te connais un peu.

Il lui souriait tendrement.

— La seule chose : je suis vraiment très fatiguée, reprit-elle, avec un air grave. J'ai même l'impression que je perds un peu la tête. Tiens, par exemple, je crois que mes voisins me surveillent… je sens comme une menace…

— Les vieux qui habitent ton complexe ?

— Oui, mes voisins, ils sont bizarres…

David la regardait sans comprendre.

— Puis, reprit Victoria, je suis allée à la bibliothèque, il y en a une près de chez moi…

Elle le regardait, incertaine, hésitante.

— Oui, une bibliothèque, et alors ?

— Tu savais, toi, qu'il y a une bibliothèque à Pitt Meadows, en face du marché ?

Il se mit à rire franchement.

— Non, je ne le savais pas, j'habite à Burnaby. Déjà, travailler à Coquitlam me donne l'air d'un banlieusard, mais de là à aller me promener plus loin dans l'est, dans le coin reculé de Pitt Meadows…

Devant son air confit, il s'excusa, toujours en riant.

— Ne le prends pas comme ça. Je te taquine... En vérité, pas complètement. Mais j'irai te rendre visite, promis. Tiens, je suis libre tous les soirs cette semaine ! Tu m'invites à souper ? Ainsi, je pourrai constater de visu de quoi ont l'air tes voisins. Au fait, pourquoi voulais-tu me parler de cette bibliothèque ?

— Parce qu'il s'y passe des choses étranges.

— Quelles choses étranges ?

David regarda sa montre, il avait rendez-vous dans dix minutes avec le chef du détachement, un officier supérieur pas très commode.

— Oh... je t'en reparlerai. Mais disons que c'est un vieil édifice, que les livres y sont très anciens et que la préposée me fait peur.

En disant ces mots et en voyant l'air abasourdi puis inquiet de David, Victoria se sentit ridicule.

— Vic, il faut vraiment que je parte. Mais tu dois me promettre de te reposer ce soir. Je crois que tu en as besoin. Et demain je passerai voir ta nouvelle maison. Tiens, griffonne-moi ton adresse sur ce calepin.

Victoria obtempéra. Puis elle regarda le jeune homme s'éloigner en se promettant de ne plus parler de ses histoires à qui que ce soit.

::

La jeune femme enfila sa mante de pluie rouge vif. Il pleuvait sans arrêt depuis plusieurs jours. C'était tout à fait février, dans la région de Vancouver.

Victoria soupira. Elle devait aller travailler, mais se sentait mal en point. Elle avait sans doute attrapé une mauvaise grippe. Elle avait du mal à respirer. Et cette douleur lancinante dans sa cage thoracique. Il lui fallait voir son médecin.

Elle avait dû annuler plusieurs fois son rendez-vous avec David. Lorsqu'elle rentrait chez elle le soir, après ses dix heures de travail, elle ne se sentait pas la force de recevoir qui que ce soit. Elle soupait rapidement puis allait se coucher.

Mais David avait insisté pour venir la voir ce soir-là. Il ne resterait que quelques minutes, avait-il précisé. Elle n'avait pas voulu le décevoir. La journée s'annonçait longue et épuisante.

Elle ferma la porte à clé puis se dirigea vers sa voiture.

Deux corneilles vidaient les entrailles d'un gros rat noir, abandonné par quelque chat. Victoria plissa les lèvres de dégoût en les voyant avaler goulûment des morceaux de chair.

Elle poussa un cri lorsque Bernice, qu'elle n'avait pas entendue arriver, l'agrippa fortement par le bras.

— Eh! Vous me faites mal!

Victoria ne dissimulait plus son animosité envers la vieille dame.

— Vous ne me donnez pas le choix, répliqua Bernice. Vous partez à l'aube et rentrez aux aurores… Dans mon temps, les honnêtes gens savaient passer du temps chez eux. Mais enfin… je vous vois.

— Et qu'avez-vous donc de si important à me dire? s'écria Victoria, exaspérée par la conduite de cette vieille pie.

— Avez-vous lu votre livre?

— Quoi?

— Vous avez bien entendu. L'avez-vous lu? Savez-vous seulement où vous l'avez posé… ou l'avez-vous déjà perdu au milieu de votre désordre?

Victoria prit une profonde respiration. Ses poumons la brûlaient.

— Bernice, je ne veux plus ni vous voir ni vous entendre me poser des questions. Vous n'avez pas à vous mêler de mes affaires.

Puis, haussant le ton, elle s'écria : « Je n'ai pas lu ce livre parce que je suis malade! »

Bernice, outrée, se retourna, fit quelques pas en direction de sa maison. Victoria, se croyant débarrassée, marcha vers sa voiture. Avant de refermer la portière, elle entendit toutefois la vieillarde lui crier :

— Il vous reste une journée avant de rendre votre livre ! Ne soyez pas en retard !

« Je le rendrai demain pour m'en débarrasser », se dit la jeune femme, en démarrant en trombe, bien décidée à ne plus jamais emprunter de livres dans une bibliothèque.

::

Elle avait la nausée et le teint brouillé. La journée avait été pénible. Elle rassemblait ses affaires lorsque David s'approcha de son bureau.

— Écoute, rentre chez toi, prends un bain chaud. J'irai te voir après le souper, je ne resterai pas longtemps.

Lasse, elle eut un pauvre sourire et ne trouva pas la force de lui dire de ne pas venir.

Une fois chez elle, le visage rouge et les yeux dévorés par la fièvre, elle s'appuya à la rampe d'escalier pour monter au deuxième étage. Dans la cuisine, elle fouilla nerveusement dans une armoire pour trouver des comprimés qui la soulageraient. Sa tête voulait éclater.

Elle avala d'un trait deux cachets d'acétaminophène avec une gorgée d'eau, puis alla s'étendre sur le canapé du salon et ferma les yeux un instant. La chaleur du foyer à gaz commençait à l'incommoder et elle ouvrit les yeux. Les flammes tournoyaient dans la cheminée.

« L'ennui, se dit-elle comme dans un état second, c'est que je ne n'ai pas ouvert le foyer en entrant. Je n'en aurais eu ni la force ni le désir, avec cette fièvre. Et je suis certaine de ne pas l'avoir ouvert ce matin. »

Elle se redressa d'un bond et scruta la pièce. Tout y était comme avant.

À quelques détails près.

Elle regarda la table. L'éléphant ne s'y trouvait plus. Les yeux agrandis par la peur, elle vit qu'il se trouvait maintenant sur le rebord du foyer. Puis elle vit la girafe, toujours sur le bord de la fenêtre, mais tournant le dos au paysage. Déplacée.

Avec horreur, Victoria se leva lentement, attentive à tous les bruits de la maison, regardant les ombres créées sur le mur par les flammes qui rendaient son salon inhospitalier. Le tic-tac de l'horloge martelait le temps avec une force amplifiée.

Le cœur battant, elle alluma rapidement toutes les lumières dans toutes les pièces de la maison, regarda sous le lit, dans les garde-robes, derrière les portes des salles de bain.

Il n'y avait personne. MAIS QUELQU'UN ÉTAIT VENU.

Victoria, malade de peur, se terra dans un coin de sa chambre, serrant ses genoux de ses bras, espérant maintenant de tout son cœur l'arrivée de son meilleur ami.

::

Il tournait en rond depuis plus d'une heure. Il avait pourtant suivi à la lettre les indications données par Victoria. Mais il n'arrivait pas à trouver ce foutu complexe. Même Google Map semblait ignorer cette adresse, que le site ne reconnaissait pas.

David s'impatienta. « Mais enfin, se dit-il, ce n'est pas possible. Elle m'a posé un lapin ou quoi ? Je devrais être là depuis une bonne demi-heure. »

Il s'arrêta sur le bord de la route et composa le numéro de téléphone de Victoria.

La jeune femme répondit, essoufflée, à la troisième sonnerie.

— David ?

Il avait du mal à reconnaître cette voix de mourante.

— Victoria, c'est toi ? Ça va ? Je ne trouve pas ta maison. Je roule dans le quartier depuis plus de trente minutes. Il n'y a tout simplement pas de 118ᵉ avenue. Tu es certaine de l'adresse que tu m'as donnée ?

— Oui, c'est un petit complexe, tout mignon, orange.

— J'ai rien vu de ça dans le quartier où je suis. J'ai dû me tromper de route. Écoute, tu peux venir me rejoindre quelque part ?

— David, je suis vraiment très malade. Je ne sais pas ce que j'ai. Je vais aller voir un médecin demain. J'aurais aimé te parler. Tout est bizarre ici. Je n'arrive pas à mettre mes idées en ordre. Je suis tellement fatiguée. J'ai mal partout.

— Va dormir. Et rends-toi à l'hôpital demain matin à la première heure. Plus tard dans la journée, on se donnera un point de ralliement en ville, pour que je te suive jusqu'à chez toi. Ça te va ?

Victoria avait de plus en plus de mal à garder les yeux ouverts. Elle se sentit sombrer. David entendit un bref au revoir.

— Victoria ?

La communication fut coupée.

::

Un rayon de soleil caressait sa main, posée sur le tapis de la chambre. Victoria ouvrit lentement les yeux pour se rendre compte qu'elle avait dormi toute la nuit sur le sol. Elle bougea ses membres un à un. En grimaçant de douleur, elle finit par se lever et se traîna jusqu'à la salle de bain.

Dans le miroir, elle examina son visage et se demanda ce qui l'ennuyait le plus : les fines ridules au coin des yeux qui semblaient être apparues du jour au lendemain, ou ces taches brunes qui s'étaient multipliées. Il faudrait qu'elle boive plus d'eau et qu'elle évite le soleil…

Elle constata cependant que la fièvre avait disparu et décida de se doucher avant d'appeler sa superviseure pour lui signaler son absence. Elle prendrait un jour de repos et verrait son médecin.

Victoria dénoua ses cheveux qu'elle avait attachés en nattes la veille puis se glissa sous la douche.

Les jets chauds la revigorèrent en quelques minutes. Tête baissée, elle regardait l'eau glisser sur sa chevelure et tomber en perles brillantes à ses pieds. Elle se laissa envahir par une sensation de bien-être, désireuse de faire durer ce plaisir le plus longtemps possible. La pièce était remplie de vapeur, elle respirait plus facilement.

« Tout ceci n'est qu'un horrible cauchemar, se rassurait la jeune femme. Je vais me réveiller. Je dois me réveiller… »

Lentement, elle redressa la tête, et c'est alors qu'elle la vit.

Une longue mèche de cheveux, blanche, retombait sur son épaule.

::

David consulta ses messages pour la centième fois. Elle n'avait pas répondu. Ce n'était pas dans ses habitudes. Il était inquiet. Il héla un membre de son équipe.

— Josh, dis-moi, tu travailles parfois en renfort dans le secteur de Pitt Meadows, tu te retrouves dans les quartiers?

— Oui, facilement, c'est pas vraiment compliqué en fait. Pourquoi?

— Tu sais ou c'est la 118e avenue?

— Euh… je connais la 119e, j'ai dû m'y rendre quelques fois… près de la 190e rue… La 118e, dis-tu? Tu dois parler de cet ancien cul-de-sac qui n'existe plus. Un entrepreneur a acheté le terrain et démoli les maisons il y a des années. Il paraît qu'il a fait faillite et que, depuis, c'est un terrain vague. La Ville ne sait pas quoi en faire; elle attend un acheteur…

— Victoria vient d'y emménager…

— Tu n'as sûrement pas la bonne adresse, personne n'habite là.

David demeura seul, pensif.

::

Hébétée, elle regardait son reflet dans la glace.

Elle avait trouvé la force de s'habiller chaudement, mais, malgré les deux chandails qu'elle avait enfilés, elle grelottait.

Elle se mit à pleurer en effleurant de ses doigts la longue mèche blanche qui tranchait affreusement sur sa belle chevelure foncée.

Elle avait lu qu'une décoloration des cheveux pouvait être provoquée par le stress. Ou un grand choc. Mais elle n'avait vécu ni l'un ni l'autre. Alors pourquoi ses cheveux s'étaient-ils soudainement décolorés?

Elle décida de se rendre aux urgences.

Victoria consulta son cellulaire, qu'elle n'avait pas ouvert depuis la veille. Des dizaines de textos envoyés par David. Elle constata qu'elle avait complètement oublié de téléphoner à son bureau pour dire qu'elle ne rentrerait pas. «Tant pis, se dit-elle. Je leur expliquerai demain que j'étais trop malade.»

Elle descendit péniblement quelques marches puis se ravisa. La bibliothèque était sur le chemin de l'hôpital. Elle rendrait le livre en passant. Elle n'en voulait plus. Elle ne savait comment l'expliquer, mais elle sentait que ce bouquin était malsain, que sa présence dans la maison était néfaste pour elle. Il fallait qu'il sorte.

Victoria se rendit au salon et vit que le livre n'était plus sur la table. Elle l'avait pourtant laissé là. Y était-il la veille, lorsqu'elle s'était rendu compte que des objets avaient été déplacés dans sa maison? Elle ne s'en souvenait plus.

Elle regarda sous la table, sous le canapé, derrière chaque meuble, dans chaque tiroir, dans chacune des pièces. Le livre était introuvable.

Victoria, fatiguée d'avoir cherché partout, se laissa tomber sur ses genoux. Les yeux soudain agrandis par l'anxiété devant l'évidence : ELLE AVAIT PERDU LE LIVRE.

Elle n'en avait pas pris soin. Et elle allait le payer cher. Elle imagina le regard accusateur de Rose Winter, son long cou penché en avant, comme un oiseau de proie, la griffe pointée dans sa direction, alors qu'elle tenterait de peine et de misère d'expliquer que le livre avait disparu. Jamais la bibliothécaire ne la croirait.

Victoria déglutit avec difficulté. Elle n'irait donc pas à la bibliothèque. Il ne fallait pas retourner dans cet édifice. Faire comme si elle n'y avait jamais mis les pieds. Voilà ce qu'elle allait faire. Et ils ne pourraient pas retrouver sa trace. Car ils n'avaient pas son adresse.

Rassurée, Victoria se leva, fit quelques pas… puis s'appuya au mur. Ils avaient pourtant son nom, songea-t-elle. Ils pouvaient savoir où elle demeurait. Et d'ailleurs Bernice était au courant. Elle allait la poursuivre jusqu'à ce qu'elle rende le livre.

En titubant, Victoria se rendit dans la cuisine. Ses tempes battaient. La fièvre revenait. Se rendre aux urgences devenait impératif. Elle comptait prendre des comprimés pour calmer sa fièvre et un jus d'orange… lorsqu'elle vit le livre, ouvert, dans le dernier endroit ou elle l'aurait cherché : le garde-manger.

Avançant avec précaution, elle prit l'ouvrage et constata avec horreur qu'un passage du roman avait été surligné avec un crayon jaune : « NOUS VIVONS DANS UNE SOCIÉTÉ SOMBRE. RÉUSSIR, VOILÀ L'ENSEIGNEMENT QUI TOMBE GOUTTE À GOUTTE DE LA CORRUPTION EN SURPLOMB. »

Elle poussa un gémissement : « Ce n'est pas moi qui ai fait ça. Ce n'est pas moi qui ai fait ça… »

La carte de prêt, qui dépassait de la pochette arrière, attira son attention. Elle la prit et constata que la date de retour était passée depuis la veille.

Victoria, découragée, le regard fiévreux, s'assit en se demandant non plus comment sortir de cette situation, mais si elle en sortirait jamais.

::

Le soleil s'était couché. Victoria, pétrifiée, répétait sans pouvoir s'arrêter une série de mots d'une voix à peine perceptible. Ses lèvres, gercées, psalmodiaient un discours incompréhensif : « Corruption... la vieillesse... conséquences... fait ses choix... inévitable... »

Après avoir été prostrée pendant des heures, elle sembla soudain émerger d'une sorte de coma éveillé. Elle cligna des yeux, se leva, prit ses comprimés avec son jus d'orange. Puis elle saisit le livre et descendit les escaliers d'un pas chancelant.

::

Au fil des heures, David était passé de l'inquiétude à l'angoisse. Pas de nouvelles de Victoria, qu'il devait aller retrouver quelque part à Pitt Meadows. Elle n'avait pas non plus prévenu son équipe de son absence. Il fallait faire quelque chose. Il sentait qu'elle était en danger et qu'elle avait besoin d'aide.

::

Elle se tenait à quelques mètres de la porte, son livre à la main.

La lune, ronde et éclatante, éclairait violemment la scène, lui donnant un air presque irréel. Un hibou hulula dans la nuit avant de s'envoler dans un grand battement d'ailes.

Victoria examinait tous les recoins du bâtiment, espérant y voir une fente où elle aurait pu glisser son livre avant de s'enfuir à toutes jambes. Mais bien entendu ce service n'était pas non plus offert dans cette bibliothèque.

Son téléphone vibra. « Où es-tu ? Réponds s'il te plaît. Je serai à Pitt Meadows dans quinze minutes. Inquiet. »

Il ne fallait pas qu'il la voie dans cet état. Elle lui écrivit quelques mots puis rangea son cellulaire. Prenant son courage à deux mains, elle avança vers la porte et l'ouvrit.

::

« Je suis à la bibliothèque. Je n'y resterai pas longtemps. Ne viens pas. Je suis trop malade. »

« Bon enfin… elle répond…, se dit David. Mais qu'est-ce qu'elle fait à la bibliothèque si elle est malade ? C'est à l'hôpital qu'elle doit aller. Quelque chose ne tourne pas rond. »

David démarra sa voiture et quitta le poste de police rapidement. Il devait la rejoindre avant qu'elle ne sorte de cet endroit.

::

Figée dans le temps. La salle était restée exactement comme lorsqu'elle l'avait quittée, trois semaines plus tôt. Rien n'avait été déplacé. Même la pile de livres, toujours aussi instable, semblait avoir gardé les traces du passage de Victoria.

Elle s'approcha de la table pour vérifier, tout en jetant des coups d'œil nerveux autour d'elle. Mais la pièce était déserte et silencieuse. On n'entendait que le tic-tac des horloges.

La jeune femme effleura les livres de sa main. Toujours les mêmes vieux ouvrages… et ceux qu'elle avait déplacés étaient demeurés là où elle les avait posés.

Une porte grinça au fond de la salle. Victoria retint son souffle. Puis des pas martelèrent le sol. Victoria vit le vieil homme se diriger vers les échelles.

— VOUS ÊTES EN RETARD !

La jeune femme retint un cri en tournant la tête. Rose Winter, debout derrière le comptoir, blanche de colère, pointait le doigt dans sa direction. Tremblante, le cœur battant, Victoria avança vers la préposée, qui semblait plus grande que la dernière fois, se répétant intérieurement que tout ça n'était qu'une farce grotesque.

Les mains moites, elle posa son livre sur le comptoir. La préposée s'en empara.

De son œil exercé, elle examina l'ouvrage. Son doigt s'attarda sur la cicatrice du cuir, puis sur la partie du roman surlignée qu'elle trouva du premier coup en ouvrant le bouquin précisément à cette page.

Elle referma le livre d'un claquement sec et le laissa tomber sur le comptoir. Puis, les bras croisés, elle planta son regard dans celui de Victoria.

— Qu'avez-vous à dire pour votre défense ?

— Quoi ? Mais c'est du délire !

Victoria n'en revenait pas.

Cette grippe qui la terrassait, cette peur au ventre qui l'habitait et qui avait fait de sa vie un cauchemar au cours des derniers jours, c'était trop. Trop d'émotions. Elle craqua.

Elle se mit à rire sans pouvoir s'arrêter. Pliée en deux, le corps secoué de spasmes, elle riait à en pleurer… s'essuyant les yeux avec les manches de son chandail, tentant de dire quelques mots sans succès, pour hurler de rire à nouveau sans pouvoir se calmer. Ses éclats de rire se répétaient à l'infini dans la bibliothèque, enflés par l'écho qui les répercutait dans le plafond cathédrale.

Rose Winter n'avait pas sourcillé. Elle fit signe au vieil homme de grimper à l'échelle.

Victoria cessa soudain de rire et grimaça de douleur en se tenant la poitrine. Le mal était revenu.

— Désolée… mais toutes ces histoires à propos de vos livres… ça finit par…

— Ça vous fait rire.

— Non, ce n'est pas ce que je veux dire… en fait, oui…

— Vous n'avez plus toute votre tête. Vous vous contredisez. Quoi qu'il en soit, vous n'avez pas respecté les règles. Elles sont pourtant simples, les règles. Rapporter le livre à temps. Et ne pas l'endommager. Vous allez être punie.

— PUNIE? Mais c'est d'un ridicule. Gardez-le, votre livre. Moi je pars d'ici. Et je ne remettrai jamais plus les pieds dans une bibliothèque.

Victoria tournait déjà les talons lorsqu'une nouvelle douleur traversa cette fois sa colonne vertébrale, la forçant à s'accroupir pour retrouver son souffle.

La voix de Rose Winter monta d'un cran.

— Je vous avais prévenue qu'il y aurait des conséquences. Conséquences que l'on aurait pu adoucir… si au moins vous aviez lu le livre. MAIS VOUS NE L'AVEZ PAS LU!

Rose Winter criait maintenant sans aucune retenue.

Victoria, ahurie, comprit à cet instant que le dernier chapitre de cette histoire démentielle était en train de se jouer. Elle tenta de se redresser, mais n'y arriva pas, respirant de plus en plus difficilement. Elle passa la main sur son front en sueur. «Il faut que je sorte d'ici, se dit-elle, cette femme est folle, il faut que je réussisse à sortir d'ici.»

Sentant la panique la gagner, elle se dirigea vers la porte, courbée, déséquilibrée à chaque pas. Ses jambes affaiblies, qui ne la portaient plus, ne lui permettaient de progresser que de quelques centimètres à la fois. Chaque mouvement torturait sa colonne vertébrale, sillonnée de décharges électriques. Haletante, la vision brouillée, Victoria continua d'avancer en fixant la porte qui, curieusement, semblait s'éloigner. Le bruit de ses pas, étouffé, ne lui parvenait plus.

Victoria faillit trébucher lorsqu'elle se prit le pied dans le bas de son pantalon, qu'elle était en train de perdre. Mais que lui arrivait-il?

Stupéfaite, elle constata qu'elle flottait dans ses vêtements. Elle voulut relever son jean, et c'est alors qu'elle vit ses mains, méconnaissables, gonflées de veines saillantes bleues, couvertes de taches brunes... les doigts boudinés et déformés. Des mains de centenaire. Terrorisée, elle s'effondra en poussant un cri terrible qu'elle n'entendit pas.

::

David avait stationné son véhicule au marché et regardait, perplexe, de l'autre côté de la route Harris. Un terrain vague lui faisait face. Il traversa pour examiner les lieux.

Pas de doute. Il était en face du marché, sur la route Harris. C'était ce que Victoria avait dit lorsqu'elle lui avait parlé de la bibliothèque. Il regrettait maintenant de ne pas lui avoir posé plus de questions. Car elle n'était pas là, cette bibliothèque. Ni plus loin sur la route, dans les deux directions. Et par conséquent, il n'allait pas pouvoir rejoindre sa bien-aimée ce soir-là, pensa-t-il, déçu.

Il scruta le terrain devant lui. De longues herbes camouflaient les fondations d'un bâtiment, qui avait dû être imposant. Des détritus s'empilaient un peu partout.

Il se pencha sur une affiche abîmée et délavée par la pluie. Il sourit. Qui n'avait pas vu ce grand classique avec Clark Gable et Vivien Leigh dans le rôle de Scarlett O'Hara?

Il se rembrunit. Victoria et Scarlett, deux divas. Il y avait pas mal de similitudes entre elles: elles pouvaient se montrer toutes deux tellement dédaigneuses et égoïstes. Il se dit qu'il avait sans doute imaginé l'intérêt de sa collègue envers lui...

Il se releva, secoua la poussière de ses mains et marcha vers son véhicule.

::

Le vieil homme, un livre à la main, grimpa sur l'échelle jusqu'en haut de l'étagère. Tassant les bouquins avec précaution, il créa un peu d'espace dans le rayon. Puis il glissa le livre relié de cuir rouge entre deux ouvrages. Sur le dos du livre était gravé un grand V doré, qui brillait à la lueur des bougies.

JACQUELINE LANDRY

Quand je pense à Jacqueline Landry, je ne peux m'empêcher de la comparer à la petite maison blanche du quartier du Bassin dans la ville de Chicoutimi, lors du fameux déluge de 1996.

Sa vie commence dans le drame quand elle survit au glissement de terrain de Saint-Jean-Vianney, sa maison plongeant dans le gouffre qui s'était créé. Puis quelques années plus tard, elle est parmi les sinistrés du déluge de la rivière Saguenay. Son imaginaire est ainsi envahi par les corps des victimes, sa famille décimée et les tragédies qu'elle a vécues. Elle est touchée par l'impuissance des humains à protéger les membres de leur famille, elle côtoie la douleur insoutenable des gens qui ont perdu des êtres chers et elle ressent l'immense besoin de s'en affranchir. L'écriture est devenue un exutoire, un instrument pour exorciser les démons de cette enfance tragique.

Comme la petite maison blanche, elle s'est tenue debout devant les éléments et aujourd'hui, par ses deux passions, l'écriture et le journalisme, Jacqueline Landry s'inspire des drames qui l'entourent pour raconter l'histoire des gens qui font «l'événement».

Dès son enfance, elle sera marquée par la série télévisée d'Alfred Hitchcock. Ces courtes histoires, loin de celles qui finissent bien, nourrissaient son imaginaire et la laissaient pleine de questionnements sociaux et éthiques. Terreau fertile pour une future auteure de romans noirs. Cependant, les aléas de la vie retardent la mise en chantier de ses aspirations littéraires. Son déménagement à Vancouver (Qui prend mari, prend pays!) lui procure le temps et les motivations pour écrire. Guerre de gangs, prostitution, quartiers mal famés, violence et crimes alimentent son métier de journaliste et sa passion pour l'écriture. Le premier tome de sa trilogie, *Terreur dans le Downtown Eastside*, est le miroir de cette réalité vancouvéroise.

Jacqueline Landry devient le porte-étendard du polar francophone à l'ouest du Québec. Son style accrocheur sans artifice, son écriture franche et métaphorique, son sens du punch procurent aux lecteurs de très bons moments de lecture. À chaque chapitre, le récit avance rondement et la trame romanesque se développe de façon dynamique. En plus de tout cela, Jacqueline Landry nous offre un diptyque de son coin de pays : la beauté sauvage de ces paysages au pied des Rocheuses et le glauque des quartiers louches de Vancouver.

Fait intéressant : son personnage principal n'est ni policier ni criminel. Rachel est la femme d'un enquêteur et elle a dû mettre de côté sa carrière pour suivre son policier de mari. Voici d'ailleurs une préoccupation importante de l'auteure, une facette parfois négligée dans les polars : les dommages collatéraux, les impacts du crime et de sa résolution, sur la famille, les gens qui devront en payer le prix même s'ils ne sont pas coupables. Rachel, qui nous semble être un peu le reflet de l'auteure, n'est pas une victime, mais une fonceuse déterminée qui avance, contre vents et marées. Autour d'elle, des personnages inspirés de la réalité : policiers, enquêteurs de la Gendarmerie Royale du Canada, prostituées, souteneurs, sans-abri, criminels et les citoyens qui les entourent.

De la rivière Saguenay aux berges du Pacifique, le chemin de Jacqueline Landry vers une carrière littéraire bien remplie est tout tracé. Les deux prochains tomes de la trilogie *Cri du West Coast Express* paraîtront dans les mois à venir. Par la suite, Jacqueline Landry désire nous surprendre en plongeant dans un univers différent, teinté de réalisme magique. Intriguant, n'est-ce pas?

jacqueline.landry@radio-canada.ca
 Jacqueline-Landry-Auteure
 @landryAuteur

Photo de l'auteure : Wendy D Photography

REMERCIEMENTS

Les premiers remerciements pour *Crimes à la bibliothèque* reviennent de plein droit aux nombreux lecteurs de *Crimes à la librairie*. L'accueil réservé à ce recueil de nouvelles policières, les passionnants échanges qu'il a générés lors des salons du livre et les commentaires élogieux de la critique ont pavé la voie à cette deuxième anthologie.

Souhaitons que ce nouveau rendez-vous soit porteur de tous les plaisirs de lecture éprouvés par les lecteurs au contact des écrivains de polar québécois.

En second lieu, ce recueil n'aurait pas vu le jour sans l'appui et les encouragements de nombreuses personnes.

Tout d'abord, je remercie les dix-sept auteurs de *Crimes à la bibliothèque* d'avoir relevé le défi de se lancer dans cette deuxième aventure et d'y avoir consacré talent et passion. Dès le début, j'ai senti leur engouement et ce fut un plaisir extraordinaire de travailler avec chacun d'eux. Grâce à leur imagination, ils ont su vagabonder de belle façon dans le sentier balisé par les seize premiers auteurs.

Je ne peux passer sous silence la confiance et l'amitié de Morgane Marvier et de Florence Meney dont l'appui indéfectible, les conseils avisés et l'enthousiasme m'ont permis de réaliser un tel projet. Pour leur accueil et pour le temps qu'ils consacrent à la promotion de la littérature policière québécoise, je souligne également le travail et l'engagement de Norbert Spehner et de Johanne Seymour. Ils sont pour moi des modèles.

Ces recueils n'auraient jamais pris forme sans l'équipe des Éditions Druide qui a cru au projet dès le départ et qui m'a fourni toute l'aide et tout le soutien dont j'avais grand besoin. Je remercie André d'Orsonnens pour sa passion et son accueil, Luc Roberge pour son appui et sa disponibilité. Merci également à Lyne Roy et à Isabelle Chartrand-Delorme pour leur œil de lynx, leurs corrections et leurs suggestions.

Un merci tout spécial va à Anne-Marie Villeneuve, mon éditrice et ma professeure, pour sa patience, son professionnalisme, ses compétences et sa sensibilité. Merci de m'avoir accompagné et guidé dans la réalisation de ce recueil.

Finalement, j'aimerais offrir un remerciement tout particulier à ma compagne, France Lapierre. Pour son soutien indéfectible, pour sa patience, compte tenu de tout le temps que j'ai consacré au projet ainsi que pour les nombreuses heures au cours desquelles elle a relu et commenté chacun de mes textes.

Je m'en voudrais de passer sous silence deux organisations qui défendent sans relâche le polar québécois. Merci aux gens de Saint-Pacôme pour leur accueil et leur passion à promouvoir le roman policier québécois; vous formez une bande géniale ! Des remerciements aussi à l'équipe des Printemps meurtriers de Knowlton et plus précisément à sa directrice générale, Caroline Lafrance. Grâce aux premières éditions de ce festival et au désir de créer un événement exceptionnel, les lecteurs et les auteurs se rapprochent de plus en plus et cette fin de semaine est devenue rapidement un incontournable. Je souhaite une longue vie à ces deux organisations !

Enfin, merci à vous, lecteurs, de vous procurer ce recueil et d'encourager ainsi la littérature québécoise et plus particulièrement, les auteurs de polars d'ici. J'espère que vous ferez de belles découvertes, que vous partagerez avec d'autres ces bons moments de lecture et qu'à votre prochaine visite en librairie ou à la bibliothèque, vous choisirez de lire une œuvre d'un de ces auteurs qui auront su vous éblouir. Et n'ayez surtout aucune crainte de vous rendre en ces lieux ; les chances que vous y soyez témoins d'un crime sont bien minces !

Richard Migneault

RICHARD MIGNEAULT

Directeur de la publication

Directeur d'école à la retraite, fou de lecture, Richard Migneault s'est recyclé en amant du polar. Défenseur de la littérature québécoise, se définissant lui-même comme un passeur littéraire, il anime le blogue *Polar, noir et blanc* depuis plus de six ans et co-anime la page Facebook *Huis clos*, lieu d'échange et de discussion pour les lecteurs de polars. Coordonnateur des prix Tenebris des Printemps meurtriers de Knowlton, il est également membre du club de lecture de Saint-Pacôme. Pour son plaisir, il agit comme premier lecteur pour quelques écrivains québécois et français.

Il s'est donné pour mission de faire connaître les auteurs de polars du Québec, et ce, des deux côtés de l'Atlantique. Il a dirigé un premier collectif où seize auteurs étaient regroupés autour du thème «Crimes à la librairie». À la suite du succès de ce premier recueil de nouvelles, les Éditions Druide ont décidé de revenir sur le lieu du

crime. *Crimes à la bibliothèque* est donc le deuxième recueil dirigé par
Richard Migneault.

richard16migneault@gmail.com
http://lecturederichard.over-blog.com/
PolarNoirEtBlanc

Photo du directeur : Caroline Laurin

ACHEVÉ D'IMPRIMER EN SEPTEMBRE 2015
SUR DU PAPIER 100 % RECYCLÉ
SUR LES PRESSES DE MARQUIS IMPRIMEUR,
QUÉBEC, CANADA.